後學衡

第三辑

主　编◎王本朝
副主编◎寇鹏程　张春泉　肖伟胜

巴蜀書社

后学衡

目　录

研究生论坛

语言·文字

史料·翻译

·鲁迅研究·

论中井政喜的鲁迅研究①

□范阳阳

【摘要】 20世纪七八十年代日本的时代语境，决定了中井政喜更加追求研究的客观中性立场，重视学理讨论，其研究学院化色彩较为明显，迥异于前此日本鲁迅研究以鲁迅为思想资源的研究路径。他指出鲁迅早期的设想缺乏现实基础，不乏理想化色彩，其文学活动的失败，也有内因的作用。中井政喜自觉运用比较研究法，探究鲁迅选择翻译对象背后的自觉意识，指出他所选择的翻译对象源于二者在思想上的契合。他以《工人绥惠略夫》为参照系，探讨鲁迅复仇观、民众观的嬗变。

【关键词】 中井政喜；鲁迅研究；翻译；比较研究

中井政喜，1946年出生，是日本研究中国现代文学的学者，曾就读于名古屋大学，获博士学位。1992年到中国社科院文学研究所访学，与杨义、张中良合著有《二十世纪中国文学图志》。后任日本名古屋大学教授、名古屋外国语大学教授。2006年汲古书院出版了其鲁迅研究专著《鲁迅探索》，后被翻译成中文。其

---

① 作者简介：范阳阳（1983— ），男，河南驻马店人，文学博士，河南大学黄河文明与可持续发展研究中心、黄河文明省部共建协同创新中心博士后，讲师，主要从事鲁迅与中国近现代文学史、思想史研究。基金项目：教育部人文社会科学研究青年基金项目“鲁迅‘主体性’思想研究”（编号：18YJC751012）、河南省哲学社会科学规划项目“鲁迅‘主体性’意识之生成与发展研究”（编号：2018BWX024）阶段性成果。

学术著作被译成中文的还有《革命与文学：1920年代中国文学批评新论》①。

中井政喜在国内鲁迅研究界的受关注度，不像日本主流鲁迅研究学者那样热烈，但其鲁迅研究仍有不容忽视之处。从研究范围和研究对象而言，中井政喜的研究更多属于内部研究，即通过对鲁迅文本细致入微的分析和解读，从而对鲁迅的思想，尤其是其思想观念中微妙之处做出清晰的论述。内部研究极易陷入自我论证、循环论证，中井则能恰当地引用相关文本作为参照，对鲁迅做洞幽烛微式的观照，给人以新论迭出之感。有论者指出：他的研究“采用严谨、环环相扣的归纳法”，对鲁迅思想某一侧面“作相对集中的总结”，其研究富含条理性、逻辑性②。

他关于鲁迅研究的大部分文章收录在其《鲁迅探索》③一书之中，在章节安排上按照鲁迅思想发展脉络展开。因这些文章并非集中写于一个时期，故而各章节在内容上或有重叠之处，这也说明他对某一问题的思考是有连续性的。张梦阳指出该书“对鲁迅的阴郁性、复仇观、人道主义和无治的个人主义、以自我为基础的文学主张以及宣传与文学的关系进行的一种尝试性的考察，很有分量与深度”④。本文通过对其主要观点的分析，评析其研究的路径、特点，并对其价值和意义做出评价。

一

《鲁迅探索》所收录的文章其作者大体写于20世纪七八十年代。笔者要对其鲁迅研究做出评价，就有必要首先回溯当时日本鲁迅研究的语境。

尾崎文昭指出：就日本的鲁迅研究而言，“60年代以前和70年代以后，尤其

---

① 中井政喜：《革命与文学：1920年代中国文学批评新论》，许丹诚译，福建教育出版社，2020年。

② 刘国平：《八十年代以来日本中青年学者鲁迅研究评介》，《鲁迅研究月刊》1994年第3期。

③ 中井政喜：《鲁迅探索》，卢茂君、郑民钦译，知识产权出版社，2017年。

④ 张梦阳：《鲁迅学：在中国，在东亚》，广东教育出版社，2007年，第467—468页。

是90年代以后很不一样”，其根源在于时代语境的变化①。第二次世界大战后日本鲁迅研究的出发点是反思日本的近代化道路，并视中国为摆脱被殖民化的典范，因此带有自己明确的问题意识。在对鲁迅思想的认知上，更侧重于从中吸取正面的价值观念、思维方法等，研究者们在此基础上提出了一些有创见性的概念，如“回心”等。同时，很多学者如伊藤虎丸等都积极参与现实政治，因此他们对其研究和实践保持着良好的互动，形成了战后日本鲁迅研究的一个高峰。20世纪六七十年代，日本的社会政治经济等形势发生很大变化。在经济上，日本“从1955年开始到1973年，进入经济高速发展时期……从1973年到1985年开始进入经济稳定发展的时期”，成为名列美国之后的世界第二大经济体②。

具体到鲁迅研究上，尾崎文昭以20世纪80年代以后学习中国现代文学专业的学生为例，认为很难从他们的研究文章中“感受到作者的人生，作者的感受”。这与70年代以前的研究截然不同。竹内好所开创的研究传统，在此时几近断绝③。中井政喜的鲁迅研究自然也受到时代风潮的影响，带有如上所述的普遍性特点。

在研究立场和态度上，中井政喜不像日本第一代鲁迅研究学者那样预设一个立场，不再以鲁迅为反思近代化道路的参照，因此更多的是追求以客观冷静乃至超然的研究态度来俯视研究对象，在其文章中看不到研究者的主观投射与介入，可以称之为“不以鲁迅之是非为是非”，或曰“中立性”态度。与此相关的是中井所关注的问题，也不再具有明显的现实指涉性，更多是纯粹的学理探讨。对鲁迅作品做细致入微的考察，则是其长处。中井对鲁迅早期思想的阐释，可以看出与伊藤虎丸等人的明显差异，他即不再着眼于从中找到可资借鉴的思想资源或思维方法，反而更倾向于以俯视的姿态来探寻其思想的内部矛盾及不足。

---

① 尾崎文昭、薛羽：《战后日本鲁迅研究——尾崎文昭教授访谈录》，《现代中文学刊》2011年第3期。

② 赵京华：《周氏兄弟与日本》，人民文学出版社，2011年，第66页。

③ 尾崎文昭、薛羽：《战后日本鲁迅研究——尾崎文昭教授访谈录》，《现代中文学刊》2011年第3期。

中井指出，鲁迅早期文章所呈现出的乐观语调“是基于对先行者、士大夫式领袖的直觉，是作为先行者对自己思想正确性的确信”①。的确，鲁迅早期受浪漫派文学、哲学思想的影响，高度赞扬尼采式的个人主义观念，认为只要唤醒“内曜”，便可自然承接起由“个”的觉醒到“群”的觉醒。已有研究者指出：鲁迅所推崇的“摩罗诗人”“新神思宗”，“皆为具有反民主、反政治倾向的浪漫主义者”②。所谓“浪漫主义”的特点是像“拜伦式英雄”那样“蔑视群众、愤世嫉俗”③。因此，从本质上讲，鲁迅心目中理想的人“是一个后现代的‘审美乌托邦’”④。中井政喜持相近看法，他认为：鲁迅的早期文学活动是“将当时大多数知识分子的现实的、世俗的价值观置之度外而展开的”⑤，其思考的盲点在于“精神改革完成以后会是什么样的结果”⑥，更没有设想出针对这种可能性的切实可行的计划。所以，这更多是一种理念层面的设想，“由于预想过于天真乃至缺乏预想”，因此他的主张“反而被置换为前途无限的渺茫希望”⑦。也即是说，作者认为鲁迅早期的设想缺乏坚实的现实基础，其文学活动的失败，亦有内因的作用。

但鲁迅在文学活动失败后，并未“反求诸己”，从自身寻找原因，而是“依然坚持认为当时的思想是正确的，对自己的信心没有动摇”，并由此产生了“受害者意识”⑧。鲁迅在“五四”后依然强调“思想革命”，就是他早期形成的“一心偏重精神”⑨ 这一根本思路的延续。从这里可以看出，中井准确地抓住了鲁迅对“精神”一以贯之的强调和坚持。在发掘和强调鲁迅重视思想性这一点上，中井与伊藤虎丸达成了共识。伊藤虎丸在《鲁迅与终末论》一书中多次强调鲁迅对产

---

① 中井政喜：《鲁迅探索》，卢茂君、郑民钦译，知识产权出版社，2017 年，第 10 页。
② 高力克：《启蒙先知：严复、梁启超的思想革命》，东方出版社，2019 年，第 314 页。
③ 罗兰·斯特龙伯格：《西方现代思想史》，刘北城等译，中央编译出版社，2005 年，第 277—278 页。
④ 高力克：《启蒙先知：严复、梁启超的思想革命》，东方出版社，2019 年，第 321 页。
⑤ 中井政喜：《鲁迅探索》，卢茂君、郑民钦译，知识产权出版社，2017 年，第 12 页。
⑥ 中井政喜：《鲁迅探索》，卢茂君、郑民钦译，知识产权出版社，2017 年，第 10 页。
⑦ 中井政喜：《鲁迅探索》，卢茂君、郑民钦译，知识产权出版社，2017 年，第 10 页。
⑧ 中井政喜：《鲁迅探索》，卢茂君、郑民钦译，知识产权出版社，2017 年，第 12 页。
⑨ 中井政喜：《鲁迅探索》，卢茂君、郑民钦译，知识产权出版社，2017 年，第 12 页。

生欧洲近代的“精神”的把握。在此意义上，他将鲁迅该时期的文学性格命名为“预言者的文学”①。

二

赵京华指出，20世纪80年代以后的日本鲁迅研究，在研究方法、视角上呈现出明显的变化轨迹②。中井政喜将关注点放在鲁迅的翻译活动上，通过比较研究的方法，探究对其创作乃至思想发展的影响。这种方法在此之前极为少见，而“东京、大阪、名古屋的三位，差不多同时使用这一新的研究方法”③。中井对鲁迅与有岛武郎、《工人绥惠略夫》、厨川白村、勃洛克等的比较研究，可以说是在已有研究基础上进一步的深化，并提出了一些富有价值的观点。

以中井对鲁迅翻译厨川白村作品的研究为例，他首先指出厨川作品与鲁迅在1924年前后的思想主张不乏共同之处，如对传统观念的批判、“都把国民性的改革定位于社会变革的根本课题”、强调文学的自足自立等④。因此可以说，鲁迅翻译其作品的原因和前提，在于“鲁迅在1924、1925年将国民性改革作为中国变革的主要课题”⑤。同时，厨川白村的思想观点也与鲁迅当时的思想倾向有契合之处。鲁迅在1920—1922年间“处在人道主义与厌世的个人主义这两种思想的消长起伏之中，逐渐向厌世的个人主义一边倾斜”，并由于《新青年》的“解散”等现实原因，在1923年“深深陷入厌世的个人主义”⑥。而厨川白村在《苦闷的象征》一书中所说“两种力的冲突”，使鲁迅将这种矛盾状态“视为人的理所当然的心态”，并从这种观点中“得到慰藉”。中井认为，翻译厨川白村的作品对鲁迅的思

---

① 伊藤虎丸：《鲁迅与终末论》，李冬木译，生活·读书·新知三联书店，2008年，第27页。

② 赵京华：《周氏兄弟与日本》，人民文学出版社，2011年，第68页。

③ 尾崎文昭、薛羽：《战后日本鲁迅研究——尾崎文昭教授访谈录》，《现代中文学刊》2011年第3期。

④ 中井政喜：《鲁迅探索》，卢茂君、郑民钦译，知识产权出版社，2017年，第266页。

⑤ 中井政喜：《鲁迅探索》，卢茂君、郑民钦译，知识产权出版社，2017年，第268页。

⑥ 中井政喜：《鲁迅探索》，卢茂君、郑民钦译，知识产权出版社，2017年，第270页。

想观念也产生了影响，如“文明论运用于对中国人国民性的犀利剖析，以促其改革”，并促成了其心境的转换，“从1923年陷入厌世的个人主义的绝望中振作起来”①。

中井政喜研究鲁迅对《苏俄的文艺论战》《壁下译丛》的翻译，注重辨析鲁迅与有岛武郎、片上伸等人文艺思想的异同。他认为，鲁迅在1926年、1927年时与有岛武郎的“立场非常接近”：如“文学基于自我”“采取主体性的立场”等②。而到了1928年，鲁迅由于阅读马克思主义文艺理论，“摆脱了有岛武郎的自我限制论，并向前发展”。翻译《壁下译丛》对鲁迅而言可谓“煮自己的肉”的行为，他一方面放弃了自己的部分思想主张，一方面“自我确认前进的必然性而奋勇前行”③。再如他对鲁迅翻译小说《工人绥惠略夫》的研究，独具慧眼地指出亚籍拉夫思想在鲁迅作品中的体现，这是以往研究所未曾注意到的。其实这涉及一个很重要的话题，即鲁迅与“托尔斯泰主义”的关系。中井还结合小说文本，详细分析了鲁迅思想的内在矛盾。

可见，中井对鲁迅翻译行为的考察，并非仅着眼于行为本身，或对翻译文本的解读，而是对其前因后果都做了细致的分析。正如有论者所言：较之传统研究方法，他使用的是“严谨、环环相扣的归纳法”，因而其研究“更带有一种条理化和系统性的理论说服力”，“力求通过缜密的逻辑性”对鲁迅思想进行准确的概括、总结④。他尤其注重挖掘鲁迅对翻译对象的选择等情况，并与鲁迅的思想状态联系起来加以综合分析。这样，其出发点是比较研究，但最终落脚点却深化了对鲁迅思想的认知。

有论者认为丸尾常喜《鲁迅〈野草〉研究》一书的研究方法是“‘注疏’式的细致解读”⑤，中井政喜展开研究所用的方法与之类似，可概括为“疏”＋“证”

---

① 中井政喜：《鲁迅探索》，卢茂君、郑民钦译，知识产权出版社，2017年，第274页。
② 中井政喜：《鲁迅探索》，卢茂君、郑民钦译，知识产权出版社，2017年，第331页。
③ 中井政喜：《鲁迅探索》，卢茂君、郑民钦译，知识产权出版社，2017年，第344页。
④ 刘国平：《八十年代以来日本中青年学者鲁迅研究评介》，《鲁迅研究月刊》1994年第3期。
⑤ 李明晖、靳丛林：《何为“丸尾鲁迅”?》，《中国现代文学研究丛刊》2014年第5期。

式。即他在论证过程中，常常将鲁迅在不同时期关于某一话题的不同表述并置在一起，通过对其文本的比较、分析，追寻鲁迅思想变化的轨迹。这样的研究方法，不生硬，不牵强，往往具有很好的说服力。比如他在分析鲁迅从“五四”到20年代初思想的变化时，抓住“牺牲”这一关键词，援引《我们现在怎样做父亲》《随感录六十三·与幼者》等文，指出他在此时所设想的“通过先行者的自我牺牲来推动变革的理想”，可以被认为是“屈折的个性主义的表现或是消极的表现”①。他又拈出鲁迅写于1923年的《娜拉走后怎样》作为对比，认为与之前的主张已大相径庭、截然相反。这说明鲁迅对自己的思想进行了反思，他认为其原因在于“鲁迅认识到自我牺牲对自己而言绝非易事，现实中，推动中国变革也绝非轻易而成”②。或许是觉得正文引述不够，也可能是事后增补，中井又常常在文后以“补注”的形式列出相关文章，从中也可看出中井对鲁迅作品十分熟悉。

综上，中井政喜的鲁迅研究更加追求研究的客观性，自觉运用比较方法，形成了具有一定开创性的观点。但其不足在于论述过程中的论证略显薄弱，有时甚至直接提出结论，而将论证过程跳过（这一点与伊藤虎丸的行文风格颇为相似），使得其研究略显单薄。

三

在对鲁迅思想的解读中，中井政喜非常善于“读书得间”，即从字里行间，细心地捕捉鲁迅思想的深层蕴涵，并追踪其变化轨迹。《工人绥惠略夫》可以说是中井论述较多的一部作品，他在谈及鲁迅的复仇观、《孤独者》时，都将这一作品作为参照系。并且，他的研究是将其放在鲁迅思想的发展脉络中加以把握的。这首先要追溯到鲁迅的文学活动之始。关于鲁迅“五四”到20世纪20年代初文学、思想与早期的异同，中井别出心裁地用“明”“暗”这两个词概括其创作

① 中井政喜：《鲁迅探索》，卢茂君、郑民钦译，知识产权出版社，2017年，第42页。

② 中井政喜：《鲁迅探索》，卢茂君、郑民钦译，知识产权出版社，2017年，第44页。

的特征。所谓“明”是指那些“与早期文学活动的启蒙性、积极性的方向相一致”的内容，能够激起读者“与旧中国的黑暗状态进行战斗的勇气”；“暗”则对应《狂人日记》等“一下子给读者以阴暗印象的内容”①。这看似感受性评价，却有点睛之功效，至少将鲁迅的创作心理揭示了出来。的确，在鲁迅写于“五四”时期的一些文章中，蕴含着他对青年、对未来的乐观态度。他基于进化论的“公理”，认为青年必定胜于老年，其语调和价值取向也倾向于积极的一面。鲁迅文章中所呈现出的这种“明”，甚或给读者以温情之感。中井将其视为鲁迅早期思路的延续，他指出鲁迅肯定“个人的自大”、倡导精神层面的革新等，所体现的“应该是早期文学活动基本思想的正统结晶”②。

中井认为鲁迅翻译《一个青年的梦》，说明他“提出的人道主义是纯粹的、乐观的”③。但从另一方面来看，鲁迅本就具有与《工人绥惠略夫》“产生共鸣的共通点”，即“受挫的改革者所饱尝的痛苦和憎恶”④。通过与该作品的接触，鲁迅“得以进一步明确认识”到这种“厌世的个人主义”。同时，作品中绥惠略夫对“托尔斯泰主义者”亚拉借夫的批评，也“第一次对鲁迅以及他的人道主义、理想主义产生冲击”⑤。经由此，鲁迅乐观的理想主义与人道主义等思想“受到重大的质疑”⑥，因此可以说该小说是“激发新思想的切入口”⑦。中井进一步指出：“为中国变革而斗争所表现出来的‘明’的部分与揭示中国变革过程中难以逾越的障碍的‘暗’的部分”，对1918年以后的鲁迅而言，表现为他的“‘个人主义’与‘无治的个人主义’的双刃剑状态”⑧。

中井又颇有新意地借助该小说来分析鲁迅的小说作品，认为他受到绥惠略夫

---

① 中井政喜：《鲁迅探索》，卢茂君、郑民钦译，知识产权出版社，2017年，第5页。
② 中井政喜：《鲁迅探索》，卢茂君、郑民钦译，知识产权出版社，2017年，第5—6页。
③ 中井政喜：《鲁迅探索》，卢茂君、郑民钦译，知识产权出版社，2017年，第45页。
④ 中井政喜：《鲁迅探索》，卢茂君、郑民钦译，知识产权出版社，2017年，第49页。
⑤ 中井政喜：《鲁迅探索》，卢茂君、郑民钦译，知识产权出版社，2017年，第50页。
⑥ 中井政喜：《鲁迅探索》，卢茂君、郑民钦译，知识产权出版社，2017年，第45页。
⑦ 中井政喜：《鲁迅探索》，卢茂君、郑民钦译，知识产权出版社，2017年，第51页。
⑧ 中井政喜：《鲁迅探索》，卢茂君、郑民钦译，知识产权出版社，2017年，第155页。

的影响，采用“经历挫折的改革者的厌世的个人主义的视角”来重新审视现实①，比如阿Q在被人欺压的同时，又欺侮更弱小者。这正像鲁迅在《译了〈工人绥惠略夫〉之后》所说的：“不幸者们”也“正如幸福者一般的糟蹋生活”。相比之下，亚拉借夫的痕迹也体现在鲁迅的作品中，如《故乡》中“我”从少年闰土那里“看到天性的善良”，《一件小事》中车夫的善良之举，说明鲁迅心中仍保留了人道主义思想。而这两种思想的纠葛、矛盾，“显示出鲁迅在重新审视、重新衡量现实各个方面时所产生的思想动荡的摇摆幅度”②。

中井政喜又在另一篇文章中对鲁迅自己所说的“人道主义”与“个人的无治主义”的“消长起伏”做近似词源学的考证。他在前人研究的基础上，借助鲁迅的《译了〈工人绥惠略夫〉之后》一文，对“个人的无治主义”的内涵做出了清晰的界定，认为在1905年俄国革命失败前后，阿尔志跋绥夫所用的这一词汇包含两个方面：一是“以赛宁为代表意义上的、虚无的享乐的‘个人主义’”，一是绥惠略夫式的“厌世的个人主义”③。中井又转而分析了鲁迅个人生活尤其是他在旧式婚姻中的心态，认为第一种在其身上“作为固有的变形的心态而存在”，即放弃那种“肩住黑暗闸门”的牺牲姿态，搁置自身行为的现实指向性，“追求自我幸福的‘虚无的’‘个人主义’”。这种倾向在“1923年明确显现出来，1925年至1927年初深藏于内心，偶尔流露出来，1927年初以后被鲁迅扬弃”④。这一点确未为人所揭示过。中井更由此回溯“个人主义”一词在鲁迅那里的最初含义，指出在鲁迅的早期文章中，是指“不奉承庸俗之众，尊重个性，坚守自己所相信的真理，敢于与多数、愚民进行战斗的生活态度”⑤。绥惠略夫式“无治的个人主义”中的“个人主义”与之存在顺承关系。其个人主义“虽然持续着原本的连续面”，但又是“自早期文学活动失败、辛亥革命受挫后从内部伤口派生出来的

---

① 中井政喜：《鲁迅探索》，卢茂君、郑民钦译，知识产权出版社，2017年，第55页。
② 中井政喜：《鲁迅探索》，卢茂君、郑民钦译，知识产权出版社，2017年，第62页。
③ 中井政喜：《鲁迅探索》，卢茂君、郑民钦译，知识产权出版社，2017年，第144页。
④ 中井政喜：《鲁迅探索》，卢茂君、郑民钦译，知识产权出版社，2017年，第149页。
⑤ 中井政喜：《鲁迅探索》，卢茂君、郑民钦译，知识产权出版社，2017年，第151页。

'无治的个人主义'"①。可以说，中井对该问题刨根问底式的开掘，更新了对鲁迅所用这一词汇内涵的理解，同时也将其作为一条线索，将鲁迅思想的转变勾勒出来。

中井在解读《孤独者》时，也将其与《工人绥惠略夫》并置在一起，认为鲁迅在小说中把自己的"毒气和鬼气""彻底地意识化、对象化"②，魏连殳也是"经历受挫体验的改革者"③。但他同时还保留着亚拉借夫式的人道主义思想，即相信"孩子总是好的。他们全是天真……"支撑他活下去的，是"改革的理想和信念"。但魏连殳最终因意识到理想的不可实现，而走向了复仇之路④。因此，可以认为该作品是受到《工人绥惠略夫》的影响而创作出来的，鲁迅在对其产生共鸣后，塑造了"中国的绥惠略夫"形象。但二者的不同在于：绥惠略夫是对一切人的复仇，而魏连殳"是通过自我毁灭实施对整个旧社会的复仇"，也即"自虐性形式的复仇"⑤。

有论者认为中井的研究有着"独到的'发现'和周密的'描述'"，凭借着其"流动性和网络性的研究意识"⑥，以历时性为线索，尤其注重对鲁迅创作动机的探寻，并以此来描绘出鲁迅思想某一方面的发展演变过程。这一点在他对鲁迅复仇观的分析上，表现得较为明显。这一话题属于旧题新做，相关成果已非常多，但已有研究往往将相关作品放在一起进行比较分析，并未就其差异性做出区分。中井的贡献在于将其具体细分为三个阶段，并指出它们在时间上的前后关系，确是发人所未发之论。

第一阶段是鲁迅早期文章中所举作家如密茨凯维支、普希金等塑造的复仇者形象，涉及民族解放、民众反专制等层面。但由于早期文学活动的失败、辛亥革命的受挫经历，使鲁迅意识到自己不是"摩罗诗人"那样的英雄人物，"从而陷

---

① 中井政喜：《鲁迅探索》，卢茂君、郑民钦译，知识产权出版社，2017 年，第 153 页。
② 中井政喜：《鲁迅探索》，卢茂君、郑民钦译，知识产权出版社，2017 年，第 198 页。
③ 中井政喜：《鲁迅探索》，卢茂君、郑民钦译，知识产权出版社，2017 年，第 201 页。
④ 中井政喜：《鲁迅探索》，卢茂君、郑民钦译，知识产权出版社，2017 年，第 204 页。
⑤ 中井政喜：《鲁迅探索》，卢茂君、郑民钦译，知识产权出版社，2017 年，第 206 页。
⑥ 刘国平：《八十年代以来日本中青年学者鲁迅研究评介》，《鲁迅研究月刊》1994 年第 3 期。

入巨大的自我失望的苦恼之中”①。同时，由于他坚信自己主张精神革新是正确的，“由此产生深刻的孤独感”②。这使他的复仇观进入第二阶段，即受挫的改革者的复仇。他通过接触绥惠略夫式的复仇，“明确意识到自己内心也存在受挫的改革者的复仇心理”③。中井认为女师大风潮使鲁迅部分修正了绥惠略夫式的“一切是仇仇，一切都破坏”，因为他意识到“军阀以及与之相勾结的知识分子”是进行改革的障碍④，因而对他们产生“激烈的憎恶”，将他们视为改革者要复仇的对象。所以他在《孤独者》中塑造了魏连殳这一形象，从而“完成了自新的感情净化”。此后，“鲁迅作品里就再也没有出现这个谱系的复仇观”⑤。

鲁迅在意识到自己不是“振臂一呼应者云集”的英雄之后，转而以培育天才的泥土自居，甘于自我牺牲。中井称之为“反向的个性主义”⑥。“其结果使鲁迅的活动实际上更富有献身的自虐色彩。”⑦ 但现实中兄弟失和、青年的指责使鲁迅深感被利用、也使他意识到牺牲的无谓。这些促使他的复仇观进入第三个阶段，即“遭到背叛的献身者的复仇”。《铸剑》反映了鲁迅从 1926 年 10 月开始的“对那些忘恩负义者的复仇观急剧猛烈爆发的状态”⑧，并且表明鲁迅已从中“摆脱出来、获得了新生”⑨。可见，中井紧紧围绕鲁迅的个人体验和经历、思想转变来解读作品，很好地将作品解读与思想研究结合在一起，使二者互为参证，从而深化了对话题的认知。

再如他对鲁迅民众观的阐释，也不乏阐幽抉微之处，展现出其研究的细致特点。鲁迅早期文章中有两类民众：一是愚民，一是“朴素之民”，后者是“他所设想的理所当然的民众形象”。但总的来说，他是“将民众置于接受‘精神界之战

---

① 中井政喜：《鲁迅探索》，卢茂君、郑民钦译，知识产权出版社，2017 年，第 86 页。
② 中井政喜：《鲁迅探索》，卢茂君、郑民钦译，知识产权出版社，2017 年，第 87 页。
③ 中井政喜：《鲁迅探索》，卢茂君、郑民钦译，知识产权出版社，2017 年，第 88 页。
④ 中井政喜：《鲁迅探索》，卢茂君、郑民钦译，知识产权出版社，2017 年，第 92 页。
⑤ 中井政喜：《鲁迅探索》，卢茂君、郑民钦译，知识产权出版社，2017 年，第 89 页。
⑥ 中井政喜：《鲁迅探索》，卢茂君、郑民钦译，知识产权出版社，2017 年，第 96 页。
⑦ 中井政喜：《鲁迅探索》，卢茂君、郑民钦译，知识产权出版社，2017 年，第 97 页。
⑧ 中井政喜：《鲁迅探索》，卢茂君、郑民钦译，知识产权出版社，2017 年，第 101 页。
⑨ 中井政喜：《鲁迅探索》，卢茂君、郑民钦译，知识产权出版社，2017 年，第 102 页。

士'的'心声'的引导这样被动的位置上"①。这两种形象谱系在他后来的作品中仍有延续。辛亥革命等事件也使他确信愚民的存在。与早期相比，鲁迅在小说中塑造的形象，从那些更加符合社会真实的、未经启蒙的民众的生存状态"得到实证"②。同时，他在《随感录》中所说的"能发现这一种天性"的人、"后起新人"可视为"朴素之民"的延伸，"觉醒者将他们的天性之爱作为基础，并进而作为向下一代人扩大、醇化的基本保障"③。中井认为，值得注意的是鲁迅在"五四"时期的民众观比之早期又多了一层内涵，即由于鲁迅"领袖意识的崩溃"，使他对"旧社会牺牲者、弱小者的痛苦产生同情和怜悯"④。"这是比早期文学活动更为深化的人道主义。"⑤ 之后，由于他在 1920 年对绥惠略夫的接受，意识到"朴素之民"（如闰土）"在旧社会的悲惨的处境、不幸的命运和无力的现状"，因而无法成为他所期望的"变革主体"⑥。由此，他在 1924 年以后的小说中不再关注旧式知识分子，"而是对 20 世纪 20 年代的知识分子更加关心，深入剖析"⑦。中井指出：鲁迅认为旧社会存在两种人，一是"施加痛苦者"，一是"受苦者"。但下层民众"有时候会以施加痛苦者的形象出现"⑧。因此，整体而言，鲁迅的民众观"各个方面通过与早期文学活动的比较不断深化，并一直保持相互矛盾的结构"⑨，这可以说是中井最终得出的结论。

四

概而言之，中井政喜的鲁迅研究主要借用文本细读的方法，展开对鲁迅思想

① 中井政喜：《鲁迅探索》，卢茂君、郑民钦译，知识产权出版社，2017 年，第 116、118 页。
② 中井政喜：《鲁迅探索》，卢茂君、郑民钦译，知识产权出版社，2017 年，第 123 页。
③ 中井政喜：《鲁迅探索》，卢茂君、郑民钦译，知识产权出版社，2017 年，第 126 页。
④ 中井政喜：《鲁迅探索》，卢茂君、郑民钦译，知识产权出版社，2017 年，第 124 页。
⑤ 中井政喜：《鲁迅探索》，卢茂君、郑民钦译，知识产权出版社，2017 年，第 126 页。
⑥ 中井政喜：《鲁迅探索》，卢茂君、郑民钦译，知识产权出版社，2017 年，第 130 页。
⑦ 中井政喜：《鲁迅探索》，卢茂君、郑民钦译，知识产权出版社，2017 年，第 130 页。
⑧ 中井政喜：《鲁迅探索》，卢茂君、郑民钦译，知识产权出版社，2017 年，第 131 页。
⑨ 中井政喜：《鲁迅探索》，卢茂君、郑民钦译，知识产权出版社，2017 年，第 131 页。

的探究。由于作者对鲁迅文本的熟悉，因而能够将一些看似关联性不大的问题融会贯通，将其纳入鲁迅对某一问题的持续性思考当中，从而对鲁迅思想的前后演变做出较有说服力的论述。他对鲁迅民众观、复仇观的审视，颇多洞幽烛微之处，能在前人研究的基础上推进对该问题的思考，进而提出了一些具有一定创见性的观点。

在对鲁迅思想的深度开掘过程中，中井政喜注重考察鲁迅的翻译活动，从而对鲁迅的某一思想观念做“考镜源流”式的探究。尤其值得注意的是，中井善于对其思想影响源进行比较研究，比如有岛武郎、片上伸、青野季吉等人文学观的细微差异，从而确定鲁迅思想受何人影响更多。这一点与北冈正子《鲁迅：救亡之梦的去向》一书不乏相似之处。北冈通过辨析严复译《天演论》与赫胥黎、斯宾塞观点的不同，来对鲁迅思想进行探源式研究。可以说，中井政喜对鲁迅思想观念的生成、演变所做的揭示，角度新颖，且层层推进，有着较高的信服力，其价值和意义应予以重视。

从“如何变”到“为何变”：人文版《鲁迅全集》注释演变与鲁迅研究的关系初探
——以《呐喊》《彷徨》为例①

□柳晓珊

【摘要】《鲁迅全集》版本众多，自人民文学出版社1958年出版注释本以来，《鲁迅全集》的注释内容也几经校订、修改错讹。通过基本的梳理和归纳可以看到，人民文学出版社1958年版、1981年版、2005年版三版全集的注释内容驳杂、变化大、修订多，伴随着鲁迅研究领域的变化而变化。如何变、为何变、变的结果又如何？通过爬梳《鲁迅全集》的修订出版历程，可以分析《鲁迅全集》注释变化的种种原因，呈现出《鲁迅全集》注释演变的情况及其与鲁迅研究的互动共生关系。

【关键词】《鲁迅全集》；注释；版本；鲁迅研究；《呐喊》；《彷徨》

《鲁迅全集》(以下简称《全集》)的出版历来是“出版界的大事”，受到多方的关注。自1938年初次出版以来②，各版本的全集迄今已有30种之多，但各个版本情况复杂，编排方式不一，质量上也各有参差。版本的变化主要表现在作品

---

① 作者简介：柳晓珊(1994—)，西南大学文学院2020级博士研究生，主要研究方向为中国现当代文学与中外文化、中国现代文学文献学。基金项目：国家社科基金重大项目“中国现当代文学思想史”(编号：19ZDA274)阶段性成果。

② 刘波：《藏书闲话：〈鲁迅全集〉版本概说》，新浪博客：http://blog.sina.com.cn/s/blog_5e3c6c480100zx1v.html；扈秀清：《我收藏的〈鲁迅全集〉版本》，https://www.meipian.cn/jdi1jhc。《鲁迅全集》自1938年出版以来，版本复杂，种类繁多，在刘文和扈文中详细地列举说明了各个版本的情况。

收录、编排、注释等方面，而注释是《鲁迅全集》版本变化的重要表现之一。在众多的版本中，注释工作是从1958年人民文学出版社（以下简称“人文社”）出版《全集》开始的，除1973年版无注释以外，人文版《全集》的注释均是由国家组织了大量专家学者进行，并且之后的1981年版、2005年版借鉴前人的工作思路，承接之前的注释工作，对注释进行了反复考证并加以完善。而其余版本的全集，一方面缺乏大量的人力进行注释，另一方面缺乏注释的基础和延续性，与人文社的三个版本相比，注释的质量就高下分明了。

人文社三个版本的《全集》也经历了不同的时代：从“革命话语”的中华人民共和国成立初期到“个性解放”的80年代，再到“众声喧哗”的21世纪，具有跨时代的代表性。不难发现《全集》的注释随着时代的变化在逐渐详细、增多，出现了修订错讹、增加新注、删除旧注等变化。那么《全集》的注释如何变、为何变、变化之后又如何呢？这个问题从文献工作转变为学理上的思考。从作注者、接受者、作注目的、社会文化背景等方面看来，注释作为一种史料，其可靠性和价值似乎受到了质疑，但这些注释的变化一定程度上也彰显着鲁迅研究与《全集》等史料工作的互动共生关系。鲁迅研究曾一度对思想锋利的杂文投以更多的关注，对受众接受状态的研究相对迟缓，这也造成了鲁迅研究的某种失衡；小说作为叙事性作品，除了思想上的内蕴，还具有形式技巧上的吸引力，更易为受众接受，因此以人文社三个版本（即1958年版、1981年版、2005年版）的《全集》为讨论范围，以三个版本中《呐喊》《彷徨》为例考察《全集》的注释演变过程，较容易看出《全集》等史料工作与鲁迅研究的互动关系。

一、注释版本流变简述

1958年版《鲁迅全集》作为首部有注释的版本，从形式上看，其注释均采用集后尾注的形式，以数字编码代替注条进行注释，如：“本草什么”① 是《狂人日

① 鲁迅：《鲁迅全集（一）》，《呐喊》人民文学出版社，1957年，第482页。

记》文中的第 4 个注条，在集后尾注《狂人日记》题下则用阿拉伯数字“4”代替；从内容上看，此版本多数注释通俗简洁，均做了题解——对每篇题目进行解释。就《呐喊》《彷徨》而言，注释数量分别为 91 个和 49 个，注释内容主要为古典文献、人物、字词和史实等内容。

以 1958 年版《鲁迅全集》的注释为基础，注释随《全集》的版本更新又经历了两次变化，大致的注释方法就是“加注——增补的注条，即旧版本没有进行注释的内容，新版本进行了注释；补注（详注）——补充注释，对旧版本已有的注释进行详细完善，包括古典文献的出处、解释；订正（改注）——对旧版本中的某些错误进行修改”① 三类，还有极个别的删注情况。我们对三个版本的《呐喊》《彷徨》的注释做一些梳理和对比。

表 1　《呐喊》《彷徨》三个版本注释数量变化统计表

版本	《呐喊》	《彷徨》
1958 年版	91 个	49 个
1981 年版	154 个 （加注 55 个，删注 2 个，改注 17 个，详注 25 个）	114 个 （加注 66 个，删注 1 个，改注 7 个，详注 11 个）
2005 年版	153 个 （加注 0 个，删注 1 个，改注 5 个，详注 13 个）	116 个 （加注 3 个，删注 1 个，改注 8 个，详注 7 个）

通过表 1，我们能够看到从 1958 年版到 1981 年版的注释数量骤增，分别从 91 个、49 个上升到 154 个、114 个；1981 年版到 2005 年版的注释量变化则较小：《呐喊》的注释减少了 1 个，《彷徨》的注释仅增加 2 个。而这些注释的变化以加注为主：1981 年版《呐喊》《彷徨》分别加注 55 个和 66 个，改注为 17 个和 7 个，详注为 25 个和 11 个；2005 年版仅加注 0 个和 3 个，改注 5 个和 8 个，详注 13 个和 7 个。仅从数量上的变化可以看出，1981 年版的注释者在注释时的考虑范围之

① 林辰：《写在〈鲁迅全集〉出版的时候》，《人民日报》1981 年 9 月 23 日。本文收入《纪念鲁迅诞生一百周年文献资料集》，人民文学出版社，1983 年，第 83 页。

广泛、注释工作之严谨与繁重。

加注、详注、改注的注释按照内容大致可以分为四大类①：1. 古典，即引用的古典文献，诸如字、词、语句、文章、古人名等；2. 字词，即解释当时的事物、专用名词、生僻词等；3. 史实，即历史事件的来龙去脉之类；4. 人物，即比较有争议的文坛人物与革命人物，也包括部分的其他人物。注释内容分类结果可见表 2：

表 2　1981 年版、2005 年版注释中的加注、改注、详注、删注情况统计表

<table>
<tr><th rowspan="2"></th><th colspan="4">加注</th><th colspan="4">详注</th><th colspan="4">改注</th><th colspan="4">删注</th></tr>
<tr><th colspan="2">《呐喊》</th><th colspan="2">《彷徨》</th><th colspan="2">《呐喊》</th><th colspan="2">《彷徨》</th><th colspan="2">《呐喊》</th><th colspan="2">《彷徨》</th><th colspan="2">《呐喊》</th><th colspan="2">《彷徨》</th></tr>
<tr><td>古典</td><td>23</td><td>0</td><td>25</td><td>1</td><td>2</td><td>7</td><td>6</td><td>3</td><td>7</td><td>2</td><td>3</td><td>3</td><td rowspan="4">2</td><td rowspan="4">0</td><td rowspan="4">1</td><td rowspan="4">1</td></tr>
<tr><td>字词</td><td>25</td><td>2</td><td>28</td><td>2</td><td>0</td><td>3</td><td>3</td><td>2</td><td>4</td><td>2</td><td>5</td><td>2</td></tr>
<tr><td>史实</td><td>4</td><td>0</td><td>9</td><td>0</td><td>2</td><td>1</td><td>0</td><td>1</td><td>1</td><td>1</td><td>1</td><td>2</td></tr>
<tr><td>人物</td><td>4</td><td>0</td><td>4</td><td>0</td><td>1</td><td>4</td><td>3</td><td>1</td><td>1</td><td>1</td><td>0</td><td>1</td></tr>
</table>

（注：每一栏第一列为 1981 年版，第二列为 2005 年版。因为个别注释改注之后又进行了详注或合并，故数字有细微出入）

根据表 2，从总体的变化看：《呐喊》《彷徨》增加的注释数量来自于 1981 年版《全集》中对古典文献和有关字词的注释，2005 年版做的补充修订占比极少。具体分析，1981 年版的《呐喊》比 1958 年版的“古典文献”注释多了 23 个，占了总加注的 1/2 左右，字词的注释同样占据 1/2 左右；2005 年版的《呐喊》与 1981 年版的相比仅在“字词”相关的注释方面做了补充。1981 年版的《彷徨》比 1958 年版的“古典文献”注释多了 25 个，占了加注数量的将近 1/3，字词的解释更是占据将近 1/2；2005 年版的《彷徨》与 1981 年版相比仅仅做了一些补充。从数据看，数量极少，占比极低。

与 1958 年版相比，1981 年版中《呐喊》《彷徨》详注的部分在“古典文献”；

① 林辰：《写在〈鲁迅全集〉出版的时候》，《人民日报》1981 年 9 月 23 日。本文收入《纪念鲁迅诞生一百周年文献资料集》，人民文学出版社，1983 年，第 83 页。

与1981年版相比，2005年版详注的部分也在“古典文献”；详注的“人物”在1981年版和2005年版的《呐喊》《彷徨》中数量正好相反：1981年版《呐喊》详注的人物比2005年版的少，1981年版的《彷徨》详注的人物比2005年版的多；而“史实”的变化是最小的（按，此处仅限于《呐喊》《彷徨》中的史实注释）；“删注”只是删去了“老了”“宁式床”“搭连”“No”等惯用语言——已经为受众所熟知，无需再进行注释说明，这一点也可反向考察旧版本（即相对于1958年版的1981年版，相对于2005年版的1981年版）注释的状况以及这些具有时代烙印的注释与鲁迅研究的互动共生关系。

二、注释变化探源

从20世纪50年代到80年代，从80年代到新时期，时间跨度均为20多年，《全集》的注释量差别极大，变化极多。为更好地把握注释的作用和可靠性，我们依据注释数量、注释内容和注释标准的变化来分析注释的变化情况及其变化原因。

（一）注释数量变化论析

《全集》的注释涉及古今中外、方言字词、（中外）人物风俗、古典今典①等多个方面的知识。以《呐喊》《彷徨》为例，与1958年版相比，1981年版对古典文学的注释分别增加了23个和25个；对字词的注释增加了25个和28个。2005年版的《全集》与1981年版的《全集》则相差甚微。这个差距的原因至少有三个方面：1. 50年代注释以“普及”为目的，注释简单；2. 80年代伊始，改革开放逐

① 解志熙：《考文叙事录：中国现代文学文献校读论丛》，中华书局，2009年，第12页。“今典”的概念来自陈寅恪，解志熙先生在此书中借来“指称现代文学文本包含着的一些关于当时文坛以至国事的‘故事’和‘事迹’，由于它们与古典文学中的‘典故’‘用事’不同，所以姑且称之为‘今典’。”

渐展开，但是“由于禁锢的太久，人们的思想还来不及转弯”①，需要注释的内容更多；3. 2005年版《全集》的编纂工作延续1981年版，故差别较小。我们分析这些变化的原因，可以进一步了解《全集》注释的变化与鲁迅研究的动态关系。

鲁迅在1936年去世，1938年出版了第一版《全集》，没有注释的原因有以下几点：1. 经费不足；2. 急于出版，时间不足②；3. 读者身处鲁迅时代，《呐喊》《彷徨》对于多数读者而言并无难事，遂不进行注解；4. 出版时编辑任务繁重，大多选本要抄写之后才能交付印刷③。值得品味的是：鲁迅自认为“拿我的那些书给不到二十岁的青年看，是不相宜的……”④，又在致友人的信中表示：“我的文章，未有阅历的人实在不见得看得懂，而中国的读书人，又是不注意世事的居多，所以真实无法可想。”⑤ 既然难懂，那么对《全集》进行注释自然是十分有必要的。

时隔12年，人民文学出版社对1958年版《全集》进行了注释，如上文所述，《呐喊》注释91个，《彷徨》注释49个。在中华人民共和国成立后，文化界此时已发生了翻天覆地的变化，但是部分与鲁迅同时代的文艺界工作者仍活跃于文坛或是政坛。冯雪峰就是典型的代表，作为鲁迅生前好友及鲁编室的负责人，在给《呐喊》《彷徨》作注时，尽管“必须绝对严守科学的客观的方法态度和历史的观点”⑥，但无法避免用自己切近时代的知识或者认识研究鲁迅著作，因而一部分时下读者或编者习以为常的词汇、语句等便没有进行注释，诸如康有为、祝福、无常、八十千、庙祝、鹰洋等，所以1958年版虽然对《全集》进行了注释，但是注

① 王锡荣：《从〈鲁迅全集〉的注释看中国80年代文艺》，《上海鲁迅研究》，2014年。

② 朱正：《略说〈鲁迅全集〉的五种版本》，《中国图书评论》2006年第4期。

③ 许广平：《〈鲁迅全集〉编校后记》，原载《上海妇女》1938年8月1卷8期，后收入《鲁迅全集》，人民文学出版社，1973年。

④ 鲁迅：《1936年4月2日致颜黎民信》，《鲁迅全集》第十三卷，人民文学出版社，1981年，第346页。

⑤ 鲁迅：《1936年4月5日致王冶秋信》，《鲁迅全集》第十三卷，人民文学出版社，1981年，第350页。

⑥ 冯雪峰：《鲁迅著作编校和注释的工作方针和计划草案》，《鲁迅小说资料（11）》，天津人民出版社，1983年，第5页。

释量不是非常多。

1981年版的《呐喊》《彷徨》的注释数量是1958年版的两倍左右，分别为154个和114个，这是一个令人惊讶的数字。

《呐喊》中加注的：

割骨疗亲、监学、西施、道台、名不正则言不顺、内传、引车卖浆之流、状元、塞翁失马焉知非福、不孝有三无后为大、若教之鬼馁而、妲己、男女之大防、士别三日当刮目相看、斯亦不足畏也已、性相近、无是非之心、入芝兰之室……

《彷徨》中加注的：

送灶、祝福、事理通达吸气和平、八十千、炮烙、《诗经》、《孟子》、《女儿经》、江浙等地的战争、中庸之道、共济讲社、孟母、袁了凡纲鉴、人生识字忧患始、淝水之战、一日不见如隔三秋、一失足而知礼节、切夫非常之人必能行非常之事、先帝爷在白帝城……

以《呐喊》《彷徨》中加注的部分为例，从注释的对象上看，古典文献的注释量急剧增加，字词的注释变化幅度次之，人物和史实的改变最少，其中与儒家学说相关的注释是古典文学注释的主要对象。

2005年版的《呐喊》《彷徨》的注释数量与1981年版的差异之处在于：2005年版《呐喊》删除了“No”；《彷徨》删注“菊月吉旦”，加注“长明灯”“敛衽”“搥”。除了“No”成为一般的常识以外，“菊月吉旦”则是传统习俗的简称，2005年版将其简略地合并在另外的注释之后，而增加的三个注释则为古典文献知识的解读。可以看出在2005年版《全集》的注释与1981年版比差别甚微，多为知识性的增删，此时的鲁迅研究史料发掘已经趋向成熟稳定，因此注释变化差异便减小了。

---

① 程中原：《胡乔木与1981年版〈鲁迅全集〉》，《纵横》2004年第6期，后收入程中原：《在历史的漩涡中》，中国文史出版社，2008年。

（二）注释内容变化论析

从1958年版《鲁迅全集》伊始，《全集》的出版都有相应的“立场和标准”，而注释内容与编注者的“立场”是密切相关的。

冯雪峰在鲁迅著作的编校和注释工作开始之前定下了编校计划和注释工作的方针：“立场和标准，是中国人民革命的利益和前进方向。”① 1958年版《全集》的出版是在“新中国成立后，党和政府高度重视鲁迅著作的整理和出版”② 的状态下组织进行的，主要的编辑人员有孙用、杨霁云、林辰、王士菁等人。新闻出版总署从各私营书店收回鲁迅作品的版权，并在上海建立鲁迅著作编刊社，冯雪峰任社长。后因冯雪峰被任命为人文社社长，鲁编室也随之迁到北京③。通过任命冯雪峰为社长和编辑的形式，实质上已经把一种文学出版行为转变为一种行政行为。冯雪峰作为无产阶级文艺的代表，是具有鲜明的阶级意识的。从30年代“左翼”思潮的兴起到中华人民共和国成立以后的“文艺大众化”“文艺为工农兵服务”等文艺主张的提倡，冯雪峰一直在追求“真正的人，真正的巨人”④，这种追求与社会制度、意识形态紧密结合的文艺思想对文艺普及工作的影响，在知识分子中间延宕开来，自然会在注释工作中进行诸多修改和对某些史实进行修饰。

1958年版《全集》的“编校和注释工作开始于1950年11月”⑤，冯雪峰计划在1952年内完成⑥，但实际上在1956年至1958年才陆续出版完⑦。冯雪峰在1957年被划为“右派分子”，这对《全集》的出版工作产生了不小的影响，即如朱正所指出的，“七、八、九、十各卷跟以前的几卷比一比，一眼就可以看出工作

① 冯雪峰：《鲁迅著作编校和注释的工作方针和计划草案》，《鲁迅小说资料（11）》，天津人民出版社，1983年，第5页。

② 张小鼎：《〈鲁迅全集〉四大版本编印纪程》，《新文学史料》2006年第4期。

③ 张小鼎：《〈鲁迅全集〉四大版本编印纪程》，《新文学史料》2006年第4期。

④ 冯雪峰：《雪峰文集·真正的人真正的巨人》，人民文学出版社，1983年，第459页。

⑤ 人民文学出版社“五四文学组”：《关于〈鲁迅全集〉的编注工作》，原载《文艺书籍评论丛刊》，后收入《读书》1958年版。

⑥ 张小鼎：《〈鲁迅全集〉四大版本编印纪程》，《新文学史料》2006年第4期。

⑦ 鲁迅：《鲁迅全集（一）》，《呐喊》《坟》《热风》，人民文学出版社，1957年。

马虎草率多了”①，而《呐喊》《彷徨》则是处于前两卷，是在 1956 年已经出版的，据此推断其编订工作在 1956 年前已经完成，都是由冯雪峰根据自己的计划和目的进行注释和编辑的，所以 1958 年版《呐喊》《彷徨》的注释情况可做个案分析。冯雪峰的注释目的“固然在于使读者能够更容易地读懂鲁迅作品，但还必须能起一种鲁迅思想的阐明作用，使鲁迅思想的进步的、革命的、新民主主义的本质更昭明于世”②，从政治立场的影响和注释标准的要求两个角度出发，此目的有两个作用：一是让读者更容易读懂鲁迅作品，如：

海乙那：hyena 的音译，即鬣狗（又译作土狼），是一种凶猛的食肉兽，常常跟在狮虎等猛兽之后，吃他们剩下来的东西。——14 页。③

二是阐明鲁迅思想进步的、革命的、新民主主义的本质，如：

《狂人日记》题解中的“尖锐的攻击封建道德——吃人的礼教”。

1981 年版《全集》的“编辑、注释工作，是在十卷本的基础上进行的”，在“注释方面，这次对十卷本的注释作了一些修订和增补”④，这项工作是由胡乔木主持的。党中央和毛泽东于 1975 年 12 月 5 日批准了新《全集》的出版规划，要求在 1977 年完成，但是由于各种因素的限制，迟迟未能按时完成计划。1977 年由胡乔木主持《全集》的新版注释工作，并为此组成以孙玉石、刘增人、朱正、韩之友、丁锡根、应锦襄、徐斯年、陈漱渝、王锡荣等人为主的编注队伍。尽管受到时代环境的束缚，新版《全集》的编注队伍是“各地多家学校采用‘三结合’（即在校师生加上‘工农兵’代表）方式内查外调”⑤ 的方式组成的，所以此项工作更加谨慎和完善。《全集》准备工作伊始，“首先是重新明确注释、整理和出版工作中的有关方针性问题……注释对象主要是具有中等文化程度的读者，注释应

---

① 朱正：《略说〈鲁迅全集〉的五种版本》，《中国图书评论》2006 年第 4 期。

② 冯雪峰：《鲁迅著作编校和注释的工作方针和计划草案》，《鲁迅小说资料（11）》，天津人民出版社，1983 年，第 5 页。

③ 鲁迅：《鲁迅全集（一）》，《呐喊》《坟》《热风》，人民文学出版社，1957 年，第 483 页。

④ 鲁迅：《鲁迅全集（一）》，“出版说明”，人民文学出版社版，1981 年。

⑤ 王锡荣：《〈鲁迅日记〉注释修订记（上）》，《上海鲁迅研究》2006 年第 2 期。

力求准确、简明，避免繁琐，并应努力做到通俗易懂，涉及鲁迅进行的斗争和论战，必须严格掌握敌、我、友的界限，区别敌我矛盾和人民内部矛盾的不同性质，不要混淆”①。1981年版的注释“认真和慎重，并严格采取历史唯物主义的科学态度”，不对作品做“估定其价值的评论”，这一批文艺工作者经历了“狂乱的文学年代”，更加意识到学术、科学、理性精神的重要，力求“准确、简明、扼要和通俗易懂”② 的注释，所以1981年版的作注者更多是站在研究者的立场进行注释的，在内容上更加谨慎和客观。

如，“理学”一词：

版本	注释
1958年版	又称道学；“讲理学的人”就是所谓道学家。监生是国子监生源的简称（国子监原为国学，在清朝只存空名，不是教育），……③
1981年版	又称道学，是宋代周敦颐、程颢、程颐、朱熹等人阐释儒家学说而形成的为唯心主义思想体系。它认为“理”是宇宙的本体。把“三纲五常”等封建伦理道德说成是“天理”，提出“存天理，灭人欲”的主张。监生……④

“理学”的注释，1958年版仅解释为“道学”，并未说明其内容。“监生”也仅指出其全称。按照当时注释的标准，这种注释基本达到了其注释目的，满足注释标准的要求。从中华人民共和国成立后的文艺界的情况看，无产阶级立场是所有文艺工作者应有的立场，“文艺大众化”的普及工作势必受到无产阶级文艺立场的指导，所以刻意回避非无产阶级文艺的内容是必然的。

与1958年版相比，1981年版的注释更加详细，明确指出了“理学”的主要代表人、叙说性质、学术内容等，便于读者进一步了解鲁迅作品批评的对象和思想。“文化大革命”后，意识形态逐渐宽松，新的原则和标准严守“科学态度”，

① 程中原：《胡乔木与1981年版〈鲁迅全集〉》，《纵横》2004年第6期，后收入程中原：《在历史的漩涡中》，中国文史出版社，2008年。

② 林默涵：《关于新版〈全集〉的注释工作》，《人民日报》1981年9月9日，收入《纪念鲁迅诞生一百周年文献资料集》，人民文学出版社，1983年。

③ 鲁迅：《鲁迅全集（二）》，《彷徨》，人民文学出版社，1957年，第426页。

④ 鲁迅：《鲁迅全集（二）》，《彷徨》，人民文学出版社，1981年，第22页。

注释的质量也就随之提高了。

“2005年新版《全集》是在中宣部和新闻出版总署的关怀部署下，在《鲁迅全集》修订工作委员会直接领导下，由《鲁迅全集》修订编辑委员会具体主持实施的一项国家重点文化建设工程。”① 此版由新闻出版总署和中宣部组织成立委员会，以林默涵为主任，林非、陈漱渝为副主任，其编注队伍在1981年的基础上又增添了张梦阳、王国绶、陈福康、王世家、裘士雄五人。根据“增补不足，修订错讹”的原则，从收文、校勘和注释三方面进行全面修订。编注原则逐渐宽松，编注队伍日趋专业化。张小鼎认为，世纪之交，国际和国内的政治格局、思想观念发生了巨大而深刻的变化，“由于政治环境的宽松，民主精神的不断发扬，双百方针的重新贯彻”②，与鲁迅相关的内容得到了“较客观、全面、公正甚至全新的评价”。新的《全集》对注释进行了重新定位：1. 对注释进行减负，对作品中涉及的人不做过多的解释，只介绍到当时为止的情况；2. 纠正偏颇，如对人物的解释牵涉“国名党职务的”只说明职务，不加评论；3. 增补史料，对于注释不尽完善的地方进行了补充。与1981年相比，编注更加注重学术规范，尽可能采取客观的态度，使《鲁迅全集》达到一个新的水平③。

如，《沉沦》注释：

版本	注释
1958年版	《沉沦》是郁达夫所著小说集，内收中篇和短篇小说三篇：《沉沦》《南渡》《银灰色的死》，1921年10月出版；三篇内容都描写青年的忧愁的病态心理，带有颓废的倾向。《沉沦》和郁达夫的别的作品一般地以“不幸的青年”或是“零余者”为主人公。——89页④

① 张小鼎：《体现新世纪学术水平的〈鲁迅全集〉——浅谈2005年版〈鲁迅全集〉的几个特色》，《鲁迅研究月刊》2006年第3期。

② 张小鼎：《体现新世纪学术水平的〈鲁迅全集〉——浅谈2005年版〈鲁迅全集〉的几个特色》，《鲁迅研究月刊》2006年第3期。

③ 王锡荣：《鲁迅研究新成果与新版〈鲁迅全集〉》，收入王锡荣著《认识中国的一扇窗》，漓江出版社，2014年，第61页。

④ 鲁迅：《鲁迅全集（二）》，《彷徨》，人民文学出版社，1957年，第428页。

续表

版本	注释
1981 年版	小说集，郁达夫著，内收中篇小说《沉沦》和短篇小说《南迁》《银灰色的死》，一九二一年十月上海泰东图书局出版。这些作品以“不幸的青年”或“零余者”为主人公，反映当时一部分小资产阶级知识分子在帝国主义、封建势力压抑下的忧郁、苦闷和自暴自弃的病态心理，带有颓废的倾向。①
2005 年版	小说集，郁达夫著，内收中篇小说《沉沦》和短篇小说《南迁》《银灰色的死》，1921 年 10 月上海泰东图书局出版。这些作品以“不幸的青年”或“零余者”为主人公，反映当时一部分知识分子在帝国主义、封建势力压抑下的忧郁、苦闷和自暴自弃的心态。②

对《沉沦》的注释，1958 年版简单地解释了《沉沦》的内容；1981 年版，《沉沦》中的“青年”成为“小资产阶级知识分子”并受“帝国主义”压抑；2005 年版，《沉沦》注释删除了“小资产阶级”，认为这不再是“病态心理”，而只是一种“心态”。从编注立场上看，1958 年版的《彷徨》是由冯雪峰主持的，作为无产阶级文化的推动者和宣扬者，其目的在于普及和介绍鲁迅，所以注释相对简单明了；而 1981 年版则明显受到“思想禁锢”的影响，对于郁达夫等非无产阶级文艺作家的作品进行了政治定性；至 2005 年版，《沉沦》的注释则重回学术理性，相对客观。不难看出，政治环境的收紧与放松都影响到了《呐喊》和《彷徨》的注释变化，注释的变化也影响着对鲁迅的研究。随着政治环境的宽松，注释也愈发接近和还原史实，如对于“监学、西施、道台”等古典文献的注释，都经历了从简单到详细再到考证具体来源的过程，鲁迅作品中的其他注释都更加严谨和慎重。

（三）注释标准变化论析

除了编注立场之外，注释标准的变化也是《鲁迅全集》注释变化的动因。总体来看，注释标准是以接受对象的文化程度为标杆的。1958 年版的注释按照冯雪峰的意见，建立了一个注释标准：“以普通初中毕业生能大致看得懂为一个大概

① 鲁迅：《鲁迅全集（二）》，《彷徨》，人民文学出版社，1981 年，第 108 页。
② 鲁迅：《鲁迅全集（二）》，《彷徨》，人民文学出版社，2005 年，第 111 页。

的标准。”① 这也就相应地限制了注释的内容深度，比如古字、古语和引用古籍的注释（即古典文献注释）、外典的注释……依据此标准，1958 年版的《呐喊》《彷徨》中的注释多数简洁通俗。而 1981 年版的注释的接受对象则是“具有中等文化程度的读者”，这个范围一方面是因为时代的推移，受众的群体有所改变；但另一方面也表明了接受对象的范围在扩大，接受对象的文化程度是小幅度提升的。2005 年版注释的接受对象已没有明确的要求，也意味着注释既要简洁易懂，符合普通读者的接受能力，又要严谨、真实，满足专业读者的研究需要。

举例来说，如《狂人日记》中的注释“本草什么”：

版本	注释
1958 年版	指《本草纲目》，这是中国一部研究药物的经典性的书，共 52 卷，明朝李时珍（1518—1593）著。②
1981 年版	指明代李时珍的药物学著作《本草纲目》。概述曾经提到唐代陈藏器《本草拾遗》中以人肉治痨病的记载，并表示了异议。这里说李时珍的书“明明写着人肉可以煎吃”当是“狂人”的“记中语误”。③
2005 年版	同 1981 年版。

在 1958 年版的注释中出现了大量口语化的注释：

本草什么：一部研究药物的经典性的书。（《狂人日记》）

君子固穷：这是孔子的话。（《孔乙己》）

多乎哉？不多也：这也是孔子的话。（《孔乙己》）

我手执钢鞭将你打：这是一种很流行的地方戏《龙虎斗》中的唱词……（《阿 Q 正传》）

把总：把总是以前武职的名称……（《阿 Q 正传》）

诸如此类的注释通俗易懂，较好地解释了鲁迅作品中引用古籍、古字、俗

① 冯雪峰：《鲁迅著作编校和注释的工作方针和计划草案》，《鲁迅小说资料（11）》，天津人民出版社，1983 年，第 5 页。

② 鲁迅：《鲁迅全集（一）》，《呐喊》，人民文学出版社，1957 年，第 482 页。

③ 鲁迅：《鲁迅全集（一）》，《呐喊》，人民文学出版社，1981 年，第 433 页。

语、今典等问题，基本符合1958年版的注释标准，由此可以推断鲁迅研究在20世纪50年代处于普及大众和塑造新的意识形态话语的萌芽状态。《全集》的注释出版是针对全国人民的，这种通俗化的注释首先考虑的是读者。这些读者主要由工农兵阶层组成，其文化水平有限，所以注释的首要目的是普及，用通俗化的语言注释更"浅显简要"，以达到解惑的目的。诸如易牙、朱拓等注释都经历了由口语化到学术化的语言变化。1958年版注释语言的通俗化，更容易被读者接受，更容易理解鲁迅作品中的词汇概念、引用意义，进一步在某种程度上推动了鲁迅著作的思想阐释工作。

1981年版对"本草什么"的注释更加详细严谨，不仅指明了著作的作者"李时珍"，还解释了引用的缘由："以人肉治痨病"；甚至对引用目的做了说明："是'狂人'的'记中语误'。"如此一来，其注释带有"阐释"的意味，对注释对象的接受能力有了较高的要求。20世纪80年代，对鲁迅的造神化和庸俗化趋势逐渐衰弱，研究者之间的矛盾分歧日渐明显："拥护当局的文化政策的研究者，把鲁迅研究视作当局的政治上的进步"①，所以此派鲁迅研究的特点集中在其一贯的"战士"形象和战斗精神上，认为鲁迅是一位"马克思主义者"；相反的以"知鲁派"为代表的鲁迅研究者，如许钦文、孙伏园等人"倾向于把鲁迅与'五四'反封建的思想精神看作一个整体，认为鲁迅实际是五四文学革命的一份思想遗产"②，这就看出"不同圈子在研究鲁迅时的差别"，在此过程中，鲁迅也成了众多研究者心中的偶像，研究的层次也逐渐提高。这不仅对《全集》的注释质量提出更高的要求，而且对于注释的可靠性采取更加严谨的态度。但1981年版的注释仍然没有摆脱"阶级立场"的束缚，因此在严谨之余还是比较保守的。

2005年版《全集》"增补不足，修订错讹"，因其注释面向的是所有的受教育群体，故注释标准也随着社会的发展而模糊化。到了2005年版《全集》出版时，

---

① 程光炜：《文化的转轨："鲁郭茅巴老曹"在中国（1949—1981）》，北京大学出版社，2015年，第110页。

② 程光炜：《文化的转轨："鲁郭茅巴老曹"在中国（1949—1981）》，北京大学出版社，2015年，第112页。

鲁迅研究的理论体系和研究思路已较为成熟，其注释既体现了严谨性和学术性，又保持了其通俗性和可靠性。但是鲁迅对于普通读者的吸引力已经大大降低，根据山东大学文学院做的社会调查结果显示："鲁迅在知识群体以外的影响力正在降低；知识群体对象并没有从鲁迅那里获取应有的思想营养"①，作为接受对象来讲，鲁迅研究逐渐地远离了一般公众的视野。所以，能够持续关注鲁迅及其研究的人大多以专业人士为主，受到外部因素的影响趋弱，所以其注释内容未产生较大的变化。尽管2005年版《呐喊》《彷徨》的注释与1981年版的注释相差不大，但注释标准却更加宽泛了。

三、注释演变与鲁迅研究的互动共生

注释的变化不仅是注释者和编者自身意图的彰显，当《鲁迅全集》的出版上升到一种国家行为的时候，必然涉及意识形态的规约、传播对象、研究者的态度等多种因素，注释演变与鲁迅研究之间形成了一种互动共生的关系。

《全集》注释的内容对解读鲁迅以及鲁迅研究产生了引领性的作用。鲁迅被大量评述，既是鲁迅被接受的过程，也是鲁迅的形象塑造、鲁迅传统形成的过程。延安时期形成的"鲁迅传统"持续时间甚长，到中华人民共和国成立之后，在各种国家层面的纪念鲁迅会议中，仍然可以窥见在延安时期形成的战士和革命者的"鲁迅传统"。作为一种话语空间，"鲁迅传统"的合法性地位早已确立，对鲁迅的阐释不可能背离这种话语。这也就不难理解冯雪峰主编《鲁迅全集》时在他的出版计划中表明其政治立场，其注释工作也涉及众多意识形态话语解读的原因了。如《新青年》的注释就明确指出："它反对封建主义旧文化，提倡科学与民主，初步地介绍了马克思主义和俄国十月革命，在革命思潮的启蒙运动中起了巨大作用"，其中还标注了"1923年6月曾由中国共产党作为中共中央机关刊物出

① 郑春、叶诚生：《当下文化语境中的鲁迅作品的阅读与接受状况调查》，《中国现代文学研究丛刊》2012年第8期。

版《新青年》月刊”①。鲁迅的《狂人日记》就发表于《新青年》。这些引导性的注释在1981年版则全部删去，仅说明《新青年》的创刊终刊时间、主编、鲁迅与此刊的关系。由此可见，注释在鲁迅形象的塑造过程中所做出的努力，且这种努力在鲁迅传统形成的过程中起到了引领性的作用。

延安时期至中华人民共和国成立初期的鲁迅研究，大多对鲁迅作品进行阶级性或者革命性的阐释。1957年“反右”运动以后，阐释与塑造鲁迅主要是依据其“战斗性的杂文”和议论文，小说散文类的作品则逐渐退出解读视野。以中学教科书的选编为参考②，1956年，教育部尚还将语文分为文学和汉语两科教学，“鲁迅同屈原、杜甫、瞿秋白等四位作家的生平列为专章”，但至1957年“反右”斗争，语文学科必须通过“语言和文学的因素来进行思想政治教育”，从而达到为“愈演愈烈的阶级斗争服务”的目的。这种现象在《鲁迅全集》的注释中也有体现，正如我们在第二节所说明的那样，1958年版全集中的《呐喊》《彷徨》的注释具有明确的无产阶级立场，其注释目的就在于“普及”，是1942年毛泽东文艺座谈会讲话中提及的“普及”，“这种‘普及’是一种国家意识形态”③。以意识形态普及为主要导向的鲁迅阐释，其《全集》的注释工作更是首当其冲，所以冯雪峰的注释计划表示“注释条文的文字必须浅显而简要，并且注释的范围也不得不相当广”④，注释的内容更是以传达国家意识为导向，如《新青年》、“本草什么”“鲜红的馒头”“张大帅”“咸与维新”等注释，均有导向性的解读。1958年

① 鲁迅：《鲁迅全集（一）》，《呐喊》，人民文学出版社，1956年，第482页。

② 董奇峰、苗杰：《中学语文教材（1950—1977）中鲁迅作品的选录与解读》，《十年论鲁迅——鲁迅研究论文选（2000—2010）》，南京大学出版社，2015年，第384页。在文中，作者将中学语文教材中对鲁迅作品的选读划分为四个阶段，第三个阶段为1958—1965年，这一年收录的作品有《论“费厄泼赖”应该缓行》《对左翼作家联盟的意见》《文学和出汗》《“丧家的”的资本家的乏走狗》《中国人失掉自信力了吗?》《铸剑》。《铸剑》被解读为是批判封建社会黑暗、颂扬人民反抗封建统治者的无畏精神，在1963年的教材中也消失了。

③ 黄海飞：《1958年版〈鲁迅全集〉编注考释》，《中国现代文学研究丛刊》2018年第3期。

④ 冯雪峰：《鲁迅著作编校和注释的工作方针和计划草案》，《鲁迅小说资料（11）》，天津人民出版社，1983年，第5页。

版《全集》的主编工作由周扬等人主持，“改变了原来的编辑方案”①，周扬更是延安时期“鲁迅传统”的促成者，到了70年代，鲁迅被“政治化、工具化，甚至沦为政治的附庸”② 的现象达到了高潮，这与《全集》的注释及“普及”不无关系。

“文化大革命”结束后，“革命者”“圣人”的鲁迅形象发生了转变。经历了紧张的阶级斗争，接受了枯燥的鲁迅传播教育和思想改造，多层次地阐释鲁迅成为可能。1975年10月28日，周海婴申请重新出版《鲁迅全集》，并得到了各级领导的支持，这也就意味着打破了“四人帮”对于鲁迅解读的专制，也逐渐打破了鲁迅形象的唯一性。1981年版《全集》出版之前，相关人士已经做了大量的基础工作，根据各位编辑者的回忆，除了翻阅大量一手文献，还要走访各地图书馆和书摊，以及向海外的相关人士求证，前后花费近七年的时间，其工作量庞大无比③。此时对鲁迅的阐释已经逐渐回归一种理性的批评视野。在注释上则体现为：认真考察不实的注释，并进行改正，如：“易子而食”的注释纠正了文献时间、“猹”的注释纠正了“猹”字出处的来源；纠正带有强烈政治色彩的注释，如“胡适之”“日俄战争”等注释；细化注释内容，力求严谨科学，如“名不正则言不顺”“道学”“监生”等注释④。学术界在“文化大革命”结束以后，重新重视鲁迅作品的阐释，如曾华鹏、孙玉石、吴小美等人的《野草》研究，陈涌、吕俊华、

---

① 朱正：《略说〈鲁迅全集〉的五种版本》，《中国图书评论》，2006年。朱正指出，周扬主持《全集》后将鲁迅那许多批评了他、批评了“国防文学”口号的书信全部抽下。在第九卷的“出版说明”，对鲁迅的信件“加以挑选，即择较有意义的，一般来往信件都不编入”。就这样，在当时已经收集到的1165封信中只编入334封，不到百分之三十。

② 王彬彬、王晴飞主编：《十年论鲁迅——鲁迅研究论文选（2000—2010）·序言》，南京大学出版社，2015年，第9页。

③ 湖南人民出版社1981年11月出版了《鲁迅研究百题》，纪念参加《鲁迅全集》的所有编注者的工作，其中收录参与《鲁迅全集》编辑的工作人员的100篇文章，均是探讨在编辑注释《鲁迅全集》过程中遇到的困难和问题的。除了阅读大量的旧期刊，还走遍各地图书馆、书摊，进行走访和调查，进行相互印证，花费近七年的时间，1981年版的《鲁迅全集》才得以问世。

④ 此处的注释均来自1981年版《鲁迅全集》。

刘福勤等人的阿Q研究①，对于《呐喊》《彷徨》的解读主张从多个视角切入②。对鲁迅作品的阐释多元化，一方面是基于对80年代之前的研究反思，另一方面新版《全集》的大量史料梳理为新的研究提供了可能。

从史料角度来看，编注1981年版的《鲁迅全集》所做的大量史料考证工作有开风气之先的作用，由此还原最真实的鲁迅成为改革开放后鲁迅研究的一个重要方向，这也进一步推动了鲁迅研究的多元化。从研究方法来看，不再是单一的政治化的研究，而是力图避免意识形态因素对于鲁迅形象和作品的阐释所产生的影响，努力从一个作家、思想家的身份进行解读。从普及传播角度看，在教育中，鲁迅作品在教学中的作用还是延续了某种固定的解读模式，这个可以从青年一代对于鲁迅的反抗和不解等现象中得到一些启发。

2005年版《全集》以1981年版《全集》为基础，修订错讹，二者本质上的差别较小，但细微的变化却反映了学术研究的严谨性。从80年代起，对鲁迅的非议越来越多，80年代以后的鲁迅研究视野逐渐拓宽，从“个体精神心理、文化诗学、叙事方式、文体演进等不同视角切入，取得了可喜的成果”③，注释的演变更是这些研究成果中的重要文献材料和重要成果之一，也是鲁迅研究生态演变的一部分。

结　语

综上，我们在分析了1958年版、1981年版、2005年版的《鲁迅全集》的《呐喊》《彷徨》两部小说集的注释情况之后发现，《全集》的注释数量变化大，内容变化多，注释工作呈现出逐渐专业化的趋势，这不单纯是意识形态的变化导致

① 张梦阳：《中国鲁迅学通史（下卷）：二十世纪中国一种精神文化现象的宏观描述、微观透视与理性反思》，广东教育出版社，2002年。

② 根据《鲁迅研究资料》第18期、第19期、第20期、第22期的目录来看，除了对于鲁迅史料的发掘之外，更重要的是对于鲁迅作为文学家的身份进行了挖掘。

③ 陈漱渝：《〈鲁迅研究新前沿丛书〉缘起》，收入王锡荣《认识中国的一扇窗》，漓江出版社，2014年，第61页。

的，同时也是学术规范、研究者的思想变化、读者的接受能力共同推动的。在探讨《全集》注释时，多数研究集中在《全集》注释的正误和存疑①，也有研究者认为注释的改变是因为意识形态的控制和束缚，往往忽略了注释者在进行注释工作时确立的注释对象、标准、注释目的以及读者、研究者的情况。上文在考察注释的变化时以《呐喊》《彷徨》作为考察对象，自然会隐蔽鲁迅杂文、散文等注释演变与鲁迅研究的复杂关系，但以个案研究而言，《呐喊》《彷徨》是最为人所熟知的鲁迅代表作。以此为研究对象，虽不能代表《全集》注释变化的全貌，但作为研究的一个切入视角，应可提供一些便利。

鲁迅研究的变化与《全集》的出版情况并不具有同步性，但从《全集》的注释上却可以感受到《全集》与鲁迅研究的互动共生联系：《全集》的出版，尤其是《全集》注释情况的变化是基于文献资料的爬梳、考证而得以成形的，这种基础性的工作既为阐释建立基础，也是一种“破冰”行动，自然也会推动鲁迅研究的发展。而在鲁迅研究的过程中，研究者的思考、质疑，接收者的反响、传播也推动了《全集》更加严谨和规范的进程。尽管有的学者提醒“不要忘了出一本白文本的《鲁迅全集》。所谓的白文本，就是只收鲁迅的著作，其他的一切都免了”②，但注释作为鲁迅作品传播和鲁迅研究的一个方向仍具有很大的文献价值。我们根据《全集》的注释情况与鲁迅研究的互动关系，发现其经历了边缘化之后重回研究视野，经历了意识形态话语模式的挤压又重回个性化的解读，经历了单调的形象解读又重回多层次阐释——尽管这种根深蒂固的形象影响在今天仍发生着效应。

---

① 李宗刚、谢慧聪：《70年来〈鲁迅全集〉注释研究热点与前沿动态分析——基于1949—2018年超星数据的分析》，《西南民族大学学报（人文社科版）》2020年第4期。此文分析了近七十年来《鲁迅全集》的注释研究情况，指出注释研究的非系统化和片段化，研究重点集中在版本、误注和补注上。

② 韩石山：《这样的〈鲁迅全集〉谁来买?》，收入韩石山《让我们一起谦卑服善》，北岳文艺出版社，2013年，第47页。

“奴才、主人和聪明人”构建的“神界、人界和鬼界”

——《祝福》作品论析[①]

□冉　秀

【摘要】《祝福》的主人公祥林嫂的命运之悲苦，令世人同情。在“我”看来，祥林嫂生存于世的唯一目的在于——为自己赎罪。然而，作为“奴才”的祥林嫂处在与“聪明人”和“主人”所形成的三角联盟的中心。祥林嫂要救赎自己的“奴才”身份，只能靠打破她与“主人”之间的“主仆”关系才有希望。但是令人绝望的是，这种“主仆”关系由于“聪明人”的参与和维护而牢不可破。可悲的是，祥林嫂非但没有绝望，反而不自觉地维护“主仆”关系的平衡。《祝福》的主题思想就在于向读者展示祥林嫂永远无法得到救赎的根本原因在于，她深陷三角联盟关系中而不能自救。作品也暗示了解救祥林嫂乃至近代中国女性绝望命运的唯一希望就在于，如何瓦解这种三角联盟。

【关键词】祥林嫂；聪明人；主人；奴才；三角联盟；瓦解

一、前言

鲁迅的作品《祝福》最初发表于1924年3月，收于《彷徨》。该作品自问世

① 作者简介：冉秀，女，重庆交通大学外国语学院副教授，文学博士。研究领域：中日现代文学、文学翻译研究。

以来，备受中外读者和研究家们的关注。有关《祝福》的先行研究大体可分为两方面：一方面是围绕祥林嫂的悲剧人生展开的分析评说。大多数学者认为，《祝福》的写作目的是通过描写祥林嫂悲惨的一生来抨击她所处的暗黑社会的残酷以及人与人之间关系的冷漠。另一方面的研究重点是对叙述者“我”展开的批评和论述。大多数学者将“我”与作者鲁迅等同起来，认为作为小资产阶级出身的“我”有着近代“新党”的思想觉悟，对祥林嫂这样的弱势群众寄予了高度的同情，对祥林嫂所处的旧社会给予了深刻而强烈的控诉。为了让读者更容易理解本文观点，笔者主要对与本文论点相关的先行研究进行整理和归纳。

在《祝福》的先行研究中，许多研究者喜欢引用毛泽东的《湖南农民运动视察报告》① 中的句子来探究祥林嫂悲剧命运的社会原因。理论上来看，这种方法是正确的。但是，从《祝福》的研究现状来看，多数研究是将既成的结论僵硬地套在《祝福》的主人公身上，这就产生了需要继续探讨的问题。比如，范伯群将《祝福》中鲁镇所表现出的旧社会的特征总结为：“浓缩了封建社会所有宗法制度的鲁镇是受道教支配的小型封建社会，并且鲁镇的封建迷信色彩非常浓厚，民众对苦难下层人民漠不关心；生活在社会底层的祥林嫂蒙受了巨大的社会性灾难。”② 对于作品中的“我”的理解，范伯群认为：“我”是充满矛盾的一位人物。“我”接受过民主主义思想的洗礼，所以一方面难以忍受鲁镇沉闷的气氛；另一方面却对祥林嫂的不幸遭遇深表同情的同时，又担心承担回答祥林嫂问题的责任。这体现了小资产阶级知识分子对黑暗现实的不满，但又无能为力的尴尬处境③。

严家炎在分析《祝福》时也认为：“研究者都从封建礼法和封建迷信如何深深地残害祥林嫂这位两次守寡的劳动妇女，给她带来多大痛苦的角度来思考问题，所以总是将鲁四老爷以及柳妈作为加害的一方，祥林嫂作为受害的另一方加

① 毛泽东《湖南农民运动视察报告》（1927 年 3 月 5 日）里说道：政权、族权、神权、父权，代表了封建宗法社会所有的思想和制度，是束缚中国农民的四大绳索。

② 范伯群、曾华鹏：《鲁迅小说新论》，北京人民文学出版社，1986 年，第 235 页。

③ 范伯群、曾华鹏：《鲁迅小说新论》，北京人民文学出版社，1986 年，第 248 页。

以对阵，得出儒释道（教）合伙吃人的结论。”① 严家炎认为这样分析虽然不错，但是远不完全，多少有些简单化。汪晖在阐释《祝福》时论道：

当我们把祥林嫂的故事放在小说的叙事结构中时，发现小说主题复杂化了：第一人称叙述者是小说中的“新党”，是唯一能在价值观上对儒释道合流的旧的理论体系给予批判的人物，而叙述过程恰恰层层深入地揭示出这位叙述者似乎对祥林嫂的死同样负有责任。祥林嫂曾经把希望寄托在这位“识字的，又是出门人”的“新党”身上，但灵魂有无的问题却让“我”陷入两难的境地，“惶急”“踌躇”“吃惊”“支吾”，最终以“吞吞吐吐”的“说不清”作结。这或多或少加重了祥林嫂在绝望中走向死亡，尽管读者知道，第一人称叙述者的两难处境其实根源于祥林嫂的荒诞处境，因为她既需要“有灵魂”，她可以看到自己的儿子阿毛，又需要“无灵魂”，因为她可以免于受两个男人把她的身体锯成两半的痛苦，这本身是一种无可选择的悲剧，鲁迅以具有反讽意义的叙述启示读者：面对绝望的现实，具有新知识新思想的知识分子除了挺身反抗之外别无其他途径，否则就会成为旧秩序的“共谋者”，这种道德反省其实就是《祝福》的副主题。②

对于祥林嫂的悲剧命运的分析，将视点放在祥林嫂一方的研究，除了上述范伯群的“逃、撞、捐、问”之外，学者张全之的论述可谓与众不同。张全之在其论文《祭祀仪式——鲁迅小说的人类文化学阐释》中认为，祭祀在封建制度下的农村社会有着举足轻重的作用。封建社会的祭祀使“人、神、鬼之间的距离被大大缩短，他们就像邻居一样，按照同样的生活逻辑相互需要相互满足着。而祭祀仪式是使这种关系始终处于和谐状态的重要手段”。张全之将主人公祥林嫂的悲剧命运分为三部分：人界、神界和冥界。张全之在论文中如下叙述：

祥林嫂的悲剧是逐渐升级的：（一）人间的悲剧：丧夫失子；（二）冥界悲剧：死后被锯成两半；（三）神界的悲剧：不洁之物。一次比一次强烈的迫

① 严家炎：《论鲁迅的复调小说》，北京大学出版社，2011年，第63—64页。

② 汪晖：《反抗绝望》，上海人民出版社，1991年，第275—277页。

害形成一股合力，最终将她的灵魂碾碎，使她成为一个没有灵魂的“木偶人”，祥林嫂对人死后是否有灵魂的追问，不是对冥权世界的怀疑，而是来自于她对冥权世界的恐惧：她不但没有做人的资格，连做鬼的资格也没有！她生存的不仅是一个“人吃人”的世界，而且是一个“鬼吃人”“神吃人”的世界，因此她不仅被人吃，还要被鬼吃、被神吃，还有什么比这更可怕的呢。①

与范柏群通过分析祥林嫂的“逃、撞、捐、问”来揭示封建宗族社会吃人的真面目这一结论不同，张全之则将祥林嫂放到一个“人、神、鬼”组成的难以攻破的和谐状态中，尖锐地指出了祥林嫂悲剧命运的绝望现实。可以说，相对于范伯群的论点，张全之对祥林嫂的分析做了跨越性的延伸，是论述祥林嫂悲剧性格的一大亮点，给以后的《祝福》作品论提供了新的研究视野。

笔者认为，祥林嫂的悲剧命运还能够在张全之结论的基础上进一步扩张和延伸。祥林嫂的悲苦命运主要可以从“阳界”及“阴界”两方面展开。而“阴界”则包含上述张全之所论述的“冥界”和“神界”。笔者发现张全之论文中的“三界”可以通过祥林嫂的活动在鲁镇得以全面展开。祥林嫂在鲁镇的活动，还可以围绕祥林嫂为中心的三者关系来展开，即：1. 祥林嫂，2. 鲁镇的社会，3. 能够让她在鲁镇得以生存的各种人文因素。如果将祥林嫂的活动放在“奴才”“主人”“聪明人”的三角联盟关系中进行分析，是否可以窥视出祥林嫂的悲剧命运的根源，并探究《祝福》的作品结构的独具匠心之处和作品的深刻现实意义，是一个值得深入的话题。

二、祥林嫂的“主人”

祥林嫂活动的舞台——鲁镇，是一个充满了“族权”“神权”“夫权”的典型的闭锁的封建农村社会。在这里住着祥林嫂的各类“主人”，即捆绑在祥林嫂身

① 张全之：《背对故乡——鲁迅文学的多维阐释》，山西人民出版社，2015 年，第 8—11 页。

上的绳索：封建家长制、“神权”“三纲五常”中的“夫权”以及“妇女贞节观”等等。这些封建宗法制度延续几千年，已经深深地植根在它的“臣民”心中，要求“臣民”们世世代代牢牢地遵守，不得违抗。

首先，在封建宗法制度统治下的鲁镇，女性一出生就在家族制度“光环”的照耀下生活，她们“在家从父，出嫁随夫”，并且“以出为大”①，为丈夫家族繁荣兴盛而操劳终身。祥林嫂也不例外。她年纪轻轻就做了“抱郎媳”，她的丈夫比她小十岁，还未成年就死去。祥林嫂在二十来岁时就成了寡妇。她即使成了寡妇，没了丈夫的管束，也必须遵守“嫁鸡随鸡”的婚姻制度继续待在夫家，并接受家长制的约束，毫无人身自由。祥林嫂在婆婆的操控下根本无法主宰自己的命运。婆婆对她实施了绝对的家长权力，最终以“父母之命”的名义将她改嫁到更偏远的深山农村，以换取祥林家香火继承人（祥林嫂的小叔子）娶媳妇的聘礼，延续祥林家的香火。面对婆婆对自己施行的“家长制”特权，祥林嫂以“逃离婆家，外出至鲁四老爷家做工”来进行反抗。这样，遭婆婆家嫌弃的祥林嫂通过自己的“奴才”般的劳作来养活自己。可是祥林嫂的第一次抗争还是以被婆婆捆绑回去而宣布失败，并再次嫁人。婆婆的这一系列家长制行为在当时的社会是如此堂而皇之，被认为是理所当然。就连鲁四老爷也会说“既是她的婆婆要求她回去，那有什么话可说呢”等话语，以示默许婆婆的家长制行为，支持封建家长制。

其次，捆在祥林嫂身上的还有第二根绳索，即封建的妇女贞节道德观。妇女的贞节道德观，是封建社会用以约束女子语言行为的道德纲常。在旧中国，女性出生而受家长制管束，她们被称为是“阴类”，是男人的附属品。女性的一生，将以“三从四德”为本，“遵守节操”为荣。从《祝福》的内容来看，所谓的“贞节道德”，是指女子丈夫“死了绝不再嫁，也不私奔，丈夫死得越早，家里越穷，她便贞节得越好”。“烈道德”则有两种道德规范：其一是无论已嫁未嫁，只要丈夫死了，她也跟着自尽；另一种是有强暴来侮辱她的时候，设法自戕，或者反抗被

① 中国封建社会，女子出嫁后随夫家的繁荣盛衰而左右，以出嫁后的夫家为中心，夫家的利益高于一切，甚至超过自己出身的亲生父母的家族。

杀。这也是死得越惨越苦，她便烈得越好。倘若不及抵御，竟受了侮辱，然后自戕，便免不了议论①。总而言之，女子死了丈夫，便守着，或者死掉；遇了强暴，便死掉。在这种世俗道德观看来，祥林嫂的再嫁，不管她愿意与否，都被认为是不符合妇女的贞节道德观的，用鲁四老爷的话说就是"败坏风俗"。祥林嫂自身也不自觉地遵守这种"妇女贞烈观"，用它来进行自己更"奴才"式的抗争。但是祥林嫂最终难逃被迫再嫁的悲运。祥林嫂从此被鲁镇的人们公认为"不节烈、不守节"的另类，是"破坏这天地间的正气的"人。她头上因为反抗再嫁而留下的疤痕也被看做不守节操的"把柄"。她的被迫再嫁，也被认为会被潜伏在她身上的前夫的鬼捉了去，会落到地狱而遭到世人唾弃，倘使做了乞丐，也会祈求无门，终会惨苦不堪而死。所以，鲁镇的人们对于祥林嫂的再嫁尽是七嘴八舌，横加议论和嘲笑。

最后，备受家长制与妇女贞节道德观约束的祥林嫂还得面对儒释道教相结合的生死轮回教规的约束。这一教规也就是所谓的"神权"的约束和限制。在中国，一般相信人死变鬼。他们相信人死后的情形和现世一样，也相信死后会投胎会轮回转世。人死后在阴间的形象跟临终时一样，穷人纵然做鬼，也不比生前体面，到了阴间也还是穷人。所以生前克夫守寡的祥林嫂被认为死后也不是好人；她生前的二度嫁人行为，会让她在死后"被锯成两半"伺候她的两个男人。生前被认为"不守节"，死后的鬼魂也被认为是"伤风败俗的败类"，会被"阴界"认为是不祥之物，会成为被千人踩、让万人踏的"活门槛"，即使到"阴界"也不得安生。因此，就连同是佣人身份的柳妈也以"阴阳轮回"的教规蔑视她。柳妈嘲笑她"二度嫁夫不能积阴德，以至于到了阴曹地府，也不得保全身，要被锯成两半而不得轮回"。人的生死轮回之说，可追溯至孔孟时期，盘踞在中国两千多年，其影响根深蒂固。它与道释慢慢结合起来，形成了一股合力，成为统领"阳界"和"阴界"的一切道德伦理纲领。在这种思想的笼罩下，对于祥林嫂的守寡，鲁四老爷亦"皱眉"；对于祥林嫂的再嫁，他认为那是"伤风败俗"的；对于二度守

① 鲁迅：《鲁迅全集（一）》，北京人民文学社，2005 年，第 121—133 页。

寡的祥林嫂，他认为祥林嫂是“阳界”的“丧门星”，“用她帮忙体力活还可以，要是祭祀的时候可用不着她沾手”。于是鲁四老爷说“一切饭菜都得自己做，否则不干不净，祖宗是不吃的”。这就是在说，在“阳界”得不到鲁四老爷承认的祥林嫂，也得不到“阴界”的祖先们承认。另一方面，鲁四老爷认为他的祖先们即使到了阴曹地府也还是儒释道等伦理纲常的维护者，也是懂理学、讲究理学的监生。所以，他理所当然地认为鲁家的先祖先烈们也与他（鲁四老爷）的观点一致，认为祥林嫂是败坏风俗的不洁之身。他们（鲁家的先祖先烈）也具有像“阳界”一样，具有衡量“阳界”的人是否遵守儒释道轮回法纪的裁判权。所以祥林嫂的二度嫁夫也被如实地转到“阴界”被审判。柳妈和鲁四老爷的这种“人生轮回”的言论像常识一样被置于祥林嫂头上，并深深植根于她的思想底层而成为她走向死灭的凶器。这也是捆绑在祥林嫂身上的第三条绳索。

祥林嫂在鲁镇所面对的一切封建伦理制度像“主人”一样，将她牢牢地束缚在“主仆”关系内。在这一关系中，“主人”一直以上凌下地对待祥林嫂。但是祥林嫂却安乐于接受这种不平等的“主仆”关系，在自己不觉醒的状态中不自觉地一步步走向更加悲苦的生活环境。

三、祥林嫂所依赖的“聪明人”

在鲁迅的寓言《聪明人和傻子和奴才中》中，对“聪明人”有很精辟的概括总结。阅读该文，我们可以知道，在“奴才”“主人”“聪明人”的关系中，“聪明人”之所以被叫作聪明人，是因为他总是能在“奴才”对“主人”感到不满的时候，从精神上安慰“奴才”，使“奴才”安心地寓居在自己的身份里，不但不觉醒，反而成为“主人”的更坚定的维护者；在“奴才”抱怨自己“主人”的不满时，“聪明人”只是用“你真可怜啊”“你总会好起来的”“总会有办法的”等这些语言来安慰“奴才”，却根本无法给“奴才”实质上的帮助。具有讽刺意味的是，“聪明人”知道“奴才”所需要的只是精神上的安慰，也知道如何将“奴才”的反抗心理抑制在他的控制范围内。“聪明人”是“主人”的实质上的拥护者，他知道用什么方法就能让“奴才”得到精神上的安慰，并被“奴才”感恩戴德地拥戴为“聪明人”。最可悲的是，在“聪明人”的安慰下，“奴才”最终成了失去反抗心的“奴才”。那么，到底谁是祥林嫂的“聪明人”，以及“聪明人”如何帮助祥林嫂维持她的“奴才”地位的。

从小说内容来看，让祥林嫂得以维持她的“奴才”身份、能保持她与“主人”之间的“主仆”关系的“聪明人”，并不是人们认为的活生生的真实的人，而是祥林嫂的各种精神安慰剂。

首先是“贞节牌坊”。祥林嫂虽然无法认识到家父兄长制、封建婚姻制度以及封建等级制度这些“主人”对自己的压迫和束缚，但是她从行为上产生了应对。这时候，她心里既存的“忠贞”“孝道”“节妇”“烈女”的牌坊抚慰着她的不安感，让她觉得：如果她顺从，他就会得到鲁镇社会的承认，被列为孝顺、三从四德、节烈很好的人。就是这些名节道义在精神上安抚着她，使她沉浸在做一名合格的、遵从她的各类“主人”的“奴才”的身份里，觉得这种主仆关系是理所当然，而失去了觉醒的能力。

其次是“捐钱赎罪”。当祥林嫂听说要被“阎王爷锯成两半，分给”两个男人时，她“脸上显出恐惧的神色”，并且是“大约非常苦闷”，一夜未眠，“第二天早上起来的时候，两眼上便都围着大黑圈”。这是祥林嫂未曾有过的表现，也是“在山村里所未曾知道的”。这本来是她认识封建婚姻制度的残酷性和可怕性的最好机会。可这时候“到土地庙里去捐一条门槛，当作你的替身，给千人踏，万人跨，赎了这一世的罪名，免得死了去受苦”的封建迷信思想再次从精神上安慰了她。不但让她将自己的毕生心血捐献了出去，还使他安于自己的现状。她得到了精神上的抚慰以后，变得“神气很舒畅，眼光也分外有神，高兴”似的继续做着自己的“奴才”。在鲁四老爷家冬至祭祖的时候，她“做得更出力”。由此可见，祥林嫂对鲁镇及死后“阴界”感到害怕、恐惧、苦闷时，“聪明人”（捐钱赎罪）让她再一次失去了认识认清“主人”真面目的机会，也失去了彻底反抗“主人”的机会。

如前所述，在各种不平等“主仆”关系中，祥林嫂都能从她心目中自认的

“聪明人”的精神安慰中得到慰藉，还对“聪明人”感恩戴德。这使她陷于对自己的命运毫无觉醒的状态，即使对现实状况产生恐惧和不安，也会因为有聪明人的“庇护”而毫不抵抗。

四、祥林嫂的“反抗”

“奴才”不同于奴隶，拥有人身自由，可以自由支配自己的身体和思想。但“奴才”比奴隶更可悲的是：他自愿放弃自己的人身自由，自愿放弃自己的自由思想，并不自觉地把自己放在“奴仆”的关系中而不自拔。祥林嫂的情况便是如此。她不但无法认识自己悲剧命运的根源是残酷的封建伦常道德观及儒释道轮回观念，而且不自觉地成为一名标准的“奴才”，忠实地维护着“主人”。

那么，“奴才”祥林嫂在面对“主人”时，又是怎样应对的呢？下面简要分析她对“主人”的各种反应，并解释这些行为是怎样使她非但没有摆脱各种主人架设的牢笼，反而走向死亡的。

（一）“奴才”与“主人”

面对封建儒释道背景下的家族家长制，祥林嫂最初是服从父母之命，嫁给小自己十岁的第一任丈夫。也就是说，对于“父母之命，媒妁之言”的封建婚姻制度和家长制度，她选择的是服从。具体地说，一方面她是遵守了“在家从父，出门从夫”的封建女性的“三从四德”的道德纲常；另一方面她是遵从了封建儒释道背景下的封建家庭内部的“父母命，须敬听”的“君君臣臣，父父子子”的封建级制度。后来，第一任丈夫死后，夫家为了维持香火，必须嫁了她来换取小叔子娶媳妇的彩礼钱。对此，祥林嫂做出了反抗。

首先，对于死了丈夫的祥林嫂，婆婆有绝对的家长权，让她二度嫁人。再次面对“父母之命”时，祥林嫂的应对方式是：“逃出来”做工独自养活自己。面对前来寻她捆绑她的婆家队伍，她以“顿时失了色”“哭喊了”“反抗了”等行为进行抵抗。祥林嫂的这一系列的反抗行为并不是表明她真的是从心理上认识到家长制的残酷和丑恶、自己的悲苦命运，恰恰相反，而是对“家长家族制”等一系列“主人”的更为彻底遵从的表现。祥林嫂死了丈夫后，婆家已经不再把她当作是家族的一员而要把她卖掉。婆家卖掉她，除了经济上的原因以外，还想将她摈弃在“祥林”这个家族之外。换言之，就是强制让她脱离“祥林”这个家族。但是，在祥林嫂自己心里早已认定，“生是婆家的人，死是婆家的鬼”。所以她以“逃”“失色”“挣扎”进行反抗，维护她自己在祥林家的哪怕是最为卑微的角色，维护她作为祥林家族的一员的尊严。但是，她的反抗以徒劳而结束。这就是祥林嫂对于封建家族制度的“反抗”的结果。

其次，在中国历史上，寡妇对于再嫁，一般是“不依从、又哭喊、又寻死觅活”地加以反抗。祥林嫂也是如此。她“被强行捆绑抬到男方家以后，又哭又闹不拜天地”。她以死反抗的激烈程度，甚至比一般的女性有过之而无不及。用卫老婆子的话说就是“与众不同”。除了上述反抗行为以外，祥林嫂在被嫁去的路上“一路只是嚎、骂，等到抬到贺家坳时，喉咙已经全哑”。她被拉出轿与第二任丈夫拜堂的时候，“两个男人和她的小叔子使劲擒住她也还拜不成天地”。而且，祥林嫂在他们不注意时，竟“一头撞在香案角上”，头上碰出一大个窟窿。众人将她“反锁在新房里”，她“还是骂，还是哭闹，以致最后无声”。祥林嫂这一系列的反抗行为，并不是因为她认识到了封建女性“贞节”道德观对自己的约束和抑压而反抗。因为她严格遵从“饿死事小，失节事大”的女性贞节观，也牢记“一女不事二夫”的女性道德箴言。她安心守寡，恪守自己的“妇女之道”。所以，其实她的反抗证明那不是她对压迫自己的“贞节”道德观的觉醒，反而是拥护“主人”的表现，是对“贞节”观的最彻底的维护与尊崇。

这种“主仆”关系在一种不平等的、强制与服从的关系中持续。祥林嫂无法从根本上认清“主仆”关系对自己的不公平，甚至为了维护自己的“奴才”身份而做的反抗反而巩固了这种关系。这又使祥林嫂陷入更加残酷的命运。

（二）“奴才”与“聪明人”

被迫二度嫁人的祥林嫂嫁入贺家不久，再度失去了丈夫和儿子，并成为无家可归的人。走投无路的她只得再次回到鲁四老爷家去做工。她内心希望跟鲁四老爷一家能保持像从前那样的“奴才”和“主子”的关系，希望鲁四老爷能真正地把她当做“奴才”，让她有“做不完的活”。对于鲁镇的年终祝福大祭，即使对她死后毫无用处，她依旧很虔诚地参与。因为她相信死后的世界及“阴界”和现世的“阳界”一样：等级制度森严，穷人依旧是穷人。她也相信“阴界”里有天堂也有地狱。她死后也能和同是穷人的自己的一家人聚会。所以她也向往通过祝福表达自己的“死后和家人在一起”的愿望。她向往死后能和带给她短暂的幸福和快乐的丈夫和孩子重聚。但是按照柳妈的说法（也是当时社会共同体的说法），她在现世两度嫁夫，做了“恶事”，自己死后也得继续跟这两个男人做夫妻，自己的身体会被分成两半。对规矩森严的“阴界”，祥林嫂产生了本能的恐惧。此时支撑她生存下去的全部精神支柱是“捐香钱赎冥罪”的观念。因此她用自己的全部储蓄和家当去土地庙里“捐”了一条门槛，作为现世的自己的替身，让“千人踩，万人踏”，她希望通过自己在“阳界”的“捐”来减免她在“阴界”的“冥罪”。她希望凭此“捐”能将自己“不洁之身”净化，死后能做“阴界”的合格之“奴才”。不仅如此，她甚至还想通过“捐钱赎罪”来实现“阳界”堂堂正正地做鲁四老爷家的“奴才”，堂堂正正地参与“祝福”的愿望。所以“捐”了门槛的祥林嫂突然就变得“神气很清爽，眼光也分外有神”，信心满满地、满心欢喜地去为鲁四老爷的“祝福”卖命。由此可见，“捐香钱赎冥罪”也扮演了安慰祥林嫂生存下去的“聪明人”角色。祥林嫂与这种精神寄托之间形成了一种依赖与被依赖的关系。她依赖着这一思想战胜了对“主人”的本能的恐惧。

可是，“赎罪”后的祥林嫂还是被鲁四老爷嫌弃，被拒绝碰“祝福”祭礼，甚至连与“祝福”相关的杂活也不能做。换言之，“赎罪”后的祥林嫂还是得不到鲁四老爷家一个合法的“奴才”身份。她被拒绝碰“祝福”祭礼时，她先是“灿灿地缩了手”，继而是“疑惑地走开”。她先是像“受了炮烙似的缩手”，然后是“脸色同时变成灰黑，失神地站着”，紧接着第二天不但“眼睛深陷下去，连精神也更不济”了，并且越来越胆怯，开始怕暗夜，怕黑影。由此可见，祥林嫂在“阳界”“捐门槛赎罪”的这一精神支柱垮了。换句话说，给她精神安慰的“聪明人”

的消失对她的打击是致命的。她又陷入对“阴界”本能的惶恐中。加之，在“聪明人”的安慰下建立起的“主仆”关系也被打破后，她再也找不出与“主人”的话语方式。从此她看见人都是“惴惴”的，不到半年头发全白，最终被鲁四老爷赶走而沦为乞丐。祥林嫂成了“被人们弃在尘埃堆中，看的厌倦了的陈旧玩物”。鲁四老爷和世人们非但不同情她，甚至责怪她“何以还要存在”。从鲁四老爷以及世人的奚落和嘲讽等一系列行为可以看出，像枯草一般存在的祥林嫂正在从精神到肉体上全面地走向死亡。

五、三个问题的实质

（一）灵魂的有无

在祥林嫂所处的鲁镇，民众普遍认为，人死后是会变成灵魂即鬼。鬼也分两种，一种是“得到子孙安定地供养的家鬼”，也叫“正鬼”；另一种鬼是“野鬼”。家鬼的在“阴界”的生活要依靠他们的子孙从“阳间”送去的供品来维持。因此没有后嗣的，就不能享受祭祀。这样的鬼没人供饭，称作“孤魂”，也叫“野鬼”。他们夜间会离开阴间，出没于“阳界”，在空中流浪，给“阳界”社会带来疾病与灾祸。因此他们成为阳界“镇魂”的对象。

按照中国的传统习说法：“灵魂在‘阳界’寄宿于人体，并支配人的身体。人死后，灵魂就离开人的身体进入‘阴界’①。人与鬼是灵魂在不同场所的存在形式，在‘阳界’即为人，在‘阴界’即为鬼。”毫无疑问，生活在鲁镇的祥林嫂最初也相信：人有灵魂，并且死后会变成鬼。她希望自己变成鬼，这是她对死后世界的唯一期望，也是她赖以生存于“阳界”的精神信仰。然而，与其他人希望死后有人供饭的愿望不同，祥林嫂希望死后的灵魂能飞到儿子身边，实现一家人的团聚。她依靠死后能和家人团聚的愿望在鲁镇过着卑微的“奴才”生活并且愿意

① 郑心伶：《鲁迅作品人物图典》，人民文学出版社，2006年，第20—25页。

继续这样活下去。所以她虽然知道鲁四老爷家的“祝福”祭祀活动丝毫不会惠及到她，仍然很卖力地做着自己本分的工作：“食物不论，力气不惜，扫尘，洗地，杀鸡，宰鹅，彻夜地煮福礼”也毫无怨言。她“实在比勤快的男人还勤快”。实际上她与自己潜意识里深信的“精神信仰”（即维持她与“主人”之间的主仆关系的“聪明人”）之间悄然形成了一种依赖与被依赖的关系。但是，这种关系，因为被鲁四老爷拒绝参加“祝福祭祀”而破裂。换言之，鲁四老爷拒绝让她做祝福祭祀活动，就是间接地剥夺了祥林嫂做“奴才”的资格。这对一直忠实于“主仆”等级观念的祥林嫂来说无疑是致命的打击。除此之外，她想继续依靠的“聪明人”也没有了作用。“主人”“奴才”“聪明人”之间的三角联盟关系的失衡，使她突然陷于孤立的境地，对死后的世界也产生了本能的恐惧。于是她产生了“人死了到底有无灵魂，到底能不能变成鬼”的疑问。她的疑问实质上就是死后的灵魂是否还如生前一样有一个安心的奴才生活，是否能够做一名合格的“鬼奴才”。

然而可悲的是，“我”之所以被祥林嫂寄托着重重的希望，并不是因为她内心对知识、“外面世界”的向往，而是因为她是想把我替换成她心目中一直依赖的“聪明人”，从“我”这里找到支撑她继续安于“奴才”的状态。具有启蒙思想的“我”虽然深知祥林嫂想要的答案，但“我”无论如何都无法从根本上解救她走出绝望处境，只能任她在咀嚼苦难中走向毁灭。

（二）有无地狱

如前所述，祥林嫂是相信鬼的存在，即相信人死后会进入“阴界”，延续“阳界”的生活状态。但是她害怕进地狱，因为她所认为的“阴界”的地狱，是对阳间所犯罪恶的惩罚，要遭受各种酷刑。她认为，自己的二度嫁夫，被认为违反了妇道。所以，死后去“阴界”要被打入地狱，接受各种惩罚的同时，还不得与家人团聚，最终变成“地狱鬼”。由此可以看出，祥林嫂的内心一直被“生前是伤风败俗的人，死后是受各种折磨的地狱鬼”的心理支配着。

（三）死后一家能否团聚

从前述内容得知，祥林嫂既相信阴间有鬼，也相信地狱的存在。这些让她产生本能的恐惧心理。她退缩到自己内心深处，靠着最后的希望来苟延残喘。那最后一丝希望，就是到了进地狱也能见到家人。但是因为在“阳界”曾经有过两个丈夫，两次有过家，所以她担心自己死后是否会被锯成两半，到了阴间不能做一名四肢健全的“地狱鬼”。那样可能见不到家人了。

综上所述，祥林嫂的三个问题，是层层加深又相互环绕的。这也是她在“阳界”的生存遭遇的真实写照。现世生活的不幸遭遇使她因此寄希望于在“阴界”能如愿过上正常的奴才鬼的生活。这是她用以维持生命的唯一心理支柱。但是她最终失去做“奴才”的资格，也失去了“聪明人”的精神支持。这也是她的精神和生命全面走向死灭的导火绳。

六、结论

上述论证主要是在先行研究，特别是张全之论文的启发下，将主人公祥林嫂设定在“主人”“奴才”和“聪明人”的话语关系中，分析她如何应对“主仆”关系，以及在失去“奴才”身份后如何依靠“聪明人”继续演绎自己的“奴才”梦。下面将对本研究的分析结果简略介绍：1. 祥林嫂活动的场所鲁镇，处处充斥着各种封建宗法制度，它们像“主人”一样要求它的奴仆诚服。这些“主人”严重地摧残着祥林嫂的身心，使她“人不成人”“奴才不成奴才”“鬼不成鬼”。可悲的是，她对“主人”的残酷及“主仆”关系的不平等毫无觉醒。不但如此，她坚守的“贞节牌坊观念”和“捐香钱可以赎冥罪”的念想，她在几次对“主人”的狰狞面目感到不安、恐惧和害怕的时候，都会给予她精神上的安慰。有了这安慰的同时，她也失去了认识“主人”真实面目的机会。这样的精神安慰也让祥林嫂能继续维持她的“奴才”身份。2. 祥林嫂为了获得在鲁镇合法的“奴才”身份而展开的各种“反抗”活动，不但没能扭转她的“奴才”悲运，甚至更加剧了她作为“奴才”的凄惨。3. 二度嫁夫的祥林嫂再次成为寡妇后，被“主人”彻底排斥在“主仆”关系外。换言之，祥林嫂失去了作为“奴才”的活动资格。与此同时，一向存在于她自身内部的“聪明人”也行销影遁而无法给她庇护。因此，祥林嫂开始对以后的生活感到不安和恐惧，于是寄希望于能支持她活下去的真身“聪明人”——“我”。她希望我的回答能安慰她，使她能继续安心地做“奴才”。可是我的回答不但让她的“财奴”梦破碎，也使她的“奴才鬼”的希望消失了。最终，以祥林嫂为轴心的“奴才”“主人”“聪明人”的三角联盟关系彻底崩坏，祥林嫂和她的“主人”“聪明人”一起灰飞烟灭。

虽然祥林嫂至死都没有在精神上得到觉醒，离开了“聪明人”庇护后对“主人”感到不安和恐惧，也开始怀疑自己一直依赖着的“聪明人”。但是，最后与“主人”“聪明人”的同时毁灭，或许就是她的“奴才”命运得以解脱的新的希望所在。作品的主旨在于：祥林嫂所处的三角联盟关系最后崩坏，她无法回到“主仆”关系以及与“聪明人”之间的依赖与被依赖的三角联盟关系中去。这让她在绝望处境中有了认清“主人”的狰狞面目后，因害怕和恐惧而发出本能的反抗。这是让祥林嫂从死灭走向觉醒的唯一的希望所在。这也正是“祝福”独具匠心的作品结构所在。

阿Q是谁

——论析“阿Q”的名字“阿Quei”中所蕴藏的特殊意义①

□［日］内田弘/文　冉秀/译

【摘要】 鲁迅的代表作《阿Q正传》发表近百年，中日学界围绕主人公“阿Q”的讨论和研究也持续近百年。“阿Q”到底是谁，作家鲁迅设置“阿Q”这个人物究竟有何用意？为什么用中文的“阿”与英文字母“Q”进行组合？“Q”的全称为什么是“Quei”？其中隐藏着鲁迅内心一种什么样的心情？如果试着用汉语拼音的拼读构造与小说中的“精神胜利法”构造相结合进行考察，会意外发现主人公“阿Q”的名字“Quei”所含的特殊作品意义，以及内蕴于其中的作家鲁迅的意指，会发现又一种解读《阿Q正传》的新途径。这是论者撰写本文的主要目的。

【关键词】 阿Q；精神胜利法；名字；拼音；声调

一、前言

阿Q是谁？对于这个问题，或许大多数读者认为，这算是在鲁迅的代表作之

---

① 作者简介：内田弘，男，日本专修大学荣誉教授。研究领域：中国现代文学研究、鲁迅文学研究。译者：冉秀，女，重庆交通大学外国语学院副教授，文学博士。研究领域：中日近现代文学研究、文学翻译研究。本文译自内田弘的日语论文《阿Qとはだれか——あQの名前“阿Quei”に含まれる特殊意義》。

一的《阿Q正传》中一个悬而未决的问题。

那么，小说《阿Q正传》的主人公阿Q，到底是谁呢？虽然鲁迅本人在《阿Q正传》开头的第一章“序”中，对于阿Q这个名字进行了详尽的调查说明，但最后还是无法断定“阿Q”的来历。

关于阿Q，作者在小说第一章中写道：“因为大家都叫他阿‘Quei’。”所以，阿Q最正确的名字应是“阿Quei”。但是，鲁迅并未指出阿Quei所蕴含的意义。这里作者提出了一个开放性问题，即研究和翻译《阿Q正传》的学者可以通过自己对“阿Q”这个人物的理解进行阐释。

对于鲁迅在小说中设置的人物阿Q，历来众说纷纭。也许大多数学者和翻译家认为，《阿Q正传》的主人公的名字“阿Q”，正如鲁迅所说的那样，只是一个“俗称”，而没有蕴含有很深刻的意义。中日的学者从自己的理解角度，对“阿Q”做过详细的考证研究。比较典型的是日本学者丸尾常喜从民俗学的角度对小说中的“阿Q”是谁做过详尽的考察。丸尾常喜认为，“通过细读全篇小说，鲁迅所设置的主人公‘阿Q’，是一个‘鬼’人物”。原因在于鲁迅将“阿Q”的名字写成“阿Quei”，而“Quei”读成“Kuei”，在浙江绍兴地区的方言中，“鬼”的读音也是“Kuei”，因此，文中的“Quei”是“鬼”的谐音。结合丸尾常喜从民俗学的其他角度对阿Q的考察，丸尾常喜最后的结论是“阿Q”即就是“阿鬼”①。

冉秀氏在其著作《〈阿Q正传〉的作品研究》中，对小说中的人物阿Q所蕴含的意义进行了阐述。冉秀氏认为，“阿Quei”的名字“Quei”字，按照汉语拼音的法则，只能分解成“Qu”与“ei”，即“去”与“诶”的读音，这实则蕴含着叙事者“我”对于自己要撰写的人物的一种“舍去”的态度。结合前面的“阿”字一起理解，读者一下子会想到“我”对于阿Q的又爱又恨的矛盾态度。

---

① 丸尾常喜：《“人”与“鬼”的纠葛——鲁迅小说论析》，秦弓译，人民文学出版社，2006年，第107—109页。

二、阿Q的诸相

在小说中，阿Q被描述成“农民无产者阿Q”。为了弄清《阿Q正传》的主人公“‘阿Quei’到底是谁”，首先介绍一下《阿Q正传》里关于“阿Q”名字的内容梗概。

在《阿Q正传》的正文中，作者详细描述的阿Q是中国一个农村的贫穷无知的愚者，一个四处被人嘲笑的人。他没有妻子。他的收入是靠每天给村里富裕人家做杂役而换来的微薄薪水。他衣着破烂，一个人住在村头的土谷祠里。

（一）精神胜利法的阿Q

阿Q拥有一种特殊的生存技能，就是将发生在自己身上的不幸遭遇在心里转化成自己容易接受的形式，使自己在精神上获得胜利。鲁迅在阿Q的“精神胜利法”一节中写道：“这或者也是中国精神文明冠于全球的一个证据了。”①

（二）坠入末路的阿Q

阿Q有一次进县城，目睹了革命家被斩首的现场。阿Q在为盗贼集团帮忙搬运赃物的过程中，差点被抓住，于是带着盗得的衣服逃回未庄。他将村民们艳羡的衣物卖掉换得一些钱，一时生活变得宽裕起来。但是，这笔钱（很快?）花光了。之后不久，实为盗贼集团的“革命党”袭击了未庄。阿Q知道村里人都害怕“革命家”，就改变了原先“痛恨革命”的想法，转而认为“革命也不错”，想加入“革命党”，但没能实现。

村民们一边蔑视阿Q，一边又竭尽所能地利用阿Q，并最终把阿Q作为革命党一员而报告给县城。一天晚上，阿Q睡觉的土谷祠被一对团丁、一对警察、五

① 引文来自于高桥和巳译《阿Q正传》，中公文库，1973年，第107页。鲁迅：《呐喊》，北京燕山出版社，2004年，第60页。以下简称“高桥译＊页；鲁迅＊页”。

个侦探等包围，阿 Q 被逮捕了。他在审判中被怀疑是革命团的一员，被宣布死刑。

阿 Q 坐在没有篷的车上，手被绑在背后带到街上游街示众。在去死刑场的途中，他预想估计会被处以“斩首”，而实际上是“枪决”。

（三）即使被杀，也要摆阔气的阿 Q

有过目击斩首经验的阿 Q 预想自己也会被处以斩首。说到斩首的话，是继徐锡麟（1873—1907）和秋堇（1875—1907）之后，作为“革命烈士”被列为圣列。笔者推测认为：对阿 Q 来说，处刑也是一种很程式化的程序，因此，在这种程式化的处刑仪式也蕴含着阿 Q 即使在斩首刑上也要摆阔气的动机。但是阿 Q 最终没有被执行斩首刑，而是被枪决。在《阿 Q 正传》的最后，村里人对阿 Q 被处以枪决而感到遗憾。“啊，被枪毙真是太无聊。阿 Q 本来应该被斩首的。”未庄的人们期待被斩首刑的阿 Q，也曾在街上看到革命家被斩首的现场，瞪着眼睛说“好厉害，好看好看”。期待看斩首之刑的人们，以及期盼被斩首之刑的阿 Q，组成了当时的无可救药的愚昧世界。

（四）革命者秋瑾的投影

秋瑾是鲁迅的同乡，也是绍兴人，他们都同属科举官僚的系谱，且都是明治的同一时期来日本留学。鲁迅对于秋瑾的“突进型革命”是批判的。秋瑾与“坚韧不拔地、客观冷静地逼近的鲁迅型”形成鲜明对比。关于这一点，竹内实在其著书《蟋蟀与革命的中国》① 中指出了两者的重要区别。“用‘顽强不屈’的态度看清中国黑暗的根本，然后改变中国”，这是鲁迅的思想。

① 竹内实：《コオロギと革命の中国》，日本东京：PHP 研究所 PHP 新书，2008 年。

三、阿 Q 所在的中国社会

（一）小说《药》中描写的民国时期中国的愚昧

说到秋瑾，鲁迅的小说《药》清晰地呈现了秋瑾被斩首的事件，刻画了愚昧的中国。小说描写了一群愚昧的中国民众，在封建迷信的蛊惑下，坚信患有肺病的孩子如果吃了斩首刑的头颅流出的血蘸的馒头，就能治好肺病。斩首刑的血的的出售权在斩首刑的执行者，将被斩者穿的衣服剥下来卖掉的权利也在行刑者那里。人们为了竞购被斩首者的遗物而聚集在刑场。民众乐于观看残酷的斩首刑。这是一个名副其实的愚昧社会。

（二）即使“革命”也无法改变的黑暗的社会

从小说中我们可以知道，即使经历了辛亥革命，象征中国愚昧民众的阿 Q 和取笑他的民众，他们的思想特性并没有完全改变。《阿 Q 正传》描写的“革命”只是作为“玩耍和赚钱的机会”，因为当时的社会依然是人吃人的世界。

四、阿 Q 的“精神胜利法”诸相

对于这种既弱小又悲惨的“源自自身的自我安慰”，鲁迅称之为“精神胜利法”。鲁迅指出，这种生活方式不仅仅存在于阿 Q，而是当时全体中国人共同的生存法则。辛亥革命以后，中国处于内忧外患，中国开始了一段丧权辱国的历史，即便如此，当时中国人民从来不正视自己所面临的屈辱历史，反而逃避，并立足于各种生活琐事，并沉醉其中而无赖地活着。

本文试图探究民国时期的中国人是如何从这种自我封闭的“精神胜利法”的生活状态中觉醒，又如何思索“自身如何摆脱这种屈辱的近乎绝望的生存境遇”，从而探索小说《阿 Q 正传》的主题。

因此，阿Q可以说是中国辛亥革命以后的中国人的典型。阿Q以外的其他中国人，其生存状态也基本同于阿Q，都是基本回避当时中国所处的生存绝境，基本逃避中国所面临的内外敌人。

《阿Q正传》的主题自始至终是学界讨论并关注的话题。一般认为，是讲辛亥革命当时的中国人，生存于当世的一种“逃避社会现实的生存法则”通过“精神胜利法”的形式生存于社会。作者将这种“精神胜利法”以幽默讽刺的笔法描绘出来，让读者进入《阿Q正传》的作品世界，然后慢慢地导出凄惨的、冷酷无情的结局。“精神胜利法”所表现出的形态，由各种各样的面目呈现。所以作者不得不改变最初的滑稽的语调，而变得越来越深刻。因此我们并不能将《阿Q正传》固定化为“滑稽小说”。

小说《阿Q正传》中，作者客观而冷静地观察着民众本身的日常行为，正视处于自生自灭的中国当前的屈辱现状，将民众维持日常生活的真实状态加以描写。小说通篇描写了“精神胜利法”的愚昧，这是作者鲁迅注于小说的第一要义。

研究者冉秀氏在其著书中，将小说中的“精神胜利法”比喻成“聪明人”或“智者”①。总之，“精神胜利法”的主轴是“聪明人”，阿Q们将它内面化，成为支撑自己生存的精神食粮。

因为这个“聪明人”，使得奴隶们在它的指导下，一直成为奴隶。并且可悲的是，奴隶们自觉地将“精神胜利法”作为自己的行动指针。生活在封建体制下的奴隶们，当他们遇到苦难的时候，“聪明人”就会安慰他说“你们的生活马上就会变好的”。于是，奴隶自己也会找各种理由说服自己“的确也是啊，穷奢极欲不可能有。人生谁都会经历苦难，这就是人生无法逃脱的宿命”。

奴隶在生存的过程中，将奴隶和聪明人之间形成的指导与被指导、安慰与被安慰的关系内面化，在奴隶内部，自觉地取代“聪明人”说服自己安于被奴役被压迫的苦难生活现状。换言之，奴隶自觉地将自己转化成“贤者型奴隶”。这样就形成了奴隶人格的二重化——作为奴隶的奴隶以及“贤者型奴隶”，于是奴隶

① 冉秀：《阿Q正伝の作品研究》，日本东京：日本侨报出版社，2019年，第87页。

内部的“奴隶”身份不断得到强化，这就是“精神胜利法”带给奴隶的强烈“效果”。

“精神胜利法”给当时的人们带来的神奇效果，使精神胜利法的物主们得以永远沉浸在自己假想的世界里。冉秀氏将精神胜利法的世界称作“假想的世界”，将精神胜利法的功效称为“假想的优越世界”①。人类的想象力也存在于奴隶的内部，不用说，奴隶凭借自己的想象力，让自己得以逃避残酷的现实。将假想的世界投影到现实世界，将现实世界隐埋在自己假想的世界里，而得以超越现实，实现了自我安慰的目的。笔者认为，在当今的日本，虽然精神胜利法呈现的形式不一样，但与精神胜利法类似的现象却随处都存在。

总而言之，作者描绘了精神胜利法在小说《阿Q正传》中，是何等受用。乍一看小说的章节构成中，紧随着第一章“序”之后的第二章“优胜略记”及第三章“续优胜略记”，精神胜利法似乎在此叙述完结。因为之后的第四章“生计问题”一章中，阿Q似乎将自己的精神转移到自己的传宗接代的问题上，阿Q向赵家的女佣吴妈求爱但是以失败而告终，进而被剥夺了以赵家为中心的村人的资格。阿Q的平静生活被打断，穷得最后只剩下裹在身上的破棉裤，阿Q终于被逼到了生活的绝境。当阿Q被逼得穷途末路的时候，其内面化的精神胜利法也正慢慢地失去其效用，最后慢慢地彻底失去功效。

但是，阿Q又起死回生了。他一度离开未庄，进到县城，之后“衣锦还乡”。鲁迅将阿Q的这段经历成为“中兴”。阿Q进到城里以后，也依然凭借自欺欺人的精神胜利法着实自我抬高了一回。县城因此便成为阿Q的再生装置。村民们因此而羡慕“中兴”成功的阿Q，阿Q也借此而更加得意。阿Q仅仅凭借自己进了一次县城，并很以为然，他沉浸在超越于村人的优越感中。

而且阿Q也趁机向村人炫耀他在城里的得意的经历，并自认为自己去到的县城也不过如此。假想着自己是不仅高于村里人，也高于城里人。阿Q的精神胜利法因此得以回归。阿Q在城里的时候，无意中成为借着革命之名在城里盗窃的团

---

① 冉秀：《阿Q正伝の作品研究》，日本东京：日本侨报出版社，2019年，第90页。

伙的帮凶。阿 Q 分得几件赃物衣服逃回到未庄，将盗得赃物卖给村民，成为一时的有钱人。阿 Q 的“进城”使阿 Q 濒临绝境的生活困境得以缓解，也是之前因为生活困境而一时失效的精神胜利法得以复活。由此可以得知，鲁迅所刻画的精神胜利法可以让即使处于生死存亡边缘的人民也有其存在的土壤。

五、阿 Q 的名字蕴意推想

（一）“阿 Quei” 含义的说明

生活在如此愚昧而黑暗的社会，最后死去的“阿 Q”这个名字，难道真的是与当时愚昧社会毫无关联的名字吗。笔者深切地认为，《阿 Q 正传》里渗透着“阿 quei”究竟为何意这个深刻的问题。

为了探究这个问题，笔者查阅了中文词典。

阿 Q 更详细的俗称是“阿 Quei”。

首先，“阿”是爱称，“何々ちゃん”的意思。

鲁迅把“Quei”写成不分声调的拼音“quei”，“quei”不是一个词，它可以分成 qū 和 ei。

虽然发 qū 音的单词有很多，但是符合上述所说的《阿 Q 正传》中的愚昧世界形象的单词是“qū 屈”。“屈”有以下四个意思：

1. 折、弯曲。
2. 屈服。
3. 理亏、不合情理。
4. 受委屈，被冤枉。①

《阿 Q 正传》所描写的同类相残的世界，不可能就这样好了。上述“屈”中

① 参照《中日辞典》小学馆（第 2 版），《逐行汉语辞典》三省堂（初版 4 印）等。

2、3、4的意思是在觉察反省当时的中国愚昧的世界时，理所应当涌现出来的想法。

那么，ei是什么？这里可理解为“欸（ei）”。

如此，便有以下四个意思：

1. ēi（一声）：是吧。

2. éi（二声）：咦。

3. ěi（三声）：啊。

4. èi（四声）：是。

于是，总结“qū屈”2、3、4的三个意思，分别与“ei”的四个意思相结合，便能分析出下列四个意思（ei的意思部分用粗体表示）：

1. [qūēi] 我们蒙受不白之冤了，是吧？

2. [qūéi] 咦，我们被冤枉了吗？

3. [qūěi] 啊，我们居然被冤枉了。

4. [qūèi] 是吗，我们被冤枉了吗？

笔者最初认为，在上述1、2、3、4中，不只有1的“[qūēi] 我们蒙受不白之冤了，是吧？”的情况。也就是说，《阿Q正传》（1921年发表）被发表的当时，中国就像阿Q所象征的那样，是一个连革命也要盗窃利用、满是愚昧、无可救药的社会。中国的民众从内外的权力中受到了不合理的对待，承受着莫须有的罪责。这一点，连“愚昧中国象征的阿Q自己”也自觉地颠倒过来。名字“阿Q”中的“阿qūēi”则可理解为蕴含着“愤怒→颠覆”的意思。

（二）作者问题意识的深度和广度

《阿Q正传》的标题中蕴含了作家鲁迅丰富而深刻的心情和态度，也蕴含着作家对于当时社会的深广的问题意识。关于这一点，冉秀在其著作“《阿Q正传》的作品研究”中，也对阿Q的名字含义做过详细的考察和分析。简要概括而言，冉秀认为，鲁迅采用一个非常西化的英文字母的名字“Q”作为阿Q的名字。其用意在于“否定和去除”。所谓“否定”是指否定阿Q身上所具有的一切国民劣根性。所谓“去除”是指作者鲁迅希望通过阿Q的死换来国民性的“新”。冉秀在其论著中继续阐述道：“正是因为作者鲁迅在内面与阿Q的一体化，从而使作家鲁迅无法彻底否定集‘聪明人’‘傻子’‘奴才’以及‘主人’的性格于一身的阿Q，所以，作者鲁迅在阿Q的名字之前加上了一个‘阿’字，这充分表达了作家鲁迅对阿Q既爱又恨的矛盾心理。”① 但是，如果我们再仔细思考，就会有这么一个疑问：鲁迅以阿 qūēi 为名，究竟有何深意？是否向读者暗示了什么？

鲁迅没有把答案一下子缩小到1中，似乎是在问读者：“在现在这四个意义里，你（读者）能理解到哪一个呢?”也就是说，鲁迅是在追问读者对当时中国的社会现实到底有多深的了解。

（三）对革命的认识过程

这个认识过程如果按照上述四点所述，则顺序可以是2的“察觉”→3的“惊愕”→4的“接受”→1的“愤怒”。

当然，最后1的愤怒会促进中国从根基上的改革。鲁迅为了将陷入如此绝望境况中的中国变革成有希望的国家，在创作《阿Q正传》的过程中，是真切地期待着中国人站起来。

综上所述，笔者认为，本文的问题“阿Q是谁”的答案便在于当时的中国人自己。

（四）村庄名字“未庄”的隐藏含义

如果鲁迅隐含在人名“阿 Quei”中的意义如前所述的那样的话，那么，鲁迅运用这样的隐喻是否仅限于人名“阿 Quei”？也许答案并非如此。笔者认为这种隐喻也存在于如下所述的《阿Q正传》其他章节。《阿Q正传》的故事舞台名字“未庄”便是如此。“未庄”不仅仅是阿Q们居住的村庄名，也指辛亥革命后仍然

① 冉秀：《阿Q正伝の作品研究》，日本东京：日本侨报出版社，2019年，第59—66页。

停留在愚昧黑暗的社会环境之中的中国。这暗示了辛亥革命前后的中国没有发生质的改变。

1.“伪装”革命的辛亥革命

要而言之，20世纪20年代的中国，虽然辛亥革命后孙中山（1866—1925）成为临时大总统，但很快被袁世凯（1859—1916）取而代之，这与人类个体追求的“社会解放”伴随而来的个人“内部解放”相去甚远。革命后充满愚昧的社会环境依旧存在。于鲁迅而言，辛亥革命并没有解决中国基本问题的“伪革命”。中国仍带着“革命面具”，前途依旧是一片黑暗。

尽管实际情况没有发生改变，或者说，正是因为没有发生改变，才正好假装发生了变化、装腔作势。不仅仅是上层的当权者，就连民众也以伪装的姿态活着。鲁迅对当时中国的认识便是如此沉痛。

2. 伪装的阿Q

阿Q依靠精神胜利法活着，即便是吵架打架输给了别人，心里也会觉得自己赢了，这就是他的“伪装”。“装什么、假装是什么”，或者“带着什么面具”，这些在汉语中叫做“伪装（wěi zhuāng)”。

这里的“伪装（wěi zhuāng)”，如果不考虑声调的差异，这个“伪装（wěi zhuāng)”和《阿Q正传》故事发生地名的“未庄（wèi zhuāng)”的读音便是一样的。从声调类型来看，村庄名“未庄（wèi zhuāng)”两字的读音分别是“未（四声）、庄（一声）”，“伪装（wěi zhuāng)”两字的读音分别是“伪（三声）、装（一声）”。

3.“从未庄到伪装”的联想

《阿Q正传》通过各种悲惨而又滑稽的实例对阿Q的精神胜利法进行解读。这一过程也呈现出了阿Q善于把失败伪装成胜利，换言之，阿Q就是善于伪装的人物形象。

因此，将“未庄→伪装”这两个词结合起来读者会产生这样的联想，那就是“伪装”的阿Q确实是和他所居住的村子“未庄”相符合（或许可以说，哪些特征相符合)。这或许正是鲁迅隐含于小说中的周密的思考。

“‘未庄’是‘伪装的村庄’。”村庄的名字“未庄”，也可以理解为“尚未成为本来村庄＝没有成为《庄》的村子”。从这样的理解来看，“未庄”也隐藏着明明不是实际存在的村子，只是“戴着‘本来的村子’面具的村子”“伪装着的村子”。

像这样同音不同调的两个词意义不同的情况，在中文中是常有的。

“‘未庄’是‘伪装中国’的象征。”《阿Q正传》的村名“未庄”有“伪装”的含义。换而言之，可以推定出鲁迅使阿Q他们的村子“未庄”包含了“伪装着的村子”这一暗喻。对鲁迅来说，伪装的村子“未庄”也象征着当时伪装的中国。

4. 伪装的双重性

笔者认为，上述的这种“伪装”是双重性的。

第一，阿Q到底象征着什么状态的人呢？阿Q将自己遭遇的“失败”，在心中巧妙地转换成“胜利”，悄悄地战胜了使自己陷入惨状的敌人，通过“自我伪装”来满足自己。阿Q的此种精神胜利法就是具有代表性的“伪装”的例子。

第二，这样的伪装要一直持续下去吗？持续下去真的好吗？这就是鲁迅更进一步的思考。

诚然，不光是阿Q，其他人或多或少也和阿Q一样，用精神胜利法来安慰悲惨遭遇中的自己，忍受一时，活下去。但是，不论是谁，如果一直持续着这种自我欺骗就不能活下去的情况的话，那会怎样呢？只能通过自我欺骗活下去，这样扭曲的世界不是从根本上就是奇怪的吗？不管什么时候，都没有人注意到这个事情吗？戴着假面生活下去，人们不觉得“屈辱”吗？

就像鲁迅在《阿Q正传》里指出的那样，阿Q自身明明能痛感到“屈辱”，却还是躲进了精神胜利法当中去①。如果人们预测能够将这个扭曲的社会改变成正常的社会的话，会不会/难道不会抛弃逃避性质的精神胜利法吗？这个可能性在阿Q的村子“未庄”里不存在吗/难道不存在吗？这样自我反省的可能性，包括阿Q，不是谁都该有的自我反省吗？

这样的话，“伪装”是有两重含义的。

---

① 鲁迅：《呐喊》，高桥和巳译，日本东京：中公文库出版社，1983年，第104—105页。

第一是消极含义，即阿 Q 一直以来的生存方式是伪装的。

第二是积极含义，即靠伪装才能生存于世的当今社会，正是正常社会的“变形和伪装”，必须要将这样颠倒的社会纠正复原。

5. 伪装与本体反转的可能性

由此可以判断，村名“未庄（wèi zhuāng）”同时包含了消极意义和积极意义，隐含双重意义的“伪装”。

伪装，就是将某个本体（A）转换成与之外观不同的非 A，即“A→非 A”。所以，没有 A 就不存在非 A。伪装中隐含着“本体 A”“非 A（A）”。这是伪装的消极状态。

但是，隐藏在“伪装”内部的本体 A，有突破“伪装”的外包而显现出本体的可能性“非 A→A”。这是“伪装”的积极状态，也就是说伪装这种绝望的状态也隐藏着希望的可能性。

6. 阿 Q 与“未庄”的联系

鲁迅审视经受“辛亥革命”挫折后的中国普通人的状态变化：2 的察觉→3 的惊愕→4 的接受→1 的愤怒”。这种国人自知、觉醒的过程才是阿 Quei 的 Quei 所隐喻的“屈膝”的含义。这种含义的可能性也隐藏于《阿 Q 正传》的舞台“未庄”中，也能理解成“伪装的村庄”。

从上述的分析可以推断出，鲁迅设定在文本中的两个暗喻，即“人名＝阿 Quei”含有“屈（qū）欸（ēi，éi，ěi，èi）”之意，以及“村名＝未庄 wèi zhuāng”，通“伪装（wěi zhuāng）”。只有这样对其进行重新解读，才能理解鲁迅隐藏在《阿 Q 正传》中的真正含义。因此，鲁迅通过用文学方式解读与其同时代的用“精神胜利法”进行“伪装”的中国人，来表现自己痛感的“屈辱”，这就是《阿 Q 正传》的主题。

7. 从极端绝望中生出的些许希望

在收录了《阿 Q 正传》的小说集《呐喊》的“自序”中，鲁迅通过如下的对话内容指出绝望中也潜藏着希望的可能性。

（A）假如一间铁屋子，是无门无窗，万难破毁的，里面有许多熟睡的人们，不久都要闷死了，但是，如果从昏睡中死去，就不会感到濒死的悲哀。现在你大嚷起来，叫醒了较为清醒的几个人，使这不幸的少数者来受无可挽救的临终的苦楚，你觉得这样会对不起他们么？

（B）然而几个人既然起来，就不能说绝没有毁坏这铁屋的希望①。（注：（A）（B）是引用者补充）

正如A、B所反映的那样，即使自己正生活在黑暗和炼狱的绝望境遇之中，如果仍能从正面看清事态，最终从阿Q那样的生存方式中解放出来，也许能从中隐约看到人类解放的希望。

六、结语

本文讨论的《阿Q正传》内容，主要考察《阿Q正传》的标题所蕴含的深刻的作品主题。其中对“阿Q”所蕴含的作品主题的论述引起了一位研究鲁迅作品的朋友的关注。如果能进一步引起中国内读鲁迅原作的中国鲁迅研究界同人学者的兴趣，进而进一步探讨《阿Q正传》的博大精深的含义，那深感庆幸。在此深表谢意。本文的作者对所述的内容文责负责。

① 鲁迅：《呐喊》，高桥和巳译，日本东京：中公文库出版社，1983年，第12页。

·文学研究·

汪曾祺的感悟印象式文学批评新探（1980—1997）①

□刘海军　牟宗惠

【摘要】 在1980—1997年间，汪曾祺以作家身份介入批评领域，发表了一系列极具个性与文采的文学批评，展示出别样的批评风采。汪曾祺的感悟印象式批评经过了漫长的生成过程才得以成形，以“回到现实主义，回到民族传统”思想为指导，采用感悟印象的方法，以艺术直觉对文本进行艺术创新，在重理论方法的批评语境中具有重要的现实意义。

【关键词】 汪曾祺；作家批评；感悟印象

汪曾祺在中国现当代文学史上是一位很难归类的名家。他的写作生涯漫长却有两次大中断，“40年代写了一些。60年代初写了一些。当中‘文化大革命’，搞了十年‘样板戏’。80年代以后，小说、散文写得比较多”②。他前后期的文学思想也有很大的转变，他早期有意识地运用意识流手法写作，晚年却主张“回到现实主义，回到民族传统”③。汪曾祺在20世纪80年代复出后，凭借《受戒》《异秉》《大淖记事》等作品在文坛赢得了一席之地的同时，还有大量的批评实践，

---

① 作者简介：刘海军，文学博士，重庆大学人文社会科学高等研究院副教授。牟宗惠，重庆大学人文社会科学高等研究院研究生。基金项目：本文受重庆大学研究生教改项目资助，项目名称：“跨学科视野下《中国现当代文学专题研究》的教学改革与实践”（编号：cquyjg19310）。

② 汪曾祺：《我的创作生涯》，《汪曾祺全集（10）》，人民文学出版社，2019年，第73页。

③ 汪曾祺：《回到现实主义，回到民族传统》，《汪曾祺全集（9）》，人民文学出版社，2019年，第245—254页。

发表了《沈从文和他的〈边城〉》《文学语言杂谈》《漫评〈烟壶〉》与《林斤澜的矮凳桥》等两百余篇谈艺类文章，向名家名作致敬。他不是以理论见长的评论家，而是以自身丰富的艺术实践经验来把握作家审美创造的艺术世界，传达独特的文学感受。本文主要以汪曾祺在1980—1997年间的文学批评为研究对象，通过考察其批评的历史生成，分析其颇具个人风格的批评实践，由此探究汪曾祺的文学批评在20世纪八九十年代的价值及对于当下批评的意义。

一

“文化大革命”结束后，汪曾祺复出文坛。80年代是他创作的旺盛期，小说、散文、评论文章共同营造了他文学生涯的辉煌“晚翠”。如果说这一时期的小说、散文等作品是汪曾祺的“回到现实主义，回到民族传统”文学思想结出的“果实”，那么他的评论文章是“副文本”，是其文学主张的“说明书”和“操作手册”。他的文学批评和文学创作相辅相成，构成“互文性”，共同彰显着汪曾祺的文学思想。汪曾祺的文学批评不是进入了80年代就骤然出现的，而是在40年代便起步，经历了漫长的形成过程。学界对于汪曾祺的文学史意义有一定的研究，黄子平认为汪曾祺把40年代的新文学传统带到了“新时期文学”的面前，汪曾祺的文学史意义被定位为“四十年代文学”和“新时期文学”的中介，他的作品被认为是对中断的文学历史的一种弥合与接续①。罗岗则发现了汪曾祺文学思想的前后变化，他把握住汪曾祺40年代的创作和80年代的作品之间的断裂，认为50年代到70年代这段被视为“文学空白”的三十年，对汪曾祺来说不仅不“空白”，还藏着文学思想、文学创作的极大转机②。显然，中华人民共和国成立前三十年是汪曾祺文学思想转变的关键时期。同时，这三十年也是汪曾祺的文学批评生成的准备期，汪曾祺八九十年代的批评主张与实践相较于40年代的批评思想也有较

① 黄子平：《幸存者的文学》，远流出版有限公司，1991年，第96—97页。

② 罗岗：《“1940”是如何通向“1980”的？——再论汪曾祺的意义》，《文学评论》2011年第3期。

大的变动、发展和完善。若汪曾祺"'打通'的依据无非是在中国古典文学和民间文艺的基础上发展现代文学"①，那么古典文学、民间文艺为什么会进入他的选择之中呢？它们又是在何时被汪曾祺所接受、吸收的呢？这不仅是探讨汪曾祺40年代文学与80年代文学的断裂和延续必须要解决的问题，也是探析汪曾祺文学批评的历史生成要解决的重要问题。

汪曾祺于40年代开始发表作品，并就短篇小说发表见解。他在1947所作的文论文章《短篇小说的本质——在解鞋带和刷牙的时候之四》可以被视为其文学批评的起始。汪曾祺不仅在文中借鉴纪德的"纯小说"观点，主张吸收诗歌、散文和戏曲的手法来进行小说创作，努力打破小说与散文、诗歌的界限，还初步就文学批评发表了自己的看法：

> 小说的种类将不下于人格；而且照理两者的数量（假如可以计算）应当恰恰相等；鉴别小说，也如品藻人物一样的不具可说。但我们也可以像看人一样的看小说，凭全面的，综合的印象，凭直觉。②

根据这篇文章我们可以归纳出汪曾祺早期对于文学批评的三点认识。第一，汪曾祺提倡用直觉感悟的方式对小说进行鉴赏。第二，汪曾祺看重小说的文学性与文学的独立价值。因为汪曾祺当时热衷于西方现代派创作，所以他将保尔·福尔的《亨利第三》与里尔克的《军旗手的爱与死》等作品视为佳作的模板，把这些作品的写作技巧作为评价小说的参照系。第三，汪曾祺追求评论文章的艺术性。汪曾祺的这篇文章展现了其初步的文学批评构想，只是还未付诸实践。汪曾祺在这一时期文学思想和批评观自有其渊源，这和他在西南联大求学的经历、对"京派"文学及批评的承续、对外国文学的认同，都有极大的关系。

西南联大不仅为汪曾祺提供了相对安稳的生活环境，还提供了民主、自由、开放的学术环境，文学新人汪曾祺有意识地学习西方现代派的小说技巧。汪曾祺

---

① 罗岗：《"1940"是如何通向"1980"的？——再论汪曾祺的意义》，《文学评论》2011年第3期。

② 汪曾祺：《短篇小说的本质——在解鞋带和刷牙的时候之四》，《汪曾祺全集（9）》，人民文学出版社，2019年，第6页。

之所以在早年提倡直觉印象的批评方式，追求文学批评的艺术性，并重视外国文学作品的技巧，是因为他同时受“京派”文学批评和外国文学的双重影响。汪曾祺1939年被西南联大中国文学系录取后，如愿成为沈从文的学生，并在其教导提携下走上文学之路。沈从文是“京派”的代表作家，他与朱自清承担第一学年的“大学国文”课，“西南联大有一本《大一国文》，是各系共同必修的。这本书编的很有倾向性……可以说是一本‘京派国文’”①。一方面，汪曾祺在“京派”资源的滋养下踏上文学之路，深受“京派”追求文学艺术的自由独立与从容节制的审美趋向的影响。这不仅启发了汪曾祺的文学创作，也影响了他的批评观——评价小说时应着重探究其艺术技巧与美学意义，并拒绝使用非美学标准来评判小说的好坏。另一方面，沈从文、李健吾的“京派”感悟批评也影响到了汪曾祺在批评方法、批评语言、批评文体等方面的选择。沈从文在课堂上教写作的方法独特，不倚重口头指导，而是青睐于在学生的习作后面撰写读后感进行点评，“这些读后感有时评析本文得失，也有时从这篇习作说开去，谈及有关创作的问题。见解精到，文笔讲究”②。沈从文活泼生动的读后感与早期的文学批评可算是作家型感悟式文学批评，对学生的创作具有重要的指导作用。得益于沈从文的教导，汪曾祺在写作上进步颇大，由此他在80年代认同“京派”文学传统。汪曾祺在“京派”文学主张和感悟批评的浸润下开始了对文学的思考，他从中接受了感悟印象的批评方式，重视批评文本的美感。在这一时期，汪曾祺的文学批评构想不仅受“京派”的影响，还接受了外国文学的滋养。西南联大有浓厚的西学氛围与博雅的学风，多数教师具有较完整的中西文化教育，教授们的欧美教育背景为西南联大的学生们了解西方文化创造了便利的条件，汪曾祺便是受益者之一。汪曾祺花了大量的时间、精力看翻译小说，他受契诃夫、纪德、阿左林及弗金妮亚·沃尔

---

① 汪曾祺：《西南联大中文系》，《汪曾祺全集（5）》，人民文学出版社，2019年，第112页。

② 汪曾祺：《沈从文先生在西南联大》，《汪曾祺全集（4）》，人民文学出版社，2019年，第297页。

芙等人的影响较大，这一时期的小说创作很明显地接受了意识流手法的影响①，具有现代派风味。汪曾祺认同、接受外国文学的创作方法，以外国文学作品为学习对象，所以在批评中会器重艺术技巧。汪曾祺在语言上也受其影响，他的创作有明显的翻译体色彩，且这个时期现代汉语本身发展就不成熟，带有欧化的意味，因此他的文学语言呈现出艰涩奇崛与朴素平实交汇但未调和的风格。毋庸置疑，西南联大成就了他的创作，为他提供了中（“京派”感悟批评）西（现代派手法）兼容的文学资源，为他初步开启的文学批评思考奠定了基础，使他得以承袭“京派”感悟批评方法和风格，并创造性地在其中纳入了现代派的手法为参照系。二十来岁的汪曾祺带有年轻人特有的敏感自恋与初尝人世艰辛的伤感，把文学视为个人化的诉说，寻求表达主体内在的满足，缺少对于现实的关切，在对文学实践的思考中过于强调纯正文艺，而忽略了作品的社会意义和现实关怀，在批评标准上也稍显狭窄。不过，他在批评方法、评论文章的文学性等方面的思索已经具备了感悟印象式批评的雏形。

汪曾祺 40 年代的文学思想和他早期所受的古典文学、传统文化教育之间似乎存在着断裂，或者说古典文学的影响隐而不现。然而，汪曾祺在 1980—1997 年的谈艺类文章中，多次提到传统尚儒的旧式地主家庭为他提供了良好的启蒙教育，使他接受了传统文论的浸润和儒家思想的教育，对他的文学思想及创作产生了极大的影响。据汪曾祺自述，他自幼熟读诗书，深受古典文学的影响，写作过初步的八股文，领略了中国传统文章的正宗章法，并把其中的“文气说”发展为现代小说中的结构观，也希望评论家将“文气论”引入小说评论中。他喜书擅画，爱读文论、画论，从作画中学习到了不注重故事情节，而求故事“气氛”的写作技巧，在书法的“留白”和“计白当黑”中领悟到了“含藏”的写作手法，关注批评对象的飞白之地。

除了具体的文学技法之外，汪曾祺还多次谈及他少年时期学习了《论语》，

---

① 汪曾祺：《自报家门——为熊猫丛书〈汪曾祺小说选〉作》，《汪曾祺全集（5）》，人民文学出版社，2019 年，第 107 页。

从感情上接受了儒家思想，认为儒家是富有“人情味”的，是关心、同情和尊重人的，并且他对高邮的民生世情有很大的兴趣，喜欢东瞧西看，看高邮街市腾腾的人气，看各种店铺生意的兴隆，看各色手艺人熟练的手法。那些店铺、手艺人使他深受感动，使他“闻嗅到一种辛苦、笃实、轻甜、微苦的生活气息”①。这些经历影响到了他对于普通民众的兴趣和对于笔下人物的态度，促使他成了“中国式的抒情的人道主义者”。汪曾祺对于儒家思想的接受，对于世俗生活的欣赏，不仅影响了他的文学创作，也启迪了他在八九十年代的批评实践中的态度和标准。那么是什么原因使得汪曾祺在40年代忽略了古典文学因素，又是什么原因促使他在80年代的文学批评中重拾这一传统呢？我们认为，汪曾祺在40年代没有把传统文学纳入文学批评构想之中，有两个原因：第一，年轻气盛的汪曾祺有意“反叛”传统。他被旧式家庭、传统文化浸染约束了多年，而开放自由、中西汇聚的西南联大则为他打开了创新的空间，“京派”文学、外国文学等全新思想的刺激更是推动了他在文学创作上的求新求奇。所以，汪曾祺出于文学创新的考虑，“重西轻中”，深受存在主义思潮的影响。第二，陷入困顿生活的汪曾祺沉溺于个人的伤感之中，转而去外国文学作品中寻求“个人存在”的意义，搁置了儒家传统。汪曾祺离开了富裕的地主家庭，因为战争，他一度失去了家里的经济支援，常为了吃饱肚子而发愁，面对国统区混乱的现实而感到前途渺茫。看不到出路的汪曾祺处于焦虑惶惑的感情之中，无法兼顾儒家传统所提倡的对人、对世情民生的尊重、欣赏与信任，而外国文学作品中对人的生存的思索使他产生了深深的共鸣。所以，汪曾祺在40年代的文学批评构想中，既没有重视传统文论的资源，也缺少社会关怀，他这时的文学批评构想虽有感悟批评的方法和外国文学资源为标准，却把文学作品作为“无用的消遣”，忽略了作品的现实意义。那么是什么原因促使汪曾祺在八九十年代重拾古典文学资源，并关注作品的现实意义呢？正是50—70年代的艺术实践，促使汪曾祺更新了他的文学观念，带来了他在文学批评

① 汪曾祺：《自报家门——为熊猫丛书〈汪曾祺小说选〉作》，《汪曾祺全集(5)》，人民文学出版社，2019年，第105页。

上的转机。

在50—70年代的三十年时光中，汪曾祺并不是完全离开了文学，他不仅在60年代初有过短暂的“复出”，创作了三篇短篇小说，还在这一时期进行批评实践。不过汪曾祺在这一时期的批评对象主要是民间文学、民歌、戏曲等艺术种类，撰写了如《鲁迅对民间文学的一些基本看法》《仇恨·轻蔑·自豪——读“义和团的传说故事”》《古代民歌杂说》《且说过于执》等评论文章。通过分析这些文章，我们可以发现汪曾祺更新、丰富了自己的美学思想与批评观念，在其中纳入了更多的文学资源，同时也拥有了更广阔的文学视野和更成熟的文学思想。相比于前一阶段的文学批评观，汪曾祺此时的文学批评在三个方面都有明显的发展。第一，在批评标准方面，汪曾祺克服了对于外国文学的盲信，纳进了民间文学和传统文学的资源。在《鲁迅对民间文学的一些基本看法》一文中，汪曾祺强调鲁迅对于民间文学的刚健、清新优点的发现和借鉴，他认为鲁迅的《无常》《五猖会》《朝花夕拾》等作品正因为吸收了民间文学的资源才显得更有趣味和艺术价值。汪曾祺和鲁迅一样认同民间文学的人民性，并且提倡“从民间文学中生出新的艺术，新的形式”①。出于对民间文学的认同，汪曾祺在民间传说、民歌、戏曲等民间文艺形式中吸收了不少艺术经验，如“语言的朴素、简洁和明快……结构上的平易自然，在叙述方法上致力于内在的节奏感”②。第二，在批评文章特征方面，因为汪曾祺从民间文学中吸取了语言和结构的优点，并运用在文学批评中，所以他这一时期的批评语言滤掉了早期语言中的艰涩奇崛，变得朴素明快、通俗易懂，他的文章结构更加平易自然。这些语言和结构上的发展，也同样体现在了他的小说创作中，两者呈现出同步性。第三，在对文学功用的认识方面，汪曾祺既推崇民间文学的艺术价值，又看重作家的社会责任感和作品的现实意义。在对鲁迅及作品进行评价时，汪曾祺一方面肯定了鲁迅作品的战斗意义，另一方面又赞扬了鲁迅作品的艺术性，汪曾祺寻求艺术价值和现实意义的协调统一，所

---

① 汪曾祺：《鲁迅对于民间文学的一些基本看法》，《汪曾祺全集（9）》，人民文学出版社，2019年，第46页。

② 汪曾祺：《我和民间文学》，《汪曾祺全集（9）》，人民文学出版社，2019年，第332页。

以高度评价鲁迅对民间文学在艺术价值和现实意义两方面的挖掘。汪曾祺此时的批评主张在继续了“京派”感悟批评方法的基础上，完成了对于外国文学资源、传统文学资源及民间文学资源的继承、转化与整合，重拾了对于世俗生活的尊重和信任，开始注重作品的现实意义、社会功用，走上了追寻现实主义和民族传统的路子。当然，他的现实主义是容纳了各种流派的创作手法的现实主义，他的民族传统也是吸收了外来资源的民族传统。

汪曾祺的文学批评之所以能有这三方面的发展和完善，找到来自民间的人民性和文人传统结合的方法，和他在这一时期的文艺实践密切相关。首先，汪曾祺出于工作原因，接触、了解了民间文学这一宝贵的文学资源，并有机会向文学前辈学习对民间文学精华和传统文学技法的转化性运用。从 1950 年夏到 1958 年被错划为“右派”的八年时间里，汪曾祺先后任《说说唱唱》《民间文学》杂志的编辑，接触了大量的民间文学作品，“民间故事丰富的想象和农民式的幽默，民歌比喻的新鲜和韵律的精巧使我惊奇不已”①，他把这些优点吸收进了文学思想中，并转而化为文学批评的标准。汪曾祺在做编辑工作时结识了老舍和赵树理两位文学前辈，对他们怀有很深的感情。老舍和赵树理在民间语言的运用和改造中取得的成功，以及对于传统叙事方式的转化运用，给了汪曾祺很大的启发。在此种契机下，汪曾祺对民间资源、传统资源进行了创造性的继承，并对自己的批评思想进行了更新。其次，汪曾祺深入体验了农民生活，真正理解了农民，重新燃起了对世俗生活的兴趣，继承民间书写的传统，寻求作品的现实意义。汪曾祺被“下放”到张家口沙岭子，和农民一起生活的四年经历，使他深入观察、体验了农民生活，体味到了普通人的力量，感受劳动人民的人性美，重拾了对于普通人的关切与尊重之情。这成功地实现了对他早期文学思想的改造，使他重视文学的社会功能，在评价作品时开始关注现实意义。这段生活经历影响了汪曾祺的文学思想，为他提供了丰富的民间文学资源。他领略了传统文学的魅力，欣赏民众面对

① 汪曾祺：《自报家门——为熊猫丛书〈汪曾祺小说选〉作》，《汪曾祺全集（5）》，人民文学出版社，2019 年，第 108 页。

艰难时的坚韧生命力，从而走出了“个人化诉说”的禁锢，转变了文学观念与写作态度，开始重视文学的教育作用。最后，六七十年代编写“样板戏”的实践经历反过来坚定了汪曾祺对于文学审美性的追求。汪曾祺在民间文学、民间生活的熏陶之下，走上了现实主义之路，他批评的同时注重作品的审美功用和现实价值。这一方面得益于他所继承的西方文学资源、古典文学资源的启迪；另一方面则是源于他在“文化大革命”期间编写“样板戏”的经验。“文化大革命”期间，汪曾祺被“控制使用”，他和文学保持着一定的距离，可以相对客观地观察文学状况，重视文学作品的审美性与语言艺术。同时，“样板戏”的“三突出”和“主题先行”要求，使汪曾祺切身体验到了“左倾”“文艺工具论”对创作的桎梏和戕害，反而坚定了他对于文学创作的艺术性与审美性的坚持。远离文学“漩涡”，作为“旁观者”的汪曾祺逐步实现了对现代文学、古典文学、民间文学的转化和整合，在作品思想主题、人物塑造、语言、结构等方面有了自己独特的领悟，形成了他“文化大革命”后独特的文学思想和批评实践。

在汪曾祺40年代的文学批评构想和八九十年代的批评实践之间不仅隔了漫长的三十余年时光，还有着文学思想、文学资源与个人艺术追求的差别。在这段时间里，汪曾祺在和农民的相处中看到了日常世俗生活的力量，把表现人及世俗生活之美纳入创作之中的同时，在批评中也开始关注作品的现实意义和作家的社会责任感。他从民间文学那里学习到了语言的简洁明快与结构的自然平易，并在叙事上逐渐回归了传统，更新了对于作品语言、结构的评价标准。他重拾了古典文学的宝贵资源，完成了对于古典文学、外来文学及民间文学的“打通”工作，形成了“回到现实主义，回到民族传统”的文学思想和批评主张。如果没有汪曾祺在50—70年代的这段经历，没有他对民间文学的接受和对古典文学的重拾，就很难有他在八九十年代的感悟印象式作家批评。

二

从40年代起步，经过三十年的发展、丰富和完善，汪曾祺的文学批评终于和他的小说、散文创作一样，在进入 80 年代后呈现出“井喷”之势。汪曾祺在1980—1997 年期间的文学批评有着鲜明的汪曾祺特色。正如汪曾祺所说，他不是个善于逻辑思维的作家，所写的评论不以理论演绎见长，“可以说是印象派评论”①。汪曾祺的文学批评是典型的作家批评，这主要表现在两方面：首先，他在进行文学批评时注重直觉感悟和审美印象的捕捉；再者，他的批评标准源于他的创作实践和艺术经验。

汪曾祺认为文学批评是鉴赏，是与作者进行心灵对话，而不应是理论的注脚。他在进行文学批评时，是以敏锐的审美感受力直面文本，以直观印象式批评方法领悟文本的内容和思想，待自身的生命体验、审美经验和文本有所契合，便获得审美愉悦感，捕捉到了审美印象。通过整体感悟的方式获得零散的审美印象对于汪曾祺来说只是第一步，之后还要对这些感性印象进行分析、提升，以通俗易懂的语言告知读者，并引导读者去思索作者是用何种手法取得艺术效果的。汪曾祺对铁凝的《孕妇和牛》的评价是“俊得少有”，这种印象式的抽象评价简约凝练，一语中的。汪曾祺通过对孕妇形象的分析来挖掘小说的“憧憬”“幸福”主题，进而直接判断“这是一篇快乐的小说，温暖的小说，为这个世界祝福的小说”②。汪曾祺的文学批评不仅倚重直觉感悟、印象捕捉的方法，还看重批评家的鲜明个性与真知灼见。汪曾祺希望“评论文章要能使读者感觉到评论家这个人，如见其人，如闻其声……可以不用署名，一看就知道这是某人写的”③。他在批评实践中遵循“知人论世”的方式，并且把批评看作是一种“创造”，讲求评论家的独创性与精警的见解。在追求独创的说法的同时，汪曾祺主张“评论文章应该像一篇文章，就是说要讲究一点语言艺术，写得生动一点，漂亮一点”④。在他看

① 汪曾祺：《文集自序》，《汪曾祺全集（10）》，人民文学出版社，2019 年，第 284 页。

② 汪曾祺：《推荐〈孕妇和牛〉》，《汪曾祺全集（10）》，人民文学出版社，2019 年，第256—257 页。

③ 汪曾祺：《何时一尊酒，重与细论文——陆建华〈全国获奖爱情短篇小说选评〉代序》，《汪曾祺全集（10）》，人民文学出版社，2019 年，第 14 页。

④ 汪曾祺：《何时一尊酒，重与细论文——陆建华〈全国获奖爱情短篇小说选评〉代序》，《汪曾祺全集（10）》，人民文学出版社，2019 年，第 16 页。

来，评论文章应是一篇形式灵动的精美散文，而不是佶屈聱牙的文章。汪曾祺的批评文章很讲究语言艺术和行文结构，涉笔成趣，是具有艺术性和审美性的散文，他的文学批评可称为“美文化”的批评。汪曾祺文学批评的“美文化”特征表现在两个方面：一是他的批评文章常用抒情诗化的语言写就，二是他的批评文章具有文学文本的质地。在他看来，“立伟的小说不重故事，有些篇简直无故事可言，他追求的是一种诗的境界，一种淡雅的，有些朦胧的可以意会的气氛，‘烟笼寒水月笼沙’。与其说他用写诗的方法写小说，不如说他用写小说的形式写诗”①。为了更好地把握何立伟小说的艺术特征，汪曾祺把何立伟和废名、晚唐绝句放在一起进行比较分析，娓娓而谈，旁逸斜出，兴之所至处便有笔之所到，文笔自然亲切，颇具抒情意味。汪曾祺的文学批评注重直觉感悟和印象捕捉，看重批评主体的创见和审美创造，批评文本在品鉴作品的同时又有很强的可读性，呈现出鲜明的感悟印象式批评的特征。

汪曾祺的感悟印象式批评不仅追求批评的“主体化”和“美文化”特征，还重视批评对于作家创作的指导意义，“对于作家的作品，评论家比作家看得还清楚，评论是镜子，而且多少是凸镜，作家的面貌是被放大了的，评论家应当帮助作家认识自己，把作家还不很明确的东西说得更明确”②。由于汪曾祺的作家身份，所以他从自己的艺术经验、审美品位出发，以此为标准，来评点作品的得失，给作家以启迪。思想主题、人物塑造、语言和结构四个方面是汪曾祺的文学观中的主要关注点，汪曾祺对此颇有心得，他认为，在思想主题方面，作者应选取熟悉到可以充分把握的生活作为作品的内容，把自己对于生活的独特认识、感悟倾注为作品的思想。在塑造人物时，作者应贴近笔下的人物，和他们站在平等的位置，对他们满怀温爱和同情。作品语言既要准确，“忠于生活”，又要注意语言自身的文化内涵、暗示意味和节奏美感。作家还要按照生活本来的样式来结构

① 汪曾祺：《从哀愁到沉郁——何立伟小说集〈小城无故事〉序》，《汪曾祺全集（9）》，人民文学出版社，2019年，第346页。

② 汪曾祺：《回到现实主义，回到民族传统》，《汪曾祺全集（9）》，人民文学出版社，2019年，第245页。

作品。在进行文学批评时，汪曾祺便以这四个方面为批评维度，以真切的文学体验为依据传递他的艺术感知，进行创造性的“言说”。汪曾祺在具体批评实践中讲求的是各个方面的统一和协调，贴近生活是它们统一的前提，而语言是最重要的一点。汪曾祺对思想主题、人物、语言、结构的强调和评述，相比于他的文学创作来说更直观地体现了他的“回到现实主义，回到民族传统”的文学主张。汪曾祺在文学批评和文学创作实践中，追求对现实的关切，也追求艺术上的审美性，他的创作在一定程度上达到了两者的完美结合。他在1980—1997年间以自己的艺术经验和审美追求为标准进行文学批评，在一定程度上确实给同时代的作家，尤其是青年作家以启迪，帮助他们认识自己、突破自己。

汪曾祺的文学批评是感悟印象式作家批评，感悟印象、作家这两个限定词分别有各自的指向和意义，缺一不可。感悟印象是指批评所采用的方法，他通过直觉感悟进入文本，捕捉审美印象，辅以理性的分析，并有条理地加以表述，形成艺术个性十足的批评文本。作家是指汪曾祺的作家身份，而且他具有各类艺术的创作实践，在美学上跨门类融通，是多数作家所不及。他的文学批评是作家的批评而不是专业评论家的批评，这首先表现为他的批评是一种以他的个人趣味为导向的审美创造，其次表现为他在批评实践中的审美取向、品评标准不是来源于具体的文学理论，而是来自他丰富的艺术经验、文体意识和人道主义思想。抽象直觉和理性分析的完美交织，审美趣味与艺术经验的巧妙结合造就了汪曾祺的批评特色。胡昌平在《现代感悟批评研究》一书中说：“批评不指导作家，不教育读者，而是批评家参与作家的创造并吸引读者也参与进来，从而共同完成艺术品的创造。”① 汪曾祺的感悟印象式作家批评则可以说成是既指导作家，又引导读者一起去欣赏作品的人文情趣与笔墨韵味，共同完成审美创造。

---

① 胡昌平：《现代感悟批评研究》，上海：生活·读书·新知三联书店，2016年，第159页。

三

20世纪80年代在中国的社会文化转型与文学史发展过程中都是关键的转折，向上承接前三十年的社会主义建设，向下开启了改革开放新时期。80年代初期的文学重启了“五四”新文学传统中的启蒙精神，发挥着建构现实、诠释历史的作用。文学的发展仍是以“文化大革命”的存在为背景和前提的，像“伤痕文学”和“反思文学”都是以“文化大革命”为表现对象，依然延续的是“十七年”小说“干预生活”的意识形态。这些文学思潮和相关政策是同步的，它们和时代一起缓步前进。然而，在“新时期”之初，也出现了一些“不一样”的“步调”，游离于主流意识形态之外的汪曾祺便是其中之一。

十一届三中全会之后，有感于百花齐放气候的号召，汪曾祺重新焕发了创造热情，写出了颇有“异质性”的《异秉》《受戒》《大淖记事》等作品，打破了“工农兵文学”的叙事模式和框架，追求文学的审美功能和社会价值的统一，拓展了文学想象的空间。在汪曾祺看来，这一时期的各种流行作品仍然过于关心作品所能产生的社会效果，过度追求文学作品的教育作用，忽略了作品本来应该带给读者的审美享受。为了呼唤文学的审美功能的回归，他在发表文学作品之余，还以作家的身份进行了大量的批评实践，以文学批评来声明自己的文学追求。在改写《异秉》，创作《受戒》的同时，汪曾祺重读了沈从文的主要作品。汪曾祺撰写过十余篇关于沈从文的文章，赞赏恩师的人格、文品，选择了重新回到沈从文的抒情传统，向“京派”文学传统致敬。1980年的《沈从文和他的〈边城〉》是他重返文坛后最早的一篇小说评论。文章先指明《边城》呈现出一个少女纯美的爱情故事，塑造了美的人物形象，刻意突出小说的美学个性，又分析了沈从文在人物塑造、语言和结构上的特点①。汪曾祺对沈从文及其作品的评论可算是“夫

① 汪曾祺：《沈从文和他的〈边城〉》，《汪曾祺全集（9）》，人民文学出版社，2019年，第109—118页。

子自道”，寻求自身在文学史上的位置。总的来说，汪曾祺这一时期所选择的批评对象可分为两类：一类是师友，另一类则是学生后辈，汪曾祺熟悉他们的个性气质，往往结合作者的个性来鉴赏作品的美学意义。在师友之中，汪曾祺评论过沈从文、林斤澜、老舍、赵树理等作家，但写得最多的还是沈从文，一方面是因为沈从文是他的恩师，在文学创作和生活上都对他产生了持续终生的影响；另一方面则是因为沈从文和汪曾祺的文学观念最为相似，他更便于“借他人酒杯，浇自己块垒”。汪曾祺为沈从文翻案，重估沈从文作品的社会意义，赋予沈从文“热情的爱国主义者”的形象，是为了让新时期的读者进一步了解沈从文，从而在给予他公正评价的基础上，更好地把握他的文学思想和审美追求，以便延续这种文学传统，召唤作品的审美功能。汪曾祺不遗余力地帮助青年作家，多次为他们授课、写序写书评，乐于为他们传授自己的创作经验，助推他们更快成长。他认为文学的希望要寄托在青年作家身上，而老作家应该具备“君有奇才我不贫”的胸怀，“对年轻人的态度不止是应该爱护，首先应该是折服”①。这一方面固然有沈从文、闻一多、老舍等前辈的爱才态度对他的影响以及汪曾祺奖掖后人的胸襟，另一方面则是这些中青年作家的作品提供了新的审美因素，让汪曾祺产生对话的热情。汪曾祺为他们写评论，鼓励他们不断进行艺术创新，为他们“鸣锣开道”，是为了使他们写出更优秀的作品，共同呼唤文学的审美功能。进入 90 年代之后，文学氛围较之 80 年代大为不同，一方面，始于 80 年代的“纯文学”理念过于强调文学的自主性，文学未能很好地跟上时代发展的步伐，缺乏介入现实的能力，逐渐边缘化；另一方面，商业化侵蚀了文学的发展，文学成为商业市场中批量生产的商品的危险。汪曾祺此时的文学批评依然继续发挥着呼唤文学的审美功能的作用。不过，他所呼唤的审美功能是追求社会效果的审美功能。汪曾祺在这一时期对作品的解读，是要把作家在作品中表现的真实、美好和诗意更直接地告诉读者，引导读者感受文学作品的“美感”，使读者的心灵得到滋润，从而增

① 汪曾祺：《忙中不及作草》，《汪曾祺全集（10）》，人民文学出版社，2019 年，第 115 页。

强对生活的信心，提高人格品位。汪曾祺所赞誉的作品是在带给读者审美享受的同时还能给予他们信心和力量的佳作。汪曾祺不提倡“纯文学”，也反对文学的商业化，他在20世纪90年代通过文学批评来呼唤带有社会效果的审美功能。在八九十年代，汪曾祺都以自己的文学主张、创作经验和审美追求为起点和标准进行文学批评，“借题发挥，拿别人来‘说事’，当然不太好，但是书评和序里总会流露出本人的观点，本人的文学主张”①，借批评来坚守文学的审美功能。

汪曾祺在八九十年代进行文学批评，不仅是为了传达美学理想与指导青年作家的创作，而且是有感而发，有意回应当时的文学批评未充分重视文学审美功能的状况。他的文学批评具有独特的文体和文学文本的质地，一方面是作家身份的影响，另一方面则是想强调文学批评本身的审美性、艺术性。汪曾祺追求文学批评的美感，他认为文学批评也应该注重文学性，要讲究语言艺术，具有艺术个性。汪曾祺的这种观点是“有的放矢”。从中华人民共和国成立至“文化大革命”结束的漫长时期里，“政治态度”在文学批评中处于绝对的制约地位，形成了对文学创作的威压性力量。这一方面导致了文学审美性的缺失，另一方面也“巩固”了文学的“工具作用”，桎梏了文学的发展，这种文学批评本身也是毫无艺术美感可言②。进入80年代初期后，文学批评获得一定的发展，回到了审美批评，彰显人的主体性。但一部分文学评论依然在一定程度上延续着之前的成规和范式，不仅没有充分重视文学的审美功能，也忽略了批评文章本身的艺术性。首先，批评家在文学批评中的“主体”作用并没有凸显出来，他们的个人趣味、审美追求在批评中依然没有占太多分量，道德标准、题材优劣等依然是评判作品好坏的重要指标。比如张洁的《爱，是不能忘记的》就因写婚外爱情而引起过非议，尽管那爱情纯洁坚贞，从未跨越雷池半步。再者，“文学性”在文学批评中并没有受到足够的重视，“写什么”比“怎么写”重要的情况依然没有得到太多的改变，比如“改革小说”因为符合“描写社会主义新人”的号召，相比于其他题

---

① 汪曾祺：《七十书怀》，《汪曾祺全集（5）》，人民文学出版社，2019年，第220页。

② 南帆：《文学批评的研究方法和研究目标》，《文学评论》1985年第4期。

材的作品来说，更易获得更高的声誉，也更易获得文学奖项。在80年代中期以来，批评家们深感文学理论的贫乏。既然内供不足，便转而“向外看”，他们从国外引进各种文学思潮和文学理论，还从精神分析、符号学等学科中引入了不少的方法，一时间各种理论、方法盛行开来。这种理论、方法盛行的情况虽然为文学批评开辟了更为广阔的空间，但是也存在很大的隐患：这些科学方法可以对作品进行精细的分析，但一部分理论不把文学视为艺术，它们无法识得文学的审美价值。此外，因为批评家们急于求新，他们对西方理论方法的引进并不成熟，对各种概念的理解也并不到位，所以他们往往不能用这些概念、理论有效地诠释文学现象，反而是通过把文学现象强行纳入理论框架、概念范畴，来证明理论的可行和概念的准确。学院派批评家们对理论的膜拜并没有唤来文学审美功能的回归与文学批评艺术性的加强，还造成了批评文章晦涩难懂、形式单一的情况。到了90年代，一方面，商业化同样侵蚀了文学批评，“酷评”“吹捧”借助大众媒体广为流行，媒体批评迁就读者的娱乐需求，损伤了文学批评本身的意义；另一方面，学院派批评则朝着学术化、规范化的方向发展，使得文学批评脱离了文学的审美性，在一定程度上造成了批评和大众的疏离。对文学的审美功能及文学批评的艺术性高度重视的汪曾祺，不满足于八九十年代的批评现状，才通过自己的感悟印象式的批评方式，通过在批评中凸显个人趣味、审美追求，通过提高批评文章的文学性与可读性，来提倡一种新的批评形式和新的发展可能。

汪曾祺以作家身份介入文学批评，以自己的文学感受和艺术经验为基础，紧贴时代要求和文学语境，形成了自己独特的感悟印象式作家批评。他的感悟印象式批评是一种以个人趣味为导向的审美性创造，是极具个人风格的批评实践，在内容和形式两方面都极富“汪曾祺特色”，具有独特的意义和价值。在内容方面，汪曾祺通过文学批评言说自己“回到现实主义，回到民族传统”的文学主张与人道主义思想，恢复文学批评的良好传统，实践着对读者的思想教育与审美熏陶，在80年代的特殊背景下发挥了呼唤文学的审美功能回归的作用。在90年代，他又坚持文学的审美功能和社会效果的统一，从而在“纯文学”和文学商业化之外开辟了一条可发展的道路。在形式方面，汪曾祺的文学批评延续了“京派”感悟批评，将批评视为一种艺术。汪曾祺的感悟印象式批评，既从古代文论中借鉴了直觉感悟的思维方式，注重审美印象的捕捉和艺术经验的融入，又辅以必要的理性分析和颇有条理的表述，使得批评文章成为“美文”的同时又兼顾品鉴作品的功用性。他的这种感悟印象式批评在接续了中断近三十年的“京派”感悟批评传统的同时，还为中国传统文论的当代转换做了很好的示范，为当代文学批评提供了一种发展的可能。汪曾祺的感悟印象式批评壮大了作家批评的队伍，为批评注入了生机和活力，在当前文学批评深受商业化影响，“吹捧”文章和“酷评”一度盛行，媒体批评严重影响文学的健康发展的环境下，汪曾祺的以批评主体的审美趣味和文学本身的审美价值为依托和导向的批评实践推动了批评的大众化进程，为当前文学批评如何重建问题意识和美学品格提供了资源。不过，因为汪曾祺的“发现型”批评注重印象捕捉和审美创造，多是向优秀作品的致敬行为，而致使他在批评实践中多是以肯定赞扬为主，难免有溢美之词，却缺少批判性分析，显得力度不足、不够辩证。此外，他的批评还存在零散、主观性太强的不足。但是，瑕不掩瑜。作为汪曾祺的文学主张、艺术经验的言说和体现的文学批评，依然是一个思想和方法的宝库，可以为当前的文学创作和文学批评提供诸多的指导和借鉴。“活着多好呀。我写这些文章的目的也就是使人觉得：活着多好呀”①，正如同其“有益于世道人心”的文学创作一样，汪曾祺进行文学批评实践的目的也是引导读者体察文学魅力，唤起读者对人的关怀，让读者从文学中进一步感悟到生活的美好，从而提高他们的精神素质，由此对社会产生积极的影响。

① 汪曾祺：《〈旅食与文化〉题记》，《汪曾祺全集（10）》，人民文学出版社，2019年，第409页。

老舍作品的科学叙事与“五四”精神[①]

□曾利君

【摘要】老舍虽然是五四运动的“旁观者”“局外人”，但其创作依然呼应着“五四”新文化运动、保持着“五四”的精神血脉。仅就老舍作品的科学叙事而言，就应和着“五四”新文化运动的“科学”呼声，体现出高扬科学精神、建设现代民族国家、革新大众思想观念等启蒙内涵，凸显了老舍的民族国家情怀及其“科学自觉”与“人的自觉”。与此同时，老舍对科学带来的传统式微与文化危机有着异常的警醒，他对科学与传统、科学与人、科学与文化关系的探讨思考不仅发人深省，也拓展了“五四”新文学家科学叙事的话题内涵。

【关键词】老舍；科学叙事；“五四”精神；启蒙；反思；独特性

本文所说的“科学叙事”，指的是文学作品中对科学知识、科学思想与观念、科学技术、器物、科学想象以及相关人物故事的描写。一般说来，科幻小说和一些侦探小说中的科学叙事会更多涉及自然科学本身的探讨与想象，而其他文学作品中的科学叙事大多言在此而意在彼。也正因如此，在中国现代文学中，科学叙事多指向思想文化领域而非自然科学领域的话题，“科学”实际上标示着一种新的价值尺度和社会文化形态的现代性。

---

① 作者简介：曾利君，西南大学文学院教授，文学博士，博士生导师，主要从事中国现当代文学、比较文学与世界文学的教学与研究。基金项目：本文系国家社会科学基金重大项目“中国现当代文学思想史”（编号：19ZDA274）课题组的阶段性成果。项目负责人：王本朝。

晚清以来，中国人急于找寻拯救民族国家的利器，对西洋物质文明的崇拜和科学技术的倾慕日益强烈，“科学救国”的思潮由此出现。“五四”新文化运动时期，“革故鼎新”的愿望和激情使人们重启对“科学”的信心。陈独秀在《本志罪案之答辩书》中高张“德先生（民主）”“赛先生（科学）”的大旗，“认定只有这两位先生，可以救治中国政治上、道德上、学术上、思想上一切的黑暗”①，并把中国导向一个“光明世界”。中国现代文学的科学叙事就是在“五四”新文化运动“民主”“科学”的呼声中出现的。

在“五四”的“科学”声浪中，鲁迅、郭沫若、郁达夫等新文学家都或多或少写下了带有科学叙事特点的作品。老舍虽未能参与五四运动，是五四运动的“局外人”“旁观者”②，但这并不意味着其思想及文学创作与“五四”精神的隔绝。老舍曾坦言“五四”带给了他新思想、“新眼睛”“新的心灵”和“新的文学语言”③，使他敢对“老人老事”有所批判，并由对桐城派文章、陆放翁与吴梅村诗作的仿效转向全新的文学创作。而单从老舍作品的“科学”叙事入手，亦可发现老舍作品对“五四”精神的应和与阐扬。

从相关研究来看，学术界对“科学”思潮/科学主义/科学理性/科学精神/科学话语与中国现代文学之间的关系及其与胡适、陈独秀、鲁迅、周作人、茅盾、郭沫若、程小青等人的关系，研究得比较深入，而对老舍与“五四”科学思潮或科学话语的联系则有所忽视，虽然偶有论著提到老舍的《二马》《猫城记》等作的“科学”内容，但迄今尚无系统、专门探讨老舍及其创作与“五四”科学思潮、科学话语之间的关系的成果，这为本文的探讨留下了空间。本文试图立足于学界已有的研究成果和老舍的创作实践，对老舍作品的“科学”叙事与“五四”精神的关联及其艺术特征展开探究与思考。

---

① 陈独秀：《本志罪案之答辩书》，《新青年》六卷第一号，1919年1月15日。

② 参见老舍：《我怎样写〈赵子曰〉》《我怎样写〈二马〉》，《老舍全集（16）》，人民文学出版社，2013年，第167、173页。

③ 老舍：《“五四”给了我什么》，《老舍全集（14）》，人民文学出版社，2013年，第636—637页。

老舍作品的科学叙事，主要见之于小说与话剧作品中。其科学叙事或者浓墨重彩，或者轻描淡写，均不容小觑。老舍作品的科学叙事与“五四”精神的契合之处在于，它充分体现出高扬科学精神、建设现代民族国家、革新大众思想观念等启蒙内涵，凸显了老舍的民族国家情怀及其“科学自觉”与“人的自觉”。与此同时，老舍对科学带来的传统式微与文化危机有着异常的警醒，他对科学与传统、科学与文化、科学与人的关系的探讨思考不仅发人深省，也丰富、拓展了“五四”新文学的科学话语，显示了老舍作品科学叙事的独特性。

一、科学叙事的民族国家内涵

1918年，鲁迅先生曾著文力推“科学”，批驳“鬼话”，认为只有科学能救治这“几至国亡种灭”的中国①。老舍虽然不曾单独著文来宣讲科学的重要性，但他也推崇科学。尽管老舍不像鲁迅、郭沫若等作家那样有着自然科学的知识结构，且大部分科学读物在他看来都“别扭”难懂，但这并不影响他对这类读物的敬意和对科学的崇尚，关于这一点，他在1935年初为《太白》杂志所撰写的《读书》一文中有夫子自道。《读书》一文是在《太白》杂志大力刊发科学小品的时候撰写的，文中幽默地叙说了科普读物的艰涩——“书上满是公式”，“这种书别扭，它老瞪着我”，但老舍深知“这类书中藏着打开宇宙秘密的小金钥匙”②，所以他并不反对学习科学，并对科普读物心怀敬意。在老舍的小说和戏剧作品中，他更是言说着“科学”对于民族国家的重要意义，表达着对科学强国的信心。比如在《二马》《猫城记》《大地龙蛇》《不成问题的问题》等作品里，老舍将科学文明与民族国家的盛衰兴亡联系起来，从特定层面昭示着科学强国的理想，并流露出对光明强盛的中国的期待。

《二马》的重点虽然在于展现东西文化的差异与碰撞，但它在“客观上对科

① 鲁迅：《随感录·三十三》，王得后、钱理群编《鲁迅杂文全编》（上册），浙江文艺出版社，1998年，第6—10页。

② 老舍：《读书》，《老舍全集（15）》，人民文学出版社，2013年，第256—257页。

学知识以及现代西方科技文明的‘巡礼’式展现与审美崇尚，是不应该被我们的有关研究一再忽略的”①。在《二马》中，老舍看到了英国的文明、强盛与科学因素的关系，指出英国人靠着医药的发达、电话等科学发明得以立足于世界。英国不仅因科学而强国，更因科学而清洁美丽，比如伦敦北边的韦林新城为了保持空气的清洁，“城中全烧电气”，不准烧煤炭，“城中各处全按着花园的布置修的”，韦林新城无疑是个美丽自然清净的所在。作者也道出了这新城的秘密：“城中的一切都近乎自然，可是这个‘自然’的保持全仗着科学：电气的利用，新建筑学的方法，花木的保护法，道路的布置，全是科学的。”也就是说，正是科学知识与技术的利用，才带来了韦林新城的优美、清洁与自然。老舍由此强烈地感受到短于“大炮飞艇”和知识人才的现代中国与西方国家的差距。

有论者指出，“尽管一个时代的社会思想与理论无疑会以各种方式影响和‘进入’所有的作家，但是这绝不意味着我们的作家是按照一个时代的理性思潮进行着填空式的创作”②，这是颇有见地的。从老舍的创作来看，尽管“五四”的科学思想已内化到老舍的心田，但老舍的创作显然不是按照“五四”科学思潮进行“填空式”写作的遵命文学，我们发现，老舍作品中的科学叙事更多的是与他自身的生命体验、感悟认识联系在一起的，比如《二马》的科学叙事，就融入了老舍在英国“目击身亲”的现代性体验，也包含着他对中国的强国路径的思考认识，那便是知识人才与科学技术的并重。

在长篇小说《猫城记》中，老舍的科学叙事既关涉科学探险、星际旅行的想象，也包含着对猫国科学文明水平的观察与评判，折射出振兴民族国家的启蒙内涵。

《猫城记》这部小说的情节故事构筑在一个科学探险的背景之上，从这部小说的表层，我们首先可以看到老舍关于星际交通和外星球的想象。鲁迅曾在《〈月界旅行〉辨言》中谈到了科学所拥有的巨大力量，以及地球人面临的“与诸

① 刘为民：《科学与现代中国文学》，安徽教育出版社，2000年，第248页。
② 李怡：《现代性：批判的批判》，人民文学出版社，2006年，第51页。

星球人类相交际”① 的困难。面对鲁迅所感慨的宇宙间的星际交通的难题，“喜欢威尔斯与赫胥黎的科学的罗曼司”② 的老舍展开想象，在《猫城记》中描绘了人类由地球到火星探险的情景，以科幻的形式展现了地球人到火星的星际旅行及其与外星球人类的交往。

那么火星和火星人又是什么样的呢？“早就知道（科幻）这个体裁”③ 的老舍依据想象和阅读科幻作品得来的经验对此做了具体描述：火星的天空是灰色的，地上没有树木和田地，但有无硬茎的草和没有声音却流得很快的“温腻深灰的河”，基本上是一幅荒凉的模样。火星人又是什么样的呢？老舍的想象和威尔斯的构想一样奇异。在威尔斯的《星际战争》中，“火星人”有着圆圆的身子、章鱼一样的触角。在老舍的《猫城记》中，火星人是“猫脸的人”，“猫人不穿衣服。腰很长，很细，手脚都很短。手指脚趾也都很短”，“脖子不短，头能弯到背上去。脸很大，两个极圆极圆的眼睛，长得很低，留出很宽的脑门。脑门上全长着细毛”，“身腔是圆的，大概很便于横滚”。这些描写涉及了火星的状貌与火星生物。值得注意的是，《猫城记》中，科幻并不仅仅是个噱头或外衣，它实际上包含着老舍的科学认知和星际想象。其科学幻想看似简单肤浅，但在当时的中国文学领域，却有着极为重要的意义：它是新文学中科幻创作的一次重要实践，它的存在，多少可以弥补“汉语新文学创作甚至都没有形成科学幻想的明显传统”④ 的遗憾。

当然，这部小说更加震撼人心的是对民族国家现状的体察与忧愤。《猫城记》中，老舍以“科学文明”为标尺，对猫国文明进行考察评判，并以猫国文明影射中国文明，来传达对民族国家的忧患。众所周知，科学文明与中国社会的现代性密切相关，它可以说是透视中国现代性程度和现代中国文明程度的一个窗口。在

---

① 鲁迅：《〈月界旅行〉辨言》，《鲁迅论创作》，上海文艺出版社，1983 年，第 339 页。

② 老舍：《写与读》，《老舍全集（17）》，人民文学出版社，2013 年，第 463 页。

③ 老舍：《我怎样写〈猫城记〉》，《老舍全集（16）》，人民文学出版社，2013 年，第 187 页。

④ 朱寿桐：《论汉语新文学传统中的科学因素》，《学术月刊》2013 年第 3 期。

老舍笔下，猫国的物质文明离发达的科学文明程度显然相去甚远：猫人住在没有门窗和房顶的屋子，以地为床，使用石罐等器物，日常生活中的用具极少，他们的生活显得原始而简单。猫人虽然有化学物制成的锁镣，但那东西其实并非猫人的发明创造而是来自外国，且猫人的化学锁镣用火柴就能烧毁。猫人的猫语也极为简单，"四五百字来回颠倒便可以讲说一切"，猫国的"书都是石头做的"。从器物、技术等层面上看，猫国是很原始落后的，文化方面也乏善可陈。作为"一切国中最古的国"的猫国，其实也是最为衰弱的国。一旦遭遇外敌（如矮人国）的入侵，猫国的灭亡就不可避免。老舍借助对猫国文明的观察描述，对科学水平低下、极不发达的古老中国进行映射批判，描绘了内忧外患的现代中国的处境。在反思与批判中，透露出许多不满与无奈，也期许着未来中国的强盛。在《猫城记》中，针对国家民族的现状，老舍开出了"知识与人格"的救国药方，其实也是在阐明一个道理：国家要强盛必须依仗知识文化和发达的科学技术，否则必将像猫国那样亡国灭种。

如果说《二马》《猫城记》是在"轻描淡写"的科学叙事中寓含着民族国家忧患的话，《大地龙蛇》则是一部以醒目的科学叙事来表达民族国家理想的作品。相比于《二马》等作，《大地龙蛇》对科学问题有了明确的聚焦，也毫不隐讳作者"对科学文化的赞扬"①，它更加鲜明地表达了老舍对科学的崇尚及其科学强国观。

剧作《大地龙蛇》"以人物代表抽象观念"②，着力塑造了致力于科学事业的赵立真和上前线热血杀敌的赵兴邦两兄弟的形象，说明当时的中国既需要赵兴邦的"战场拼命"，也需要赵立真的"科学拼命"，"若没有人在前线拼命，国家就得亡；同样的，若没有人在后方为科学拼命，新的中国，新的世界，就无从建设起"，只有两者并重才能"立真""兴邦"。在老舍看来，科学知识不仅有助于国家建设和强国，也有助于人类对真理的追求。老舍的这一科学观在剧中主要是通过赵立真形象来传达的。在抗战的特殊年代，赵立真抱定主意研究生物，他坚信，

① 石兴泽：《〈大地龙蛇〉：老舍文化思想和创作发展变化的重要文本》，《民族文学研究》2009年第2期。

② 老舍：《大地龙蛇·序》，《老舍全集（9）》，人民文学出版社，2013年，第357页。

“科学要是昌明了，世界上就根本不会再有炸弹”。他潜心科学研究并非为避世或出名，而是为了人类的长远利益，“要给这个不明白不清醒的人类去找出真理来”。在赵立真看来，科学是以真理、正义和人类幸福为目的的，也是和真理、和平相关而联动的，正如赵立真所说，“世界上的人已经知道了注重科学，爱护科学；也就是知道了拥护真理，支持真理；也就是开始创造和平，扩大和平”。这些观点看法，虽然不乏“科学乐观主义”的色彩，但也真实地透露出老舍对科学的崇信和敬仰。剧中还表明，科学不仅关涉真理与和平，科学也应该走进人生，如果“科学和人生打成一片”，那样就可利用科学去应对现实人生中的地震、沙漠、水患等灾害，以“征服自然”。这些有关科学的看法体现了赵立真等人的科学信念，也是老舍的科学观和民族国家理想的表达。

老舍已意识到，大到民族国家，小到办实业、做事情，讲究科学都是极为必要的。老舍写于1943年的小说《不成问题的问题》就通过抗战大后方一个农场的故事，说明讲究科学、进行科学管理的重要性。小说写到，树华农场不缺设施场地，生产能力与供给能力也极强，但却年年赔本，难以为继，根本原因就在于缺乏科学的指导与管理。从农场的大股东场长来看，他“不能，不肯，不会，不屑于到农场来监督指导一切”，实际负责农场事务的主任丁务源则敷衍拖沓，毫无管理能力，他凡事讲究人情关系，而不讲科学，把农场搞得一团糟。新来的主任尤大兴年轻有为，精通业务肯吃苦，对农场实行了科学严格的管理，在他的努力下，农场的事务开始走上正轨，但最终尤大兴还是被丁务源和农场的闲人秦妙斋之流逼走了。这篇小说有着以小见大的意义，它从一个小小的农场折射出了中国的一个症结性问题：太注重人情世故，而不讲科学。作品告诉我们：“科学的方法与法律的生活，是建设新中国的必经的途径”，如果不注重科学与规则秩序，无论是一个农场，还是一个国家，都无法得到很好的建设与发展。

在上述作品中，老舍有意无意地借助“科学”的“爱克斯光”，照见了民族国家的病弱之处及其科学方面的短板，也提示着希望的所在。其间包含着老舍对“五四”科学精神的重视与认同，以及对科学与国家盛衰存亡、和平幸福之间关系的认识，体现出老舍的“科学自觉”和忧患民族国家的情怀。

二、科学叙事的"思想革命"理念

在"五四"时期，"科学"是新文化运动的旗帜，也是思想启蒙的重要武器。有学者指出，"到五四时代，科学文化逐渐上升到普遍公理的地位，就成为反传统运动中的一个最重要的知识上的支撑，一个价值上的取向"①。在当时，"科学"一词不仅意味着"器"与"技"的先进与超拔，也包含着反对旧思想、旧道德、旧文化的意义，尤其是反对封建迷信的意义。也正是从这个层面上说，"五四"语境中的"科学"，"它只是中国新文化倡导者借以推动思想文化现代化进程的一个理论范型"②，当然它也是度量现代人精神、思想的现代化水平的一把尺子。陈独秀等"五四"新文化先驱高扬"科学"的大旗，其一大目的就在于思想革命，陈独秀曾在《敬告青年》中说，"国人而欲脱蒙昧时代，羞为浅化之民者，则急起直追，当以科学与人权并重"③。"五四"新文化运动的先驱们试图用"科学"唤醒国人，让国人摆脱蒙昧和因循守旧的思想，以确立起崭新的现代思想观念。20世纪20年代初期爆发的科学派对玄学派的论战，就是人们在科学话语的引领下对鬼神文化/封建迷信展开的一次猛烈批判，也是"思想革命"的一次实践。老舍作品的科学叙事延续了以科学、民主引领"思想革命"的"五四"精神，他以"科学"作为批判旧思想、旧道德、旧文化的武器，将科学与新文学的"破除迷信"等破旧立新的任务联系起来，向老观念开火，并揭示旧思想的危害性，其《抱孙》《眼镜》等作品的科学叙事凸显了对国人进行"思想革命"、构建全新的民族精神和科学理性的重要性，也从特定层面体现出老舍的"人的自觉"。

如果从"科学"角度来看，思想革命首先要针对的就是"不科学"的迷信思想与鬼神观念。新文化运动以来，虽然有识之士大力宣扬"科学"，但普通民众离科学精神、科学知识依然较远，现代中国社会仍然充斥着各种迷信现象和行

① 汪晖：《科学话语共同体和五四新文化运动的形成》，《学术月刊》2005年第7期。

② 朱寿桐：《论汉语新文学传统中的科学因素》，《学术月刊》2013年第3期。

③ 陈独秀：《敬告青年》，《新青年》第一卷第一号，1915年9月15日。

为，比如鲁迅的《祝福》中祥林嫂以“捐门槛”来消除“死后在阴司被锯受苦”的恐惧、台静农的《烛焰》中病入膏肓的男子以娶亲来“冲喜”、王鲁彦的《菊英的出嫁》中菊英母亲为女儿操办“冥婚”的“事死如生”的思想行为等，都是对这一社会现状的文学反映。老舍对此也颇有感触，其小说《骆驼祥子》《抱孙》二作均写到大众在生育方面科学知识的匮乏，及其守旧、迷信观念的危害，从特定层面揭示了消除蒙昧主义、进行现代思想革命的重要性与必要性。

对于现代中国社会的迷信风气与民众的蒙昧，老舍曾有“乱世的热闹来自迷信，愚人的安慰只有自欺”① 的感慨，《骆驼祥子》就曾写到古都北平的人们“朝顶进香”的喧闹场景。更让老舍痛心的是，迷信、蒙昧带来的悲剧也不在少数。在《骆驼祥子》中，虎妞之死就与虎妞缺乏生育方面的科学知识及其对现代医学的隔膜有很大关系。比如虎妞在怀孕期间不仅贪吃、不运动，而且“一向没经过医生检查过，胎的部位并没有矫正过”，这才导致其后的难产。难产时虎妞又偏偏不肯去医院，而只迷信神婆，叫祥子去请蛤蟆大仙，而那个叫“陈二奶奶”的蛤蟆大仙只会画符烧香、装神弄鬼，哪里懂得科学接生，结果虎妞和孩子都死了。作者沉痛地指出，是“愚昧”与“残忍”害死了虎妞，造成了一尸两命的悲剧。

《抱孙》更是借普通人的日常生活来展现科学话语，详尽地叙述了不讲科学带来的生育悲剧。故事的核心是，王老太太渴望抱孙，但由于她全然不懂现代科学知识，她总是按照传统的老观念、老办法去经管儿媳的怀孕、生产和护理新生儿，比如禁止怀孕的儿媳走动，要孕妇多吃多补造成胎儿过大，对新生儿捂太多被盖、不让燃着火炉的产房通风或者毫无顾忌地对着新生儿打喷嚏，等等，结果不是造成儿媳流产，就是难产，好不容易有了孙子，又被她不科学的护理方式折腾得夭折。对于现代医学，王老太太不仅隔膜，也极为排斥。儿媳妇难产时，王老太太想到的办法却是“偏方儿，丸药，子孙娘娘香灰”或者向子孙娘娘下跪，至于上医院做手术“开肠破肚”“掏”孩子，她是断然不能接受的，她也信不过西

---

① 老舍：《骆驼祥子》，天津人民出版社，2005 年，第 217 页。

医，认为“西医全是二毛子!”小说批判了王老太太落后陈旧的思想观念及其不科学的种种做法，说明了普及现代科学知识、以科学精神扫除迷信与陈腐观念的重要性。

而这一思想义涵也是与“五四”精神相呼应、相接轨的。从某种意义上说，五四运动“是中国思想界试图在思想文化领域里追求现代性的积极尝试”①，而“文化的现代性说到底是人的心理、精神、气质或性格结构的现代性问题”②，所以若要达成思想文化的现代性，就必须注重人的现代化，这就必然要走向思想启蒙与国民的思想革命。老舍在《骆驼祥子》《抱孙》中有关生育的科学叙述，蕴含着祛除愚昧落后的思想观念、开启民智的主题内涵，揭示了“科学对于人的思想启蒙、人的解放的重要意义”③，体现出老舍作为新思想的启蒙者和新文化的传播者的责任感、使命感。

老舍在中华人民共和国成立后所写的剧作《神拳》的科学叙事依然在延续着这样的主题。《神拳》通过叙写鬼神神话在现代枪械面前的不堪一击，否定了义和团拳勇那些“不科学”的迷信思想。剧作以沉痛的事实告诉人们：所谓鬼神、法术是斗不过枪炮的，迷信“神法”和“法术”、声称“刀枪不入”且有“天兵天将”护佑的义和团拳勇，最终在洋枪洋炮下惨败。义和团拳勇的失败不仅是武器水平差异下的失败，也是鬼神迷信在现代科学面前的溃败。这部发表于1961年的剧作虽是为纪念义和团起义60周年而作，但在大力破除迷信的特定时代，《神拳》的问世也极富现实意义。“建国初期，民间封建迷信活动盛行，严重影响了新生政权的巩固、社会稳定工作的展开”，基于此，“党在全国展开了轰轰烈烈的改变社会风气、破除迷信运动”，并大力“增强民众的科学意识”④，在这样的时代背景下，《神拳》的问世对于当时的中国社会破除蒙昧和迷信及其对民众进行新思

---

① 汪树东：《论中国现代文学的反现代性书写》，《文艺评论》2018年第2期。

② 王一川：《中国现代性体验的发生——清末民初文化转型与文学》，北京师范大学出版社，2001年（2004年2月印刷），第29页。

③ 吴乃华：《五四科学思想初探》，《人文杂志》1994年第3期。

④ 吴冠凤：《建国初期党对封建迷信的破除及其启示》，《黑龙江史志》2014年第16期。

想、新文化的引导，在客观上有着一定的促进作用。

不仅迷信思想，国民在思想现代化过程中需要克服的一切不良习性，都在思想革命之列。有时，人们明知不可为而偏不按科学法则行事，这种漠视科学的现象也比较常见，老舍对此也有所揭示与批判。比如《眼镜》中的青年学生宋修身“虽然是学着科学，可是在日常生活上不管科学科举那一套”，自己明明深度近视，却“除非读书的时候不戴上它”。因为他相信“越戴镜子眼越坏”的“老说法”，所以平时走路逛街或参加运动会，他都不戴眼镜，哪怕是视物模糊、脑袋发晕也不管。他把眼镜盒子卷在“科学杂志”里拿着赶路，结果丢失了眼镜，无法坚持上课，最终失学。与宋修身同样不把科学当回事的年轻人还有小赵。车夫王四捡到眼镜后送给了开杂货铺的小赵，小赵明知那是近视镜，“戴上发晕”，却觉得像“掌柜的”那样戴上眼镜显得“体面”、有身份，在虚荣心驱使下，小赵不顾自己眼睛并不近视的事实而强戴近视镜，结果被车撞身亡。宋修身和小赵的悲剧从某种意义上说都是对科学常识的不当真造成的。

老舍对现代人“知识”“人格”的重视与强调，也体现在其科学叙事中。在老舍看来，现代人不仅要懂科学、合理运用科学技术，更要有忠直的品性。这与鲁迅“立人”的思想不无相通之处。鲁迅曾经在《理水》中讽刺过貌似讲科学却无人文情怀、不懂民生疾苦、声称灾民所吃的“榆叶里面是含有维他命 W 的，海苔里有碘质”的学者，对他们“知识未能周，而辄欲以所拾质力杂说之至浅而多谬者，解释万物”① 的做派，不无厌恶之情。

在老舍看来，现代人如果只拥有某种现代科技而没有忠直的品性和正气，也是可厌而可悲的。譬如小说《开市大吉》中开办医院的诸人，他们私欲膨胀，打着科学行医、造福民众的旗号，干的却是江湖骗子的勾当。剧作《五虎断魂枪》中的李昌元虽然学会了使用手枪，但由于为人行事不正、品性不良，为了升官发财而甘愿做衙门的“走狗”，不免拿着手枪为非作歹，危害良善。这些作品以反面材料来说明知识、科技与好的人格品性相结合的重要性。老舍看重科学，也看

① 鲁迅：《破恶声论》，《鲁迅全集（8）》，人民文学出版社，1996 年，第 28 页。

重人格和做人的“正气”，看重人的道德力量，这与老舍在《猫城记》等作品中所强调的“知识与人格”是一脉相承的。

不过，与鲁迅《理水》中对学者们的普遍失望不同，老舍在《大地龙蛇》《五虎断魂枪》《不成问题的问题》中塑造了兼具“知识与人格”的理想的救世者与启蒙者的形象，那就是《大地龙蛇》中的赵立真与《五虎断魂枪》中的宋民良、《不成问题的问题》中的尤大兴。赵立真执着献身于生物学研究，立志以科学追求真理、建设国家，为此不惜一切。正是他的执着与正气，带动了父亲、妹妹思想的转变。宋民良受过良好的教育，博学而有见识。更为难得的是，他既知书达理，又与时俱进，会使用手枪，懂得利用科技去做正义的事业，去为国家的事尽职责。宋民良也是引导拳师王大成转变思想的精神导师，他劝告王大成顺应时代，“世界变了，拳头不如手枪有用”，当王大成因自己的“无用”而绝望时，他告诉王大成如果把拳术和枪法结合起来，就能成为对民族国家非常有用的人。在宋民良的影响下，王大成最终醒悟，并追随他投身革命事业。尤大兴先前在英国“学园艺”，抗战时期为报效祖国而回国，“他想在一座农场里，或一间实验室中，把他的血汗献给国家”，来到树华农场后，他按照科学法则重新规范工人的作息时间和任务要求，纠正工人的懒散、偷盗之风，并身先士卒带领工人给果木涂灰水，给蔬菜上肥，很快改变了农场的模样。在老舍心目中，像赵立真、宋民良、尤大兴那样将科技与正气、知识与人格相结合的人，才是生存的强者和现代中国所需要的理想国民。

老舍作品的科学叙事，将国民所作所为及其精神心理的观察剖析与科学启蒙结合在一起，既有对传统旧观念、旧风习、旧作派的批判，又有对科学新文化的探索和对科学精神的强调，其间包含着建构全新的民族精神心理与现代人格、进而实现人的现代化的良苦用心。

三、对“科学”的反思

老舍作品的科学叙事也包含着对科学的反思性观察与理解，流露出对“科学”带来的种种隐忧的警惕与思考。

新文化运动发轫之初，倡导科学的风气十分浓厚，“科学”逐渐成为现代文学时期核心价值理念的代表。正如胡适所说，“这三十年来，有一个名词在国内几乎做到了无上尊严的地位；无论懂与不懂的人，无论守旧和维新的人，都不敢公然对他表示轻视或戏侮的态度。那名词就是‘科学’”①。由于“科学”代表着一系列正面价值，新文化运动中的激进思想家和新文学作家对科学多持颂扬、肯定态度。鲁迅早在1907年就曾撰写《科学史教篇》一文，指出近代科学技术给社会带来的巨变，并追溯科学的源头，介绍西方自然科学的发展脉络及经验教训，肯定科学的社会、时代价值。陈独秀也曾猛烈抨击中国士农工商医各界的愚昧迷信和反科学现象，认为“欲根治之，厥维科学”②。胡适则声称，“我们也许不轻易信仰上帝的万能了，我们却信仰科学的方法是万能的”③。这些也在一定程度上暴露出“五四激进文人在大力倡导科学的时候却对科学本身缺乏某种反省的态度”④。

与陈独秀、胡适等人秉持的“科学万能”的激进思想相比，老舍对待科学的态度更为审慎，他既看到科学带来社会的发达和生活的便利，也注意到科学技术带来的破坏性力量。对于科学给人类、社会带来的多方面影响，老舍的认识更为客观辩证。所以，当大多数现代作家都在推崇现代科技、物质文明之时，老舍却对科学文明带来的种种问题做出了自己的思考和呈现，表现出既呼唤、肯定科学，又警惕负面影响，注重传统的现代转换的立场态度。

在对科学的思考上，老舍作品的科学叙事触及最多的问题是：科学进入现代中国社会以后，人们的生活会有什么变化？古老的传统与文化又有着怎样的命

---

① 胡适：《〈科学与人生观〉序》，《胡适全集（2）》，安徽教育出版社，2003年（2013年3月印刷），第196页。

② 陈独秀：《敬告青年》，《新青年》第一卷第一号，1915年9月15日。

③ 胡适：《我们对于西洋近代文明的态度》，《胡适全集（3）》，安徽教育出版社，2003年（2013年3月印刷），第9页。

④ 岳凯华：《科学精神与“五四”文学的理性品格》，《南京师范大学文学院学报》2005年第2期。

运？老舍的清醒和过人之处在于，他对科学的负面影响保持着相当的警惕，以至于不断反思科学与文化、科学与人类生存的关系。在他看来，科学是双刃剑，一方面，科学为人类带来便利和舒适，正如《大地龙蛇》中所说，从重庆去成都，如果“坐滑杆”① 的话要走半个月，而“坐飞机”的话一个多钟头就到了。但另一方面，科技的发展也造成传统的失落和对现代人的挤压。比如《断魂枪》《黑白李》《我这一辈子》等作品就揭示了科学的推进，有时是以牺牲传统包括传统的生活方式和传统文化为代价的。

老舍常常从中国人的生存处境出发，去审视科学的负面影响。比如《黑白李》中的“砸电车”事件的发生、《我这一辈子》中裱糊匠的改行，均在一定程度上揭示了“科学”席卷下传统生活方式的难以为继。白李之所以要带领小马六等车夫去砸电车，是因为电车的到来给人力车夫的生存带来致命的冲击，正如拉车的王五所说，“电车一开，我们拉车的全玩完!”《我这一辈子》中的裱糊匠也因现代医学的发达而生意清淡、无法生存。以前闹天花时，民间就得祭神，裱糊匠们就有生意了，他们得为神仙娘娘们糊轿子、马匹、凤冠霞帔，“还得预备痘哥哥痘姐姐们的袍带鞋帽”等，但如今，有了现代医学与医院，“医院都施种牛痘”，不再闹天花了，裱糊匠也就闲起来，主人公不得已改行做了巡警。由此可见，科学关乎社会发展，也会向生活世界渗透，影响到“民生”和人的个体生存。这些作品从特定层面展现了科学对现代人的生活所带来的困扰和挑战。

而在《断魂枪》中，科学叙事所触及到的，不仅是生存的现实问题，也是文化失落的问题。小说写到，科技的日新月异带来时代的巨变，在火车和快枪的时代，沙子龙的镖局没有了立足之地。科学技术的发展、时代的演进不仅改变了镖师们行走江湖、押镖谋生的生存方式，也使得沙子龙的五虎断魂枪没有了用武之地。由于沙子龙的“功夫早搁下了”，使得作为“国术”的武术传承处于尴尬的境地，孙老者拜师学艺的落空和沙子龙“不传”五虎断魂枪的誓言背后，掩藏着武

① “滑杆”又为“滑竿”，是一种旧式的交通工具，类似于轿子。多用两根竹竿绑扎而成，中间架以躺椅或坐兜供人乘坐。乘坐时由两人前后肩抬而行。

术文化难以为继的感伤。这是沙子龙的感伤，也是老舍的感伤。这些描写包含着老舍“对一些正在消逝事物的留恋，对失落中的传统的哀挽”①，老舍虽然推崇、肯定科学文明，但也敏感于科学进步的代价，对于现代化所带来的传统失落不无痛惜之情。

那么，面对科学技术的进步和现代化的推进，人们该顺应时势，还是背对时代、逆反对抗呢？老舍的答案是明确的。在他看来，在科技时代的冲击下，像沙子龙那样告别传统的生活方式而将镖局改为客栈，或者像裱糊匠那样改弦更张做巡警，虽然多少有些无奈，却也是明智的。而话剧《五虎断魂枪》中的镖师王大成就有些不知变通、执迷不悟了。他不仅死守旧的生活方式、按镖师的老规矩行事，还排斥和仇视新生事物，他声称宁愿去街头卖艺也不去火车站当搬运工，他对火车满腹怨恨，“真想把那些破铁轨全拆了，用拳头把那些机器全砸了，用脚把那些信号灯全踹了”，他不能理性地应对科学带来的时代变化，难免心里痛苦且生存艰辛。作者对王大成的守旧是有所批判的。

此外，老舍也在思考、关注着科学技术对人的异化问题。科学技术极大地改变了人们的生活，可是科学的进步有时不仅未能提升人的道德水平，反而造成欲望的失控。比如《开市大吉》中的“我”和老王、老邱等懂医的人合伙开办“大众医院”行医，却不是为着救死扶伤、服务大众，而是为着昧心发财。其医院广告所说的“为同胞谋幸福，一切科学化，一切平民化，沟通中西医术”的说词，不过是糊弄人的鬼话。为了钱，“我”和老王、老邱等人坑蒙拐骗，无所不用其极，比如请家人或亲戚租汽车开到医院，假造医院的就医盛况；还把茶水冒充药水，扎到病人的血管里；为讨好病患，让患有胃病不能乱吃东西的病人想吃什么就吃什么；在为病人割痔疮时，一边下刀一边加价宰客；等等。这里，医院开办者对科学技术、科学知识、科学声威的利用并非完全出于救世济民的目的或大众的福利，而是为着“发财”牟利，可以说，这群行医者完全是些借着现代医学招摇撞骗、毫无良知的江湖骗子，老舍以不无夸张的笔调描绘了他们丧德无耻的行

① 邵宁宁：《老舍的感伤及其城市文明哀歌》，《现代中文学刊》2017 年第 3 期。

为。老舍也敏锐地看到，现代科学技术与物质文明给人带来了舒适与便利，但科技的发展有时也使人沦为技术和物的俘虏。比如《牺牲》里的毛博士时常以西方的科学/物质文明为标杆来衡量自身生活的幸福感，他把“美国精神”“美国规矩”作为人生追求的目标，觉得自己回国是做了“牺牲”且生活处处不如意。毛博士之所以老是苦闷、哀叹回国后“牺牲太大”，是因为在国内不能像美国那样家家有澡盆与沙发、出门必坐汽车、到处都有电影院、男人都有女朋友。毛博士的苦闷与不满，既体现了他对物欲及享乐生活的追求，也表征着物质技术对他的异化和扭曲。在扭曲、病态中，毛博士最终疯掉了。

“我”、老王、老邱、毛博士等人看似拥有现代性精神资源和科学话语的人物，其实却是异化丧德、价值观扭曲之人。这两部作品也告诉我们，人如果试图借助现代科学技术与物质文明来牟取暴利或满足享乐人生，就会像老王、老邱之流那样害人，也会像毛博士那样害己。

四、结语

本文的考察表明，老舍与“五四”新文化运动之间其实是一种看似局外旁观、实则精神相连的关系。从老舍作品的科学叙事，我们能充分感受到“五四”科学话语与科学精神的渗透，以及老舍对“五四”精神的呼应与传扬。在高举“民主”“科学”大旗的新文化运动的感召和影响下，老舍的作品频频出现科学叙事的内容，他以丰富的文学实践回应了“五四”科学浪潮，并传递着“科学”与“现代”的价值理念。

老舍作品的科学叙事与“五四”新文学家的科学叙事可谓“和而不同”。鲁迅等新文学家常常把科学知识与科学理念融入文学之中，鲁迅的《弟兄》对中医与西医诊病效果的比较、郭沫若的《女神》对脊椎与神经等解剖意象的选择、曹禺的《北京人》对于考古学知识的运用，等等，都可看出新文学家对科学价值理念的肯定。“五四”科学话语对中国现代文学理论与创作的影响是毋庸置疑的，因为“实用科学理性以其‘科学’与‘世界’等具有强烈诱惑性的‘现代’字眼，使中国现代作家由衷地相信这就是真正意义上的西方人文精神”①，傅斯年甚至断言，“今方科学输入中国，违反科学之文学，势不相容，利用科学之文学，理必孳育”②。正是在这样的背景之下，“利用科学之理”来“造其文学”，成为许多新文学家的自觉意识。老舍对新文学的科学叙事也有所应和，他与同时期的现代作家一样，在科学话语的引领下忧思民族国家的兴衰存亡，对旧思想、旧习俗、迷信思想等进行理性审视与批判。但老舍作品的科学叙事又有不同于其他作家的独特性。他拓展了鲁迅、郭沫若等新文学家科学叙事的内涵，在破旧立新的同时，又着眼于科学与传统、科学与文化、科学与人等关系的探讨思考，看到了科学对传统的生活方式和对传统文化带来的冲击，看到了将科技与正气、知识与人格相结合的重要性，其作品的科学叙事充分展现出科学启蒙与科学反思相交织的思想内蕴，摆脱了一些新文学作品所存在的“科学拜物教（泛科学主义）”③ 的倾向，而老舍对科学问题的这些思考直到今天仍有现实意义。

此外，就创作技法与艺术特征而言，老舍作品的科学叙事也极富文学意义。老舍的作品或者从题材内容角度切入“科学”，比如《抱孙》《大地龙蛇》《不成问题的问题》等；或者从构思技巧等角度切入“科学”，比如《猫城记》《断魂枪》；或者从意象角度切入“科学”，比如《眼镜》《二马》等，体现了其科学叙事技法的多样性。与此同时，老舍的一些作品因聚焦于“科学”来讲述人物故事，并以“科学”作为作品主题提炼的思想酵素，使得其作品的主题意蕴有了新的附着点与凝结点，而他的《猫城记》的科学幻想则无疑是现代文学与科幻结缘的可贵实践。

---

① 宋剑华：《实用科学理性与“五四”新文学结盟的逻辑关系》，《文学评论》2007 年第 1 期。

② 傅斯年：《文学革新申议》，岳玉玺、李泉、马亮宽编选《傅斯年选集》，天津人民出版社，1996 年，第 32 页。

③ 周仁政：《“五四”科学拜物教与现实主义文学运动》，《齐鲁学刊》1999 年第 5 期。

文学“形式”的内涵及其演变①

□寇鹏程

【摘要】文学“形式”这一概念的内涵很丰富，具有一定的争议性。从柏拉图、亚里士多德到康德及现代形式主义美学，形式一词的内涵在西方美学中有一个历史演变的过程。中国古代美学中没有统一的本体意义上的形式概念。从王国维以来的现代美学，由于朱光潜、陈望道等人的大力发展，形式本身的重要性得到了重视。中国现代美学在一段时间里形式和内容是一种二元对立的关系，轻形式而重内容。近年来，理论界为打破形式内容简单的二元对立做出了努力，美学的形式价值得到了新的重视。

【关键词】形式　二元对立　审美价值　现代美学

一、形式的内涵

文学艺术领域最基本但也是最有争议的一个概念就是“形式”。塔塔科维兹在《西方美学概念史》中说：“没有哪一个术语能像‘形式’这样经久不衰，这个术语源出于罗马时代。也没有哪一个术语具有如此的国际性……然而，这个术

---

① 作者简介：寇鹏程，男，四川达州人。西南大学文学院教授，博士生导师，文学博士。主要研究文艺美学。基金项目：国家社科基金重大项目“中国现当代文学思想史”（编号：19ZDA274）。

语，其模糊也像经久不衰一样显著。”① 在塔塔科维兹看来，形式至少有这样五种比较常见的意义：第一是各部分的排列；第二是被直接给予感觉的东西，与理性思索的内容是相对的；第三是对象的范围或轮廓；第四便是亚里士多德所使用的形式的意义，它表示对象的概念本质；第五是康德意义上的形式，它表示心灵对感性对象的作用。实际上塔塔科维兹这里所谓的五种意义也只是极其粗略的划分，形式一词内涵的多样性远远超过这些，正如美国批评家雷内·韦勒克所说："人们很容易从当代批评家和美学家那里找到数以百计的关于形式和结构的定义，并且表明这些定义根本就互相冲突，让人觉得最好不用这两个名词。”② 确实，中外关于“形式”这一概念一直存在着各种不同的界定，充满着争论，形式的内涵在不同的历史时期与不同的艺术家那里不尽相同。形式内涵的不同表现着艺术理念的不同，形式内涵的演变历史某种程度上也是一部审美价值取向演变的历史，要想给形式这个概念下一个确定而唯一的定义，不是一件容易的事情。

从字源意义上来看，形式一词源自拉丁语 forma，等同于希腊语中的“理念”。柏拉图认为现实世界里具体的事物有生有灭，而事物之所以为其所是的理式却是不变的，现实的事物是理式的显现，“美的东西”是“美本身”的显现，“美的东西”其实就是“美本身”的外在形式。在这个意义上，所谓一部作品的形式指的是决定一部作品组织和构成的原则。亚里士多德认为事物的构成有质料因、目的因、动力因与形式因，质料因为一定的目的而结构组成了一个事物，这种构成事物的方式就是形式，由此来看形式是相对于质料而言的事物的具体存在方式。在此意义上来看文学批评中的形式，则通常指的是文学类型、体裁，诗歌的格律、韵律等语言存在形式，常常有相对于具体事件对象、题材内容的外在结构方式的意思。柏拉图的“形式”是固定的模式，而亚里士多德的形式则是随着“目的因”与“质料因”而生长的，后来施莱格尔曾经将形式分为“模具形式”与“有机形式”两种就是这个意思。所谓“模具形式”是一种固定的业已存在的模

① 塔塔科维兹：《西方美学概念史》，褚朔维译，学苑出版社，1990 年，第 296 页。

② 雷内·韦勒克：《批评的概念》，张金言译，中国美术学院出版社，1999 年，第 50 页。

型，如同我们制作陶器时装入黏土的模具，这种形式是先就存在的，是现成的东西，是一种静态的形式；而“有机形式”则是随着自身的生发而临时成型，自我生发到极点便是它外形的最后塑成，这是一个动态的形式。

把形式美学推向高峰的是康德。在康德看来，艺术本身是没有任何目的的游戏，它并不承担反映或者改变现实生活的重大使命，艺术的美是非关功利的纯形式引起的快感，美的判断是表象直接引起的快与不快的感觉，他指出：“为了判别一对象是美或不美，我们不是把它的表象凭借悟性联系于客体以求得知识，而是凭借想象力（或想象力和悟性的结合）联系于主体和它的快感和不快感。鉴赏判断因此不是知识判断，从而不是逻辑的，而是审美的。”① 也就是说，审美的鉴赏是凭借完全无利害观念的快感和不快感对某一对象或其表现方法的一种判断力。康德那里的“纯粹美”是纯形式的美、线条的美，如窗帘花纹一样的形式美。英国的克莱夫·贝尔就把“有意味的形式”作为艺术品的根本性质，而所谓“有意味的形式”就是能够激起我们审美情感的“线、色关系的组合”。在贝尔这里，以独特方式来感动我们的各种排列、组合的方式成了艺术的本质，而我们通常所说的思想道德、社会政治的“内容”则不再是美学的中心问题了。

现代形式主义美学曾经是一股很大的思潮。20世纪初由什克洛夫斯基、艾亨鲍姆、图尼亚诺夫、勃里克组成的彼得格勒诗歌语言研究会和雅各布森、托马舍夫斯基等组成的莫斯科语言学会开始的俄国形式主义批评转向把文学研究从传统的社会学、政治学、历史学、哲学、心理学、文化学的“外部研究”推向形式主义的“内部研究”。俄国形式主义理论把文学之所以为文学的“文学性”作为理论中心，提出文学作品是“手法”“形式”的总和，形式成了主宰一切的核心。文学的语言分析成了文学研究的中心，诗歌语言与普通语言的区分被当作一个中心工作，“自动化”“陌生化”“可感觉性”“复杂化形式”及“阻滞”等新概念成了形式主义批评的重要范畴，获得了最普遍的意义。在文学形式的研究中，文学作品的文体问题、叙事结构问题等逐渐成为研究中心，结构、功能的叙事学成为形

---

① 康德：《判断力批判》，宗白华译，商务印书馆，1964年，第39页。

式主义批评的分析方法，文学研究成了对于作品要素母题、变形、支配、突出等的细致分析，文学作品的意义来自文学形式组织化的整体之内，呈现出与传统社会学、心理学、哲学美学批评不一样的批评套路。俄国形式主义走向了结构主义，由语言构成的系统化模式而构想出文学模式，文学各要素按照功能进行了分割重组，文学意义来自文学的组合方式的精密与匠心，批评面貌为之一变，极大地丰富和深化了文学研究的路径，也把文学研究拉回了文学文本的内部世界。

而英美现代批评家则把“新批评派”的理论与实践称为“形式主义”批评。新批评派以“意图谬误”与“动情谬误”把文学作品与作者意图和读者反映隔离开来，只是就文学文本本身展开“细读”分析，它把文学作品本身看作是独立自主的系统，文学作品以外的作者生平、作者所处的时代、作品对社会政治、经济、文化、心理等方面的意义，对于新批评来说都不再是重要的，或者这些都需要从文本的字里行间体味出来。新批评派研究的核心是文学作品的形式和效果是怎样的，这种形式和效果是如何实现的，文学所有问题的答案直接来自文学作品本身。这是文学研究“向内转”的一个重要文学理论派别，西方现代这股形式主义思潮的核心是文学的“语言学转向”。形式美学在现代美学那里得到了空前的重视，其审美价值得到了多方面的阐释与拓展。

二、中国美学中的形式

中国古代的艺术理论里没有艺术本体意义上统一的“形式”以及“形式美”的概念。汉语里的“形”是事物外在形象的意思，应物象形，“形”就是事物的外形，《周易》里有“在天成象，在地成形”之说，地上的山川草木就是“形”。而“式”是指事物的形象的类型，是事物的“样式”，所以形式就是事物外在形象的样式，有类型模具的意思。在中国古代的艺术理论里，还没有自觉的宏观论述过“形式”问题。诗文里的“文质”问题、“文辞”问题、“言意”问题、“格律”问题、“炼字”问题，绘画书法里的“骨法用笔”问题、“经营位置”问题、“传移摹写”问题等等，相当于处理艺术的内容形式关系问题，但“形式本身”终究还是没有出现。《文心雕龙》里讲了“原道”“征圣”“宗经”“才略”等问题，也讲了诸如“丽辞”“夸饰”“练字”“声律”“章句”等具体的形式问题，但《文心雕龙》没有“形式”的概念。苏东坡讲“妙理法度”问题，吕本中讲“活法”问题，杨万里讲“去词去意”的问题，姚鼐讲“义理、考据、辞章”，翁方纲讲“肌理”问题等等，无论是“神韵”还是“格调”，是“意境”还是“虚实”，是“苦吟”还是“性灵”，这些都涉及了某个具体的艺术形式问题，中国古代有关于具体的词句、章法、结构、风格、言意、虚实等艺术形式问题的丰富论述，但相对来说都缺少对“形式”本身的整体反思。

中国学界真正开启对形式本身的美学思考应该是20世纪初的事情了。王国维深受康德美学思想的影响，提出了“第一形式”“第二形式”的概念，认为真正的美是“第二形式”。王国维提出美之性质，一言以蔽之就是可爱玩而不可利用者是已，“一切之美，皆形式之美也”①。至此中国才有了真正的形式美学。王国维指出无论优美还是宏壮之美，都是事物形式之美，他1907年发表的《古雅之在美学上之位置》指出优美是因为一个对象之形式不关于我们的利害，从而使我们忘了利害之念，而以精神之全力沉浸于此对象之形式中所感到的美。而宏壮则是一个对象之形式，超乎吾人知力所能驾驭的范围，或者它的形式大不利于吾人，但又觉其非人力所能抗，于是吾人保存自己之本能，遂超乎利害之观念之外，而达观其对象之形式，由此感到的美就是壮美。王国维的这种解释实际上是一种博克、康德式的形式美学。在王国维那里，事物表现自身的显现方式是“第一形式”，而这“第一形式”作为一种表象给人的美感已经是“第二形式”了。比如我们所加于雕刻书画上的所谓“神”“韵”“气”“味”等，都不是事物本身的形式所具有的，而是事物的形式呈现给我们的感受，是“第二形式”。再比如绘画中的布置，花鸟山川相互之间的位置、色彩、形态等属于第一形式，而画面布置的“和谐”“巧妙”“空灵”“飘逸”等就是“第二形式”，就是“美”。王国维在这里将事物、事物的形式、事物形式的美分割开来。

---

① 王国维：《王国维文集》第3卷，中国文史出版社，1997年，第32页。

在20世纪20年代的“美学原理”里，“形式美”已经成为一种美学的基本内容，成为一种基础的美学理念。陈望道先生1926年编写的《美学概论》就详细地分析了“形式美”，他认为“形式”一语在艺术学上有两种不同的意义：一指艺术的“外形”，比如说到塔有三重塔、五重塔、七重塔、十三重塔等形式，诗有五言、七言、长短句、自由诗等形式时，所用的“形式”两个字就是属于这一种的意义，这时候所谓形式无异于所谓体制。而形式的第二种意义却是指事物所有的“结合关系”。如有红、绿两种色彩，将这两种色彩红左绿右排列起来又将它红右绿左排列起来，两种排列结合关系的不同，在美学上也就称为形式的不同。陈望道先生认为美学上说的形式通常都是指这后一种意义而言的，即各部分之间的排列组合关系的方式。这种组合关系的具体形式有反复与齐一、对称与均衡、调和与对比等，而形式的总原理是繁多的统一①。可见，结构方式意义上的形式概念已作为一种普遍理念产生了。成仿吾1926年在《创造月刊》发表的《文艺批评杂论》中就提出：“我所谓形式（Form）是单就结构而言的普通的意义。”② 结构方式意义上的审美形式已被看作形式的“普通意义”，而且成仿吾强调缺少审美形式的艺术，是我们所不能想象的，形式在中国现代文学中逐渐有了自己的位置，本体论意义上的现代形式意识有了增强，由此关于形式内涵的论争也不断发生。

中国现代学术界关于形式内涵的论争概括起来主要有三种比较集中的观点：第一种意见认为形式是指事物内在的形式，即内容的内部组织结构，内容是构成事物的质料，形式是质料的结构形式；第二种意见认为形式是内容的存在方式，是内容的生命表现；第三种意见认为事物往往具有双重的形式，一是事物的外部形态，是偶然的，如一部书是精装还是平装的形式；另一种是事物的内在形式，它的变化和内容直接相关，如水变成水蒸气，形式是事物的内在形式的变化③。可以看出，我们对形式内涵的理解有一个发展的过程，是历史性的，也有多元

---

① 陈望道：《陈望道学术著作五种》，复旦大学出版社，2005年，第95页。

② 成仿吾：《成仿吾文集》，山东大学出版社，1985年，第201页。

③ 艾众、李唤：《建国以来哲学问题讨论综述》，吉林人民出版社，1983年，第514—515页。

性。这些是哲学美学意义上的形式，那么文学上的形式是什么呢？黄药眠先生曾经指出："什么是艺术文学的形式？我认为艺术文学的形式，就是文学的种类或样式，如小说、诗歌、剧本、散文、童话，等等。语言是构成文学的材料，但用什么方式使用它，也可以成为形式。"① 这是文学艺术具体的形式，黄药眠先生所说的文学形式相当于文学的体裁，而与此相对的文学艺术的内容则是思想、感情、感觉与潜在的意识这四种。

三、中国现代美学中的形式与内容

现代形式概念进入了中国艺术理论的视野，形式与内容的关系问题就浮出水面，内容重要还是形式重要，内容决定形式还是形式决定内容，内容离不开形式，形式离不开内容等等，都成为争论的焦点。一种折中的观点是内容和形式不可分割，内容离不开形式，形式也离不开内容，二者相辅相成，共同构成艺术作品。朱光潜先生在《文学与语文：内容、形式与表现》中就指出所谓内容就是作品里所说的话，而所谓形式就是那话说出来的方式，而内容形式结合的"表现"才是艺术的完成。内容重要还是形式重要的观点都是错误的，中国过去有"意内言外""意在言先"的说法，似乎"意"就是内容，"言"就是形式，而且"言"是后来表现内容的，好像是附加上去的，这是不对的。实际上"在完成的作品中，内容如人体，形式如人形，无体不成形，无形不成体，内容与形式不能分开，犹如体与形不能分开"②。内容形式的如盐溶于水般的合一才是真正的艺术。艺术性不是形式，也不是内容，而是这种形式的内容，这种内容的形式。

这种内容形式的折中派之外，中国现代文学理论很长一段时间都有一种内容与形式二元对立的思想，把文学作品的思想政治的内容和形式上的苦心经营一定程度上对立起来，认为内容决定形式，形式反作用于内容，内容是主导，形式是

① 黄药眠：《艺术文学中的内容与形式》，《黄药眠美学文艺学论集》，北京师范大学出版社，2002年，第342页。

② 朱光潜：《朱光潜全集》第4卷，安徽教育出版社，1988年，第232页。

第二位的，两者的关系是不平等的，内容是“主人”，而形式则是“仆人”。形式在一段时间里是个贬义词，是一种不健康的文学追求，我们对形式的重视程度不够。毛主席《在延安文艺座谈会上的讲话》中提出评价艺术的原则是政治和艺术的统一，内容和形式的统一，革命的政治内容和尽可能完美的艺术形式的统一，毛主席在这里强调内容和形式两方面都很重要，这是非常正确的。同时毛主席在《讲话》中又提出任何阶级社会中的任何阶级总是以政治标准放在第一位，以艺术标准放在第二位的，而且他特别指出：“有些政治上根本反动的东西，也可能有某种艺术性。内容愈反动的作品而又愈带艺术性，就愈能毒害人民，就愈应该排斥。处于没落时期的一切剥削阶级的文艺的共同特点，就是其反动的政治内容和其艺术的形式之间所存在的矛盾。”① 毛主席在这里特别强调了思想内容的重要性。对于文学的形式和内容来说，最好的当然应该是内容和形式的完美统一，但形式和内容在实践中往往难以做到完美统一，那么这时候首先应该注意的就是内容的正确，内容当然应该比形式重要得多。

在当代文学批评实践中，为了强调思想内容，我们一般认为即使艺术性差一点也没关系。林默涵在其《从何着眼》中就提出：“所谓批评，主要的应该是思想批评。”② 也就是说，一个对于当前有重大意义的作品，即使艺术上差一点也不影响大局，也是好的作品。陈涌在《论文艺与政治的关系：评阿垅的〈论倾向性〉》中也指出：“当一个本来不是政治太多而是太少的作者，为了探求新的符合于现实迫切需要的主题而暂时在艺术上表现得比较粗糙，或者说，艺术性和政治性，作者的生活经验和自己的主观意图还不一致的时候，这也是十分自然的事。在这里，无疑的一个理论批评工作者便不应该从艺术的定义出发，而应该从实际的情况出发，这就是说，应该首先肯定这个作者的努力，同时也指出他的不一致，使他逐渐走向一致。”③ 他还举车尔尼雪夫斯基为例，指出车尔尼雪夫斯基写过一本小说叫《何为》，谁都感觉得到这是一本艺术性和思想性不很一致的多少有点概

---

① 毛泽东：《毛泽东选集（3）》，人民出版社，1991 年，第 869 页。

② 北京大学中文系等编：《文学运动史料选（5）》，上海教育出版社，1979 年，第 400 页。

③ 陈涌：《陈涌文学论集》（上册），上海文艺出版社，1984 年，第 110 页。

念化的小说，但由于它表现了当时许多俄国作家都还没有表现过的一种新的观念，新的人生观、新的人物，这本书便成为当时最震撼青年读者心灵的作品之一，也是当代最伟大的作品之一。这也就是说，只要思想性好，即使是概念化的作品，艺术形式不高，同样是伟大的作品；而反过来只讲艺术形式，再怎么精美，只要思想性不强，都不能成为伟大的作品。这种艺术理念在一定程度上导致了我们对文学形式的轻视，对内容的重视，形式和内容之间没有达到平衡，这也是导致文学概念化、公式化的一个原因。

在这种内容决定论指导下的文学“基本原理”把西方现代派的一些形式主义文论当作腐朽的形式主义加以批评，以群在其《文学的基本原理》中就说：“现代资产阶级的一些形式主义的文学派别，它们竭力在形式上翻‘新样’，搞‘革新’，企图以所谓‘新奇’‘独创’的形式来掩盖其腐朽、空虚的内容，其结果也就破坏了形式本身，把文学艺术的创作引入了死胡同。”① 这暗示了形式的追求就意味着内容的空虚。按照这种形式观，现代文学史上一些注重形式美的艺术流派成了批评的对象。胡适文学改良时的“八事”被当作形式大于内容的形式主义，新月派、象征主义诗人则被看作形式主义的代表。王瑶先生在《中国新文学史稿》中认为徐志摩、饶孟侃、陈梦家、方韦德等新月派诗人，在诗歌的创作上表现了病态的甚至反动的意识，主要是：“为追求形式格律的完美，而竞尚雕琢，复以形式至上主义来掩饰那内容的空虚纤弱，以迷惑读者的感觉，所发生的影响是很坏的。”② 新月派诗歌极其注重形式格律，追求音乐美、建筑美、绘画美，这种形式上美的追求一概被斥为了“形式主义”的雕琢，形式自身被看成无价值的东西。而且更重要的是似乎只要注重形式，内容就好像必然空虚，二者只能得一个。王瑶先生在《中国新文学史稿》中指出徐志摩的诗歌章法整饬，音节铿锵，形式富于变化，这看上去好像是赞美徐志摩，但关键的是他接下来说徐志摩的诗内容极空虚，这一批评把徐志摩诗歌形式上那些做法都否定了，诗歌的形式与内

① 以群：《文学的基本原理》，上海文艺出版社，1980 年，第 281 页。
② 王瑶：《中国新文学史稿》（上册），新文艺出版社，1955 年，第 197 页。

容处于对立的状态，这样，徐志摩诗歌的价值也就有限了。

在这种形式观念指引下，人们认为形式越优美，越具有迷惑性，对于内容越不利，形式也就越没有价值，所以注重文艺形式的倾向一直被认为是很坏的。丁易《中国现代文学史略》认为沈从文追求的写作技巧是没落资产阶级文学的技巧，企图通过这些技巧来麻痹读者，达到传播低级趣味的目的，这些形式价值不仅不大，而且还有害。这种内容决定形式的决定论在实践过程中往往机械教条地把那些追求语言文字、格律声韵、修辞结构等形式上的东西都批评为形式主义或者是“为艺术而艺术”的逆流，形式被当作一种雕虫小技的末流，与内容相比是其次的。由北京大学中文系 1955 级学生编写的《中国文学史》里就指出汉朝的大赋堆砌铺张，虚言诡辩，因袭模仿，只追求声律、对偶、用事等形式要素，对文学作品像雕琢一件玩物一样精心考究，只是一些极端形式主义的作品，内容上尽是些声色犬马、服饰饮食、巡游祭祀等，是典型的贵族文学。南朝“永明体”的“宫体诗”以及当时的骈文；唐朝诗人王建的《宫词》；李贺、李商隐、温庭筠以及“奇崛险怪”“郊寒岛瘦”的韩愈、贾岛、孟郊；宋代的“西昆体”“江湖诗派”；周邦彦、姜夔；明代的“吴江派”“竟陵派”“前后七子”以及晚清的“同光体”诗人等，都被批评流于形式主义的歪风，堆砌辞藻，雕琢晦涩，内容苍白无力，空虚贫乏，没有现实意义，艺术上没多大价值，产生了不良影响。

总的来看，中国现当代文学理论较长一段时间里，在处理内容和形式的关系问题上，是偏重于内容的。中华人民共和国成立后创刊的《文艺学习》1955 年推出了一系列“名词解释”普及文学知识，其中对形式主义的解释是这样的：“形式主义是文学艺术中一种反人民的倾向，它不承认文学艺术是社会生活和历史时代各种现象的反映，不承认艺术内容决定形式，内容与形式统一的原理，它欺骗读者说：文艺作品是没有什么思想内容的，只有作品的形式才具有头等重要意义。因此它便剥夺了文艺作品的意义和高尚目的。实际上，它是在文艺作品中注入了反动的思想内容。”① 从这里我们也可以看出我们对文学形式确实重视不够。

① 《文艺学习》编辑部：《形式主义》，《文艺学习》1955 年第 7 期。

虽然在“百花齐放、百家争鸣”的鼓励下，当时也有对形式主义的一点反思，但没有从根本上改变人们对形式的轻视态度。比如周扬1956年8月10日在中国作协文学讲习所的讲话中就曾经提出这个问题：“再说形式主义，这是苏联反对最厉害的。对于这个东西，似乎也可以研究一下，是不是形式主义里面一点好的东西都没有。我觉得至少有一些现象值得注意。有不少革命的作家、艺术家，在政治上是进步的，有的还是共产党员，可是在艺术上是形式主义，有所谓超现实主义，如毕加索、马迪斯，在绘画方面还有所谓‘抽象派’，完全是追求一种形式，在音乐方面也有同样的现象，大概是因为这几种艺术的形式的因素比较重。对于这些是否要一笔抹杀，是否这里面就没有一点可取的地方。总觉得还是一个问题，值得我们考虑。”① 周扬在这里似乎想为形式主义做一点平反的工作，想要重新评价形式，认为形式主义也不能全盘否定，但从文学的实践来看，形式还是没有得到普遍的重新重视。

新时期以来，文艺界展开了拨乱反正的工作，开始为文艺正名，试图在尊重文艺自身规律的基础上重新认识文艺，中国文学有了向内转的审美要求，这时候对文艺的形式也有了新的思考。人们不再简单地把形式作为内容的“仆人”，而是有了更多样和辩证的认识。西方各种形式主义美学流派的思想被介绍到中国文艺理论中来，如俄国形式主义、英美新批评、结构主义等成了学界关注的研究对象，叙事学成为研究的热点，形式被当作艺术审美性的重要标志，人们对形式有了新的更加全面科学的态度。童庆炳先生就认真梳理研究了内容与形式的关系，提出内容和形式的关系是平等的，是相互征服的，不能简单地把形式作为内容的附庸，不能简单地否定形式。他指出：“形式，这是事物的外部联系，外部标志，它不可能从根本上决定事物的特征；内容，这是事物的内部联系，内部规律性，只有它才能从根本上确定事物的特征。”② 但这只是内容和形式内涵的不同，分工的不同，并不意味着它们重要性的高低差别，就好像一张纸的两面，不能说纸的

① 周扬：《周扬文集（2）》，人民文学出版社，1985年，第412页。

② 童庆炳：《童庆炳文集（1）》，北京师范大学出版社，2016年，第4页。

正面就重要，纸的反面就不重要，内容和形式在文学中同等重要。童庆炳先生认为文学的内容是形式作用于“题材”而产生的“第三者”，内容与形式不是直接相互作用的，两者之间有一个中介“题材”，形式是直接作用于“题材”而不是内容的。文学的内容既不是生活、历史事件本身，也不是艺术手法、语言文字，而是形式手法创造的生活，这就避免了内容形式的直接二元对立，是一种新的形式观。童庆炳先生的这种形式美学想打破过去那种简单的二元对立思想，为重新客观全面认识形式的美学价值寻找出路，这对于改变我们简单化地轻视形式的做法具有一定的纠偏作用。

·文化研究·

另一种视觉性：专有名词、认知修辞、神话①

□张高元

【摘要】 学界在视觉文化研究本土化的进程中，对纸本媒介中图文结合的视觉文本关注不够。此类文本以专有名词为核心话语，以认知修辞的五部分形成的网络关系作为视觉模式，通过命名展开视觉叙事。学者将福柯话语分析模式与叙事学分析手法结合，分析语素及其句法结构关系，指出将意识形态内涵作为图像的深层意义，创造了想象性的视觉性。这种视觉模式的受众较小，视觉场不可见，主要依赖不同媒介的融合，在想象中建立。它也是新媒体到来之前典型的视觉模式。

【关键词】 视觉性；专有名词；认知修辞；神话

视觉性是视觉文化理论的核心概念，国内学者对此概念进行了多次梳理，总体上都遵循哈尔·福斯特对视觉性的界定②，代表性成果有吴琼的《视觉文化研究：谱系、对象与议题》。文章认为视觉性就是使对象或观看得以实现的制度和

---

① 作者简介：张高元（1982— ），女，汉，湖北襄阳人，文学博士，讲师，广西师范大学美术学院。研究方向：视觉文化，明代图像研究。基金项目：广西壮族自治区教育厅广西高校中青年教师科研基础能力提升项目“图像的德行：明代绘画的伦理与德育”（编号：2019KY0093）；广西师范大学博士启动项目；广西哲学社会科学规划研究课题“图像、视觉和文化：明代图像叙事研究”（编号：20FZW003）。

② 参见 Foster Hal：*Vision and Visuality*，New York：Bay Press，1998，p. ix. 译文参见安东尼·伍迪维斯：《社会理论中的视觉》，魏典译，北京大学出版社，2009 年。

机制，也就是视觉场域内视觉各要素的相互作用和视觉场对它们的建构。学者周宪不仅多次介绍视觉性理论，还针对当下中国社会的典型视觉现象做了理论总结，他认为视觉性的运作就是形象的运作，并根据福柯话语理论说明视觉形象中存在权力与知识共生的核心原则，再借用编码—解码系统分析视点、视觉建制等，说明视觉形象的运作机制及其实践过程。这些理论的具体运用反映在其论文集《当代中国的视觉文化研究》① 中。纵观这些文章，学者们从形象阐释、视觉模式或结构、视角或视点、观看秩序、认同或建构等方面重点说明当代中国大城市文化、大众文化、草根文化等方面的视觉性。他们分析的文本主要是当代视觉现象中的新媒体文本，对以纸本媒介为主导的图文结合的视觉文本关注较少。这些文本也是人们塑造视觉性的主要途径，对其研究有助于理清新媒体产生之前社会存在的主导视觉机制。此类文本围绕特定的话语展开。话语是对一定时期某些阶层文化现象或观念的凝缩与命名，作为共通知识，它们左右着相应文化活动。这些话语多表现为一类词汇，作为叙事话语的一部分，自然而然存在于文本表达层面，但其深层含义决定着文本叙事结构、话语技巧的使用，形成特定的视觉性。在与新媒体文本中，视觉性以图像呈现的形式发挥作用不同，此类文本的视觉性以语像发挥作用，其受众较小，是新媒体出现之前存在的一种视觉性模式。”

一、图文结合的纸媒文本的话语：专有名词

对于特定时期话语的研究，福柯做了大量分析，但关注的焦点是社会学对象，采用的文本主要是档案、文献资料，关注重点是权力的对抗与制服。对于日常生活中存在的，基于权力，对说服、认同为目的的视觉现象关注较少。在这些文本中，权力更多转化为普通知识②，流传在特定文化圈，以平面的图文形式发挥温和的说服作用。其中，西方比较著名的研究是罗兰·巴尔特对服装、饮食、

① 参见周宪主编：《当代中国的视觉文化研究》，译林出版社，2018 年。

② 贡布里希：《理想与偶像——价值在历史和艺术中的地位》，范景中等译，上海人民美术出版社，1989 年，第 2—11 页。

广告文本的分析。在这些分析中，他特别重视图像一文本发挥的修辞作用。并且对图像与文本的各种元素进行了符号学分析，总结了符号在文本中形成的二级结构。其中，巴尔特对标记视觉性的语汇的分析最能说明他提出的图像修辞理论，也最具有方法论意义。笔者以他对一幅面条广告的分析为例解释这个过程。他首先在二元对立的原则下分析图片中的元素，如西红柿、洋葱、蘑菇、青椒、红色、绿色，把这些自然物与面条成品的对立放在自然采摘与工业产品、私人定制与批量化、农耕与工业化等范畴中思考，并找出它们的文化性内涵，又在更高序列中将这些内涵归为总体内涵的能指，并且通过文字与图像的谐音、广告存在的旅游文化语境，找到总体内涵的所指“意大利性”。他特别提到了视觉性发挥作用的关键手段是谐音：“panzani”因半谐音“italianite”（意大利），通过声音的反响抵达法国人的内心，完成了获得此视觉性的心理认同。此处标志视觉性的词汇“panzani”，不仅是文化符码，而且发挥结构作用。这个广告的名称就是“panzani”，出现在广告文本中，是话语层面的组成部分，参与视觉文本的表达，又起到意义锚定，或能指命名的作用，最终完成了作品叙事。此类词汇也存在于小说叙事中，比如巴尔特对普鲁斯特小说的分析就是一例。

此类词汇被巴尔特命名为专有名词。他分析了它们在文本中的作用，总结了由其构成的文本的结构特征。巴尔特在分析普鲁斯特《追忆似水年华》中的名字时，认为这些名字指向“法兰西性”，并且称这些名字是专有名词。它包含三方面的作用：“本质之力（因为它只能指示一个所指者）；引述之力（人们在说出它时可以为包含在其内的一切本质任意定名）；探索之力（当人‘展开’一个专有名词时有如在进行一次记忆）。”为了充分说明专有名词在文本中发挥的作用，他选择“盖芒特”这个名字进行说明。巴尔特认为这个名字相当于字典内的一个完整栏目：“盖芒特”立即包括记忆、习惯、文化所可能赋予它的一切内容。也就是说，引述力是指定位于“盖芒特”，与之相关的一切内容都可以确定。巴尔特认为普鲁斯特通过回忆建构了一个“盖芒特”，这个过程是一次“展开”名字的过程，也是叙事系列进程的推进过程，因此是比喻意义上的“探索之力”。“引述力”与“探索力”指出专有名词是一个充满着庞杂语义分层性表达（原文用“厚度”）

的记号，分层性表达为名字提供了一种真正的意素分析对象。巴特指出这些意素有不同的“形象”，有的是传统的，有的是纪念的，所以每一个名字都有意素谱。它们按照读者的时代顺序随时处于改变中，人们可以充实它，扩大它，这种扩大也可以称之为场景。因为它们以反常、不连续的方式产生，以小故事形式聚集，在故事的讲述中以换喻的方式把全部场景的若干单元连接起来，因此也是把诸场景按照同一叙事组合段连接起来的叙事运动①。

巴尔特提出的专有名词的叙事进程也被其他学者称为修辞性顺序。这个顺序出现在讨论某一观点或世界观的小说中。修辞序列组合与小说的论点要求相符合，是一种有意识的安排，目的在于产生特殊的效果，像传统情节一样起着“功能”作用，让读者的脑子更接近于作者的想法②。将这种文本的修辞性特性与福柯的话语权力联系起来的认知修辞理论，更能说明专有名词的视觉模式。

二、从认知修辞理论看纸媒文本的视觉性模式

图像学认为人们对视觉语言的理解是多层面的，具有“自然之眼”的人能够直接认识视觉的自然意义（natural meaning），甚至传统或母题意义（conventional meaning），但是只有经过特殊研究才能达到图像的内在意义（intrinsic meaning）③。对此，图像学的策略是对创作过程中的资料进行分析，还原作品的生成过程，重建意义情境。但包含视觉性的图像，语境不仅是当时的社会文化，使用者往往制造新情境，伪装成自然的视觉，所以，必须透过媒介，发现真正的叙事。正如学者所言“所谓真正的叙事，既要求在故事层面概括出视觉形象所涉及

① 罗兰·巴尔特：《写作的零度》，李幼蒸译，中国人民大学出版社，2008年，第92—94页。

② 布赖恩·理查森：《超越情节诗学：叙事进程的其他形式及〈尤利西斯〉中的多轨迹进展探索》，参见詹姆斯·费伦主编《当代叙事理论指南》，申丹等译，北京大学出版社，2007年，第176—177页。

③ Panofsky Erwin. *Studies in Iconology: Humanistic Themes in the Art of the Renaissance*. oxford: westview press, 1939. p. 5—7.

的母题及其相关叙事结构，更需要在话语层面揭示出叙事活动所包含的‘讲故事的方式’及其背后的意识形态诉求”①。如果母题及叙事结构可以通过视觉语言和基本文法确定，那么讲故事的方式超越了话语表层，是深层寓意作用的结果。这一点现代认知修辞有充分论证。

现代修辞学认为修辞是运用话语和象征达到某种目的。修辞研究概念与人的思想、感情、动机和行为的关系是一种行为而不是态度，是方法而不是内容。它就像实验科学的既定程序，以功能的形式存在于人类事务中。这让修辞研究成为解析具体文化现象的理论方法。索尼娅·福斯和安·吉尔在《米歇尔·福柯的修辞认知理论》中借鉴福柯的“理性构成”（discursive formation）概念对此方法进行了概括。他指出认知修辞主要有理性行为、规则、角色、权力和知识五个组成部分。理性行为是因遵循特定规则或经过适当检验而在某一文化中被认为是对的言语。规则是理性行为的规定，如可以谈论什么、谁可以写、谁可以说、什么样的形式才是知识。角色是在理性行为中担任的具体角色。权力是散落于理性构成中的各种因素关系的总的体系、过程或网络。知识是理性构成中被认为是真理的东西。五者之间具有复杂的相互影响关系②。笔者将这些关系梳理如下：知识是理性行为的结果或通过陈述形成的真理，理性行为是权力通过规则和角色运作的言语过程。权力是根本的，它可以产生知识，但并不是直接产生，而是通过决定规则的制定，角色执行而产生。规则既是根据于权力，也是塑造角色的重要法则，主宰言语的叙事结构，是权力的具体化。角色在理性行为中充当功能，是认知主体，执行一套关系、行为的话语叙事。所以，虽然角色受到修辞情景的影响③，但更是一种特殊的符码，发挥着象征功能。将之转化到具体图像文本中，权力和理性行为都是隐含的，只有角色、规则和知识可以看到，或被言说。所

① 周宪主编：《当代中国的视觉文化研究》，译林出版社，2017年，第49页。

② 博克等：《当代西方修辞学：演讲与批评话语》，常昌富等译，中国社会科学出版社，1998年，第196—201页。

③ 博克等：《当代西方修辞学：演讲与批评话语》，常昌富等译，中国社会科学出版社，1998年，第124—126页。

以，认知修辞分析运用于图像就是从角色、规则和知识入手，分析权力的运作，呈现理性行为的形象。这个过程显示了福柯所言的话语通过陈述功能形成真理与知识的过程，也包含巴尔特指出的二级符号意指实践的叙事轨迹。如果说认知修辞改造过的话语理论是一个类似情节的结构模式，巴尔特的解释路径是在表达层面做出的叙事话语分析，也证明了福柯的话语权力理论的广泛渗透性，二者合一说明了纸媒中图文结合的文本的视觉模式。

不过，在理论运用的过程中，意识形态的维度不可逾越，因为意识形态内涵直接关系到认知修辞发挥作用的范围，也是修辞文本中观念与意识形态合一必然需要面对的问题。巴尔特等人的分析恰是看到了这种问题，力图通过揭示的方式展示其中的弊端。文化理论学者认为权力的施行，真理的认可与推行，除了通过强制性的国家机器，还需要通过文化、艺术等非强制性意识形态机器来完成，也就是修辞家所言的劝说效果的实现需要艺术的中介来完成。亚里士多德指出达到劝说目的需要三种论据：理念、人品和情感。人品与情感都是附加在理念上的，因为理念作为命题具有叙事性，在表达层面可以无限扩展，形成超越句子的叙事①。一般来说，理念都是某些阶层、集团渴望宣讲的内容，包含价值、信仰、真理、知识等方面。根据葛兰西的理论，可以将这些方面统称为意识形态。他认为存在三种意识形态：一是常识的意识形态，被认为是理所当然的；一种是特定哲学，社会中一个特定群体的思想，这个群体提出了一系列逻辑连贯的观点；一种是占统治地位或拥有霸权的意识形态，在社会上具有领导地位②。葛兰西认为后两种在社会上具有影响力。修辞发挥具有社会意义的劝说功能也主要是通过后两者产生的话语实践来完成。

---

① 关于观念变成叙事的手段可以参看罗兰·巴尔特《福楼拜与语句》的分析，参看《写作的零度》，中国人民大学出版社，2008年，第101—108页。

② 阿雷恩·鲍尔德温，布莱恩·朗赫斯特：《文化研究导论》（修订版），陶东风等译，高等教育出版社，2004年，第39页。

三、视觉性的话语分析：话语与神话

如果说认知修辞说明了专有名词展开命名的结构，那么福柯的话语分析就是具体解剖文本的手段。福柯的话语分析描述差异，指出视觉机制中视觉性的主体及其位置，分析话语形成原则，揭示话语系统的等级关系，为分析提供了具体程序。

根据福柯的理论设定，视觉性的话语分析是描述视觉话语的陈述，主要有以下几个步骤：确定语汇，识别主体的位置，提供可重复的物质性。语汇是从自然或人工语言中产生的符号整体，是个体在某种材料的基础上根据确定的形式产生的符号群，个体行为称为表达。个体行为是由不同的视觉文本组成，这就为分析提供了话语重复的不同空间，即物质性①。符号场的建立、个体行为的表演、不同时空的重复完成了权力话语的生产与传播。如果将理论放在具体的纸媒文本中，辨析主体性就变得非常必要。相对于新媒体视觉场的可见性，图文结合的纸媒文本的视觉场是想象的，只能通过分析文本的技术手段来建构。主体的位置不仅从结构上确立视觉场，保证视觉机制的运行，还从表达层面让视觉叙事得以进行。辨别视觉文本的主体位置有两种方式：一是参与文本的关键词汇以语音的形式暗示了主体的位置，比如广告潘扎尼（panzani）花式面与意大利（italie）两个词汇发音有一定的相似。当特殊的人群一听到，或者一读这个词汇的时候，自然就引起心中的认同，即对意大利特色的认同。这个过程是通过专有名词的回忆式情感和命名之权赋予潜在的认同群体，是对话语（意大利特性）的重复与扩展。一是依据“普通知识”来形成主体的位置，通常是某一集合群体或具有共同趣味的阶层所具有的观念在人脑中的控制能力。比如对文人画的主体确认就是一例。文人画的系统理论建立是在晚明，提出在宋代，尊王维为鼻祖，其图像历史经历

① 米歇尔·福柯：《知识考古学》，谢强等译，生活·读书·新知三联书店，1998年，第151—154页。

上千年，形成了丰富的语言系统。以董其昌为主的晚明文人正是通过文人画的语言知识（渲染/钩砍，顿悟/渐悟，士气/匠气）建立主体认同，为自己的绘画形式立名。他们在具体文本中，表现为图像的创作者、持有者和其他认同此类作品的群体。主体确立的过程就是图像发挥建构与认同权力的过程。这一切均建立在区分规则上。正如福柯所言一个具有权力的群体是建立在排斥原则和扩充原则上，排斥是为了区分利益，独占权力；扩充是为了生产权力，延续权力。比如，文人画建立于对画工画的排斥，又在文人笔法的不断创新中扩大。所以，话语形成往往是知识话语权的生产，真理的确定，具有创造与划界的双面性。

尤其是专有名词代表社会上普遍流行的意识形态俗套，作为资产阶层意识的再生产与宣传的时候，它的负面作用就开始彰显。它们通过重复、自然化、普遍化等手段掩盖矛盾与差异，制造永恒的发展幻象。这种幻象在以相似为主的逼真语汇中最突出。社会上流行逼真的，就是真实，严重掩盖了文本的存在空间包含的权力关系。意大利面条中的标准化工业生产（罐装食品）与农耕时代（田野采摘）的和谐，曾经的斗争关系被工业化整合，单调的机械生产被个性化的定制丰富，共同诠释资本社会的恩与恨。这种利用自然假象赋予形象意义的策略，发展到极端就是拜物教崇拜。马克思认为商品是具有使用价值和价值的物，使用价值是客观的，价值是对社会劳动关系的表征，由抽象的社会劳动时间决定，在交换中得到实现。但是，在流通中，商品通过等价物的形式交换，掩盖了商品的物物交换背后的社会劳动关系，显得价值是物品属性的自然赐予①，面条图像也是利用自然物的并置，掩盖它们背后的社会劳动关系及其阶层对立，让人沉迷于物的迷往中。

拜物教极端发展就会形成拜物教式颠倒，给社会生活带来很多负面影响。从根本上说，它指意识形态是用来结构我们的社会现实的无意识幻觉。意识形态处

---

① 卡尔·马克思：《资本论（1）》，中央编译局译，人民出版社，2004年版，第89—90页。

于“知”的那一边，幻觉正在结构人们真实的社会行为①。在西方，这种现象已经深入社会生活的很多方面，巴尔特称为神话。神话不是以传说的形式讲故事，而是用日常语言建构需要的社会现实。它是一种言说方式，交流体系，信息，意指样式，一种形式②，无实体的虚构。它与现实太像了，往往难以觉察。巴尔特还发现现代神话有很多修辞手段，其中概念自然化③最重要。当拜物教式颠倒将“知”颠倒为“行”，掩盖了意识形态的虚无时，要缝合幻觉与现实的裂缝，言说就开始了。图像、文字可以达到立竿见影的效果，所以，神话往往采用日常的材料，如意大利面等，迅速勾起人们生活体验的形象，来自然化抽象的意识形态概念。自然化带来很多问题，如简化事实，使之以自然和永恒为基石，使之明晰，事实看起来是“自己指谓自己”，完全自明④，这导致肤浅的无批判社会形成，人自然也就进入神话无意识状态，缺乏溯源意识和反思精神，人的主体性丧失，异化为物。

四、西方视觉性分析成果的启示

纸媒文本的视觉性可以概括如下：它以专有名词为核心话语，以认知修辞的五部分形成的网络关系作为视觉模式，通过命名展开视觉叙事。这种视觉模式的分析方式实际上融合福柯话语分析模式与叙事学分析手法，又不是对经典叙事学的人物、情节、故事的分析，而是采用语义学与符号学概念分析语素及其句法结构关系，将意识形态内涵作为图像的深层意义，创造了想象性的视觉性。这种视

① 斯拉沃热·齐泽克：《意识形态的崇高客体》，季广茂译，中央编译出版社，2001年，第30页。

② 罗兰·巴特：《神话修辞术》，屠友祥、温晋仪译，上海人民出版社，2006年，第169—171页。

③ 罗兰·巴特：《神话修辞术》，屠友祥、温晋仪译，上海人民出版社，2006年，第189—192页。

④ 罗兰·巴特：《神话修辞术》，屠友祥、温晋仪译，上海人民出版社，2006年，第204页。

觉模式的受众较小，传播受到社会阶层、社会群体的制约较大，视觉场不可见，主要依赖不同媒介的融合力量，在想象中建立。其发生作用的文本不仅是20世纪以来的新纸媒文本（广告、插画等），还寄托在历史上丰富的文与图结合的文本中，如插图本圣经、佛经、戏曲插图、图文结合的绘画文本。我们在借鉴这种理论进行研究的时候，要注意以下几方面：

首先：文本要有主体、主题和受众。这里的主体是带有权力关系的主体，在某一领域具有话语权。主题就是文本有明确的观念性内涵，而不能仅仅是抒情性表达。受众就像隐含的读者，是认同主题的观者。

其次，文本的语言是符号化的，或符码符号，文本在结构上围绕观念展开，由多样的能指组成文本的表达层面，形成固定的文本样式。比如明代的《魏园雅集图》就是围绕“城市山林”的居处观念展开视觉性建构。图像主体表面上是参与聚会的人，实际上根据图像的语言风格，还扩大到元代倪瓒、黄公望等，并且还包含推崇元四家风格的明代文人群体。这类文本的特殊性还在于，主体与受众同一，形成相对封闭的文化圈，文本主要不是为了发挥视觉性的分化、排斥作用，而是视觉性的融合建构原则，所以，就超出西方纸媒视觉性的局限，突出文本的形式感和审美性。

再次，借鉴的过程中要注意发掘文本的正面价值和揭示更加准确的语境。纸媒文本的视觉性不一定就是消极意识形态的传声筒，它还是积极世界观、价值观的建构者。在分析的过程中，我们更多将其作为手段使用，侧重在话语层面分析其创造性构思，发现其艺术价值。要注意文本中理想与现实之间的张力，对其语境与适用范围进行更加谨慎的辨析。

再次，要选用能够丰富此种视觉模式的文本，增强理论的更新意识。比如中国明代的吴中四家的视觉文本，虽然有观念性，但是由于他们在语言上探索，使得他们的视觉文本实现了审美形式与文化观念的高度融合，因此社会建构性中注入了特殊的美感形式，实际上推动了艺术的发展。

最后，利用叙事学理论分析作品要对艺术家（文学中的作者）与作品的呈现者（文学中的叙述者）的边界有清醒意识。叙事作品的隐含作者与真实作者之间有很大区别。真实作者作为生活的人是多元的，不完善的，甚至矛盾的；而隐含的作者是观念的呈现与建构者，向读者提供叙事上富有意义的信息①，有的学者将它称之为职业作者②。这样的人是一个隐含的、稳定的创造核心，但是又可以不断变化。这让我们得到一点方法的启示，就是我们在分析文本，尤其是具有时代背景的文本时，当作者和作品的资料都被充分关注之后，我们的分析应该立足于文本的世界中，分析其提出的观念和形式，既带有修辞性的眼光（或理想读者）去建构叙事过程，又保持思辨性的立场分析其价值，避免读者的俗套意识带入文本，影响作品价值的评定。

---

① 西摩·查特曼：《术语评论：小说与电影的叙事修辞学》，中国人民大学出版社，2016年，第100页。

② 参看韦恩·布斯《批评的理解：多元论的权能力量与局限》，转引自西摩·查特曼《术语评论：小说与电影的叙事修辞学》，中国人民大学出版社，2016年，第100页。

卢卡奇“叙事”理论与王元化批评“意识流”文学①

□何建委

【摘要】自20世纪20年代国内介绍意识流文学以来，国内对乔伊斯的“意识流”文学一直有批评，王元化、萧乾皆是其中的批评者。鉴于王元化等人推崇的是“19世纪西方文学”，“意识流”文学是20世纪西方现代文学的重要组成部分，卢卡奇的“叙事与描写”理论对西方现代文学进行了深入反思。进一步解读王元化欣赏的19世纪西方文学与“意识流”文学的差异，深入解读王元化对“意识流”文学这一现代性的反思与局限，有必要参照卢卡奇的“叙事与描写”理论。

【关键词】卢卡奇“叙事”理论；王元化；“意识流”文学

一、王元化对“意识流”文学的批评

与“19世纪西方文学”重视表现现实、重视内容相比，“20世纪西方文学”则在“本体层面”上前所未有地重视语言②。与此相应，他们追求形式，甚至认为形式可以消灭内容，不惜为了新而新，为了形式而形式③。在这方面，“意识

① 作者简介：何建委（1984— ），华东师范大学文学博士。研究领域：比较文学、现代文学。现居上海。

② 赵炎秋：《西方文论与文学研究》，湖南师范大学出版社，2003年，第116页。

③ 袁可嘉：《西方现代主义文学的成就、局限和问题》，《文艺研究》1992年第3期。

流”文学可谓代表。“意识流”文学的主要代表有20世纪的欧美作家乔伊斯、普鲁斯特、福克纳等。20世纪80年代，在各种文学流派与技巧大幅度被中国文坛模仿借鉴的过程中，“意识流”文学受到了当时中国作家的高度重视。针对当时的作家竞相模仿“意识流”创作手法的热潮，王元化进行了冷静的思考。这些思考集中在他写于1980年的《和新形式探索者对话》一文。王元化的思考主要有：1. 可以“借鉴意识流的表现手法”，但不能放弃现实主义；2. 不应把心理活动等同于“意识流”，且司汤达等人对心理活动的展现不亚于“意识流”文学；3. 要承认“意识流”文学的成就，以及加强踏实的研究，既不能“粗暴呵责”，又不能“盲目颂扬”①。其中，王元化承认自己并不是很懂《尤利西斯》。王元化难以理解《尤利西斯》，也与时代有关。他阅读《尤利西斯》是在抗战初期，且他阅读的是英文版。由于作者设置了大量障碍，如若不借助相关的解读、注释著述，理解《尤利西斯》就是对于英国专家都是非常大的挑战。在这种情形下，对于英文基础一般的读者王元化来说，懂《尤利西斯》更是非常大的挑战。

不难看出，王元化思考与关注的症结是，文学创作重要的是写什么（内容），与此相应，“形式”方面无论是“意识流”表现手法还是其他心理表现手法，都要围绕“内容”而展开。在这个基础上，不能过于追求创新，更不能为新而新，以致于忽视了内容本身、忽视了作品的质量。事实上，通过西方文学，王元化早在20世纪40年代就结合文坛种种现象，对文学作品的语言、形式、技巧予以了关注，提出文学作品靠的是注重真实的人生与深刻的灵魂刻画等“内在美”，而不是故事、语言、形式、技巧、戏剧冲突。也就是在他看来，“写什么”比“怎么写”更重要。在此基础上，他批评陀思妥耶夫斯基的“心理分析”似乎不是“文学正路”②；50年代，王元化进一步强调契诃夫文学伟大的“症结”恰恰在于其注重内容的刻画③，以及莎士比亚文学的伟大在于对“人性”刻画的成功。可是，

---

① 王元化：《文学沉思录》，上海文艺出版社，1983年，第15页、第16页。
② 王元化：《王元化集（1）》，湖北教育出版社，2007年，第220、221页。
③ 王元化：《王元化集（2）》，湖北教育出版社，2007年，第11页—23页。

80年代以来，在现代主义文艺当中“形式”日益“独立自足”①，这相较国内长期注重文学的启蒙作用、认为“形式”依附于“内容”的主流价值观，无疑是挑战与丰富。对此，王元化并不没有简单否定“形式”的重要意义。相反，他认为从文学的发展历史来看，形式创新的探索是值得肯定与鼓励的②。但他同时也认为文学作品的好坏无关“形式新旧”，“新的不一定都是好的”，更不能为了新而新③，而是要结合内容、人物性格而创新形式。王元化的这些观点是其“散文式悲剧”观念的延续，是基于他对西方文学，特别是契诃夫、陀思妥耶夫斯基、巴尔扎克的理性观察，是基于对80年代许多文艺风潮“各领风骚三五天”的冷静思考。巧合的是，伊格尔顿曾经批评《尤利西斯》的“形式过于华丽夸张”④。由此可知，王元化虽然没有完全否定“意识流”文学，但他并不欣赏或推崇“意识流”文学是显而易见的。换言之，相对于“意识流”文学，他更加欣赏推崇19世纪现实主义文学，与此相应，他对“意识流”文学的过于注重“形式”、书写个人零散的鸡毛蒜皮等内容是持批评态度的。

二、从“叙事”理论探究王元化批评的原因

自20世纪20年代国内介绍“意识流”文学以来，国内对乔伊斯的“意识流”文学一直有批评，比如萧乾认为其“把内心世界作为一个主体来写”并“不可取”⑤。由他的论述可知，萧乾的忧虑和王元化有所类似，他们均注重文学的内容表达，均注重小说的人物与情节。尽管他们都注重文学的内容而非形式，但他们之间仍有细微的区别，与萧乾注重“人物和情节”不同，王元化始终关注的是写

① 黄开发：《文学之用：从启蒙到革命》，十月文艺出版社，2004年，第362页、第363页。

② 王元化：《王元化集（5）》，湖北教育出版社，2007年，第539页、第540页。

③ 王元化：《文学沉思录》，上海文艺出版社，1983年，第9页—19页。

④ 张春：《〈尤利西斯〉文体研究》，世界图书出版公司，2011年，第84页。

⑤ 鲍霁编：《萧乾研究资料》，十月文艺出版社，1988年，第173页、第174页。

人性与对生活意义的思考①。不过，有学者分析道，“意识流”文学的经典之作《尤利西斯》在形式上非常自洽。这与福楼拜非常相似，而福楼拜的形式创新恰恰被20世纪新小说作家所推崇。相较之下，王元化推崇的司汤达则“是反福楼拜的”②。无独有偶，西方马克思主义文论家卢卡奇非常推崇陀思妥耶夫斯基、巴尔扎克、托尔斯泰、司汤达等具有“现实主义传统”的作家，对形式完美的福楼拜等作家则有所批评。在《叙事与描写》一文中，卢卡奇以托尔斯泰的《安娜·卡列尼娜》与左拉的《娜娜》当中“赛马”场景为例，区分了“叙事”小说与“描写”小说。按照卢卡奇的理论，王元化眼中的19世纪西方文学包括司汤达无疑是“叙事”小说，而意识流文学无疑是“描写”小说。在这个意义上，深入解读王元化欣赏的19世纪西方文学与“意识流”文学的差异，深入解读王元化对“意识流”文学这一现代性的反思，有必要借助卢卡奇的“叙事与描写”理论。众所周知，卢卡奇的这一理论对现代性进行了深入反思。对此，下面将重点对照司汤达的《红与黑》和乔伊斯的《尤利西斯》，以考察19世纪西方文学与“意识流”文学的主要差异。

“叙事”小说与“描写”小说的重要差异首先在于，“前者直接参与人的命运，而后者则只关注对事件和细节的真实反映”③。以《红与黑》中的玛蒂尔德与《尤利西斯》中的玛莉恩的感情困惑为例。对于地位低下的于连，玛蒂尔德刚开始并不在意。然而，见识过无数出身高贵但无聊更缺乏杀身成仁的追求者后，玛蒂尔德逐渐觉得自己欣赏矜持、机敏、冷淡与高傲的于连。随后，她发现自己爱上了于连。对此，她将于连与克罗兹诺瓦、凯律之流进行了对比。在她看来，克罗兹诺瓦等人虽然完美、什么都不缺，但让她觉得讨厌，与他们相爱是一种“浑浑噩噩”，更无法符合她心目中的伟大的爱情以及种种奇迹的理念。相较之下，与没有名声和财产的于连相爱，本身就是伟大的举动，即使之后发现于连也是脓包，也可以将之放弃。最后，在于连临死之前，玛蒂尔德发现自己的丈夫于连对德雷

① 王元化：《王元化集（5）》，湖北教育出版社，2007年，第541页。
② 布鲁姆：《如何读，为什么读》，黄灿然译，译林出版社，2015年，第162页。
③ 李茂增：《现代性与小说形式》，东方出版中心，2008年，第206页。

纳夫人疯狂的爱恋后，虽然非常妒忌，反而更加深爱于连。司汤达对玛蒂尔德感情困惑的“叙事”，直接参与了玛蒂尔德的命运，即注定了玛蒂尔德的命运不是一般贵妇人浑浑噩噩、整日忙于交际的命运，而是有着惊世骇俗、伟大果敢的命运。她拒绝众多贵公子，与于连结婚，保存于连的头颅，均是她这种命运的最好注脚。与此同时，为了更好地参与她的命运，司汤达还为她“提供了一个历史的、总体的舞台”，这个舞台是法国七月王朝时期，地点是巴黎，主题是在新旧时代交替背景下的“个人的孤立感，个人与社会的不协调，个人与社会的对立与抗战”。由于这样，她的一系列事件不仅对于自身“有意义”，而且对于“社会生活具有的意义”，并使观众“参与与体验”了这些事件与意义①。对此，布鲁姆无疑是赞同。他认为，“瓦莱里指出司汤达犀利地把读者吸引成共谋”是锐见，而成为其“共谋”“是有巨大裨益的”，读者也“将因此获得更透彻的自我澄清”而“扩大现实”②。与玛蒂尔德不同，玛莉恩的感情困惑主要是冷静的乃至“非人的”“描写”。对她来说，重要的不是爱情，也不是谈情说爱，更不是什么追求或理想，而是成功地与不同的男性周旋，娴熟地与他们谈情说爱，以满足自己的本能欲望。从《尤利西斯》第十八章可知，玛莉恩流动的“意识流”均是她的性幻想，均是性欲本能，比如博伊兰让她感受到了不同的口味，比如她喜欢漂亮小伙子但又局限于自己力不从心，比如她幻想着与年轻俊俏的诗人斯蒂芬偷情。她的丈夫布卢姆虽然处处与异性调情但也实属油腻中年的本性使然，这些与其说是感情困惑，不如说是欲望本能的困惑，不如说她大多数时间受欲望本能支配。这些“描写”无疑也是真实的、客观的，然而却并未“直接参与人的命运”，且提供的也只是“支离破碎的空间的现场性”③。如果说玛蒂尔德一直在与周遭抗争，寻找实现自己期望命运的路径，那么玛莉恩只是随波逐流，不可能也从未想过像玛蒂尔德那样抗争那样寻找别样的路径。

---

① 卢卡奇：《卢卡契文学论文集（1）》，刘半九译，中国社会科学出版社，1980 年，第 44 页。

② 布鲁姆：《如何读，为什么读》，黄灿然译，译林出版社，2015 年，第 167 页—169 页。

③ 李茂增：《现代性与小说形式》，东方出版中心，2008 年，第 206 页。

其次，“叙事”小说“可以看做是为反对资产阶级生活的散文性质的那种平凡、枯燥和空虚而进行的英勇斗争”；“描写”小说则是“对生活和生存的肢解和分割”①。确然。作为现实主义的经典著作，司汤达的《红与黑》既重视人与他人的关系，又重视人与时代或社会的关系。《红与黑》的心理描写主要展现了主人公在面临生活、爱情、事业等选择与考验时的心理活动与情感世界，刻画了“非凡气质”的人物，“创造了莎士比亚式的人物，他们赢得了我们的深情，打动我们，使我们感动得又悲惨又惊异”②。无论是于连的勇敢面对死亡，还是德雷纳夫人的离开人世，以及玛蒂尔德的系列惊人举动，都表明了他们是非凡的人物，都赢得了一代代读者的深情，都打动与感动了无数青年。而作为20世纪现代派作品的经典，乔伊斯的《尤利西斯》重视的是人自身的处境。在这个背景下，《尤利西斯》的心理描写主要展现了主人公对日常琐事乃至幽暗面的心理活动或意识，且他们的心理活动或意识是无意识的、无针对性的，是随机的、非理性的。这些通过“瞬间幻觉”“意识流动”“言语缺失”来展现，比如布卢姆由“广告上的插图”幻觉到了牛羊粪便掉在了地上；布卢姆由天空的云层流动到“悲从中来”；对于玛莎寄给的一朵花，布卢姆想到了无数个有关花的词汇，却始终让“花名残缺”③。与《尤利西斯》主人公的“意识”、情感个性是流动的一样，其主人公的生存世界也是流动的、是“肢解”的。在乔伊斯笔下，布卢姆与其妻子的生活只有平庸琐碎的一面，而缺乏有意义有价值的一面，比如日常生活中买猪腰子、排泄、与异性调情以派遣自己被压抑的欲望本能之类，比如后者大多数时间沉溺于欲望本能享乐之中。

在王元化看来，“表现手法和作家的气质、趣味、个性以及感受生活的方式结合在一起。形式必须自然地从灵魂中涌现出来”④。这意味着，表现技巧——“叙事”与“描写”不是作家随意选择的方法，而是与他们的思想情志相关。关于

① 李茂增：《现代性与小说形式》，东方出版中心，2008年，第210页。

② 布鲁姆：《如何读，为什么读》，黄灿然译，译林出版社，2015年，第167页—168页。

③ 张春：《〈尤利西斯〉文体研究》，世界图书出版公司，2011年，第75页—79页。

④ 王元化：《文学沉思录》，上海文艺出版社，1983年，第18页。

"叙事"小说与"描写"小说差异的缘由，卢卡奇认为除了"科技至上"理念与人的日益异化等原因外，主要在于作者思想情志的差异。作为"叙事"小说的作者，对于法国的战争与改革，司汤达是个参与者，他参加过拿破仑的军队，之后他长期反对王朝复辟。可以说，他"积极参与过"由封建社会到资产阶级社会的"危机四伏的过渡"，与此相应，他"还不曾向"他所处的世界"妥协"，并在《红与黑》通过于连等人物"多样而曲折的过渡"表达了这种不妥协与抗争，尽管这种不妥协与抗争仍以失败与被抛弃而告终。在《红与黑》当中，维里业小城的小资产阶级大多追求的是物质利益，大都市巴黎的侯爵府的形形色色的贵族既追求物质利益，更追求政治利益。他们多是王朝复辟的拥护者，他们的话题虽然无所不谈，但只肯定现有秩序，忌讳政治，更忌讳伏尔泰、卢梭等思想家，比如侯爵虽然尊重博学的学者，但却视卢梭等思想家为"文痞"；沙尔韦伯爵说话妙趣横生却在"政治上厚颜无耻"；圣克莱尔虽然是个大名鼎鼎的自由主义者但却对当权者无比谄媚；拉朗看似老实巴交实际上是个伪君子。他们这些旧社会的产物，既使得那个社会无比复杂，又使得于连等新社会的"过渡"非常艰难。然而，司汤达寄希望于1880年被人理解，描写于连等人悲壮的不可避免的失败，则蕴含了他抱有"从历史上看是合理的、基本上是进步的幻想"，从而通过《红与黑》这部"人们在其实际实践中充满斗争的相互关系的诗"，描绘了真善美与人的美好感情，体现了主人公的追求与理想，表达自己的抗争与不妥协的人道主义理想。与司汤达不同，乔伊斯作为描写小说的作者，尽管更加憎恨他所处的时代与生活，比如批评爱尔兰的首都是"瘫痪的中心"，但却"在现实中只看到结局，而看不到各种对立力量的斗争"①。也就是说，"描写"小说的作家尽管与"叙事"小说的作家同样痛恨社会的各种弊病，但没有经历过战争与改革的他们，对于社会整体与现实结局采取了被迫接受或者消解讽刺的态度，他们既不想与之斗争，又不想关注斗争的力量，而是转向了现代社会孤独的个体，而是深入到了这些个体的

① 卢卡奇：《卢卡契文学论文集（1）》，刘半九译，中国社会科学出版社，1980年，第46页。

内心世界。在这作品中也有一定体现，比如布卢姆作为犹太人，也对当时的种族歧视不满，也曾经有次卷入到相应的政治辩论当中，但他整体上是屈服于当时的异化环境的，是妥协的，是接受庸俗琐碎的生活现状的。与此相应，《尤利西斯》刻画了人的鸡毛蒜皮与丑恶意识，体现了《尤利西斯》的主人公平庸日常接受与妥协，表达了作者对宏大叙事、对理想主义的消解与怀疑。

而对于读者来说，也就是从作品的社会意义或效果来讲，在卢卡奇看来，展现了人的“性格、热情和命运”，刻画了人的灵魂的《红与黑》等“叙事”小说，不但“激起、提高并生动地保持人们的兴味”，“在于发现显著的具有人的意义的种种特征”，而且“为克服现代性危机提供一种可能”。《红与黑》虽然叙述了于连等人不可避免的失败与被抛弃，但它使于连等人体现了“显著的人的意义”，表达了作者对生活意义、人性等人道主义理想的追求。而《尤利西斯》等“描写”小说，虽然“本意是要反抗现代社会”，但却成了现代社会的一部分乃至“温顺的儿子”。《尤利西斯》重点关注的是现代人的异化，关注的是现代人的痛苦与无力，这也是对现代社会的一种反抗。然而，《尤利西斯》体现出来的是布卢姆的平庸琐碎生活、斯蒂芬的“懊丧无奈与无聊”以及玛莉恩的动物性欲望，这不仅让“无家可归”的现代人无法得到慰藉与感动，而且更加让他们感到虚空，更加感到“无家可归”、无处可以依傍①。在这些意义上，王元化显然更加青睐“叙事”小说或者19世纪西方文学，而非“描写”小说或“意识流”文学。他一再批评左拉的《娜娜》与《烟草路》的“描写”，也正因为此，即这些作品虽然是真实的描写，但只让人看到了污秽的场景与低级的动物欲望，而没有展现人性与生活意义。在此意义上，王元化偏爱19世纪西方文学，不太喜欢20世纪西方文学，并不完全是因为他对20世纪西方文学了解较少，而是因为这是他的情志理想所决定的。

---

① 李茂增：《现代性与小说形式》，东方出版中心，2008年，第206、209页。

三、王元化批评“意识流”文学的合理与盲点

除此之外，王元化之所以建议对“意识流”文学不能盲目崇拜，是因为他认为“意识流”文学只是表现人类心理活动的一种方式，其他尚有司汤达、托尔斯泰、陀思妥耶夫斯基、罗曼·罗兰等人的心理描写。“意识流”文学的心理描写取得了巨大成就，19世纪西方文学的心理描写也取得了巨大成就。19世纪西方文学与“意识流”文学，从不同角度、不同方面展现与探索了人的心理世界，共同丰富了文学世界与世界文学。它们之间是互补的，而不是互相排斥的，即19世纪西方文学的心理描写无法替代“意识流”文学的心理描写，以及“意识流”文学的心理描写也无法替代19世纪西方文学的心理描写。耐人寻味的是，19世纪80年代为追求形式创新而模仿借鉴西方“意识流”文学的产物——《蝴蝶》等小说，如今却鲜为人知，似乎已是明日黄花。不仅如此，曾经注重形式探索、追求创新的先锋文学，似乎也更多作为文学史某一阶段的现象而被学术界重视。值得注意的是，“意识流”文学之后的西方文坛，在经历过新小说、零度写作等后现代文学创作后，对形式、语言的关注有所下降，继续关注人性刻画、美好感情与人类命运，比如马尔克斯的《百年孤独》、石黑一雄的《掩埋的巨人》。《百年孤独》以一个家族的兴衰为切入点，刻画了众多个性鲜明的人物，思考了拉美国家在现代化进程中的命运，表达了作者自己的追求与关切。《掩埋的巨人》通过高文展现了骑士的崇高与英雄主义，通过埃比索描写了夫妻生死与共、相濡以沫的美好感情，通过他们与不同民族的儿童之间的交流体现了互相关爱、互相支持、互相信任的人文主义，特别刻画了主人公对和平对人道主义的执着。

与“意识流”文学密切相关的“内容与形式”，在王元化看来，还涉及“平淡”与“含蓄”的问题。在他看来，以契诃夫为代表的“散文式悲剧”，在对象上都是小人物，在内容上是平凡、琐碎的日常生活，在“在情节”上可能“平淡无奇”，但有种“沉郁境界”。与新文化运动代表人物胡适提倡明白易懂不同，王元

化注重文学作品的“含蓄”与“蕴藉”①。王元化关于文艺作品要“平淡”与“含蓄”的观点，既与阅读契诃夫文学的感受密不可分，又与他借助传统文论资源密切相关。王元化的《九十年代日记》1994 年 10 月 4 日的日记记载“刘勰推崇自然之美”，而他推崇的“功夫深处却平夷”来自陆游的诗作《追怀曾文清公呈赵教授赵近尝示诗》。由此可知，王元化“平淡”与“含蓄”艺术观的一个理论基础就是刘勰的《文心雕龙》与陆游的创作体会。其实，崇尚“含蓄”“恬淡”的自然之美是中国传统文论的一大特点，比如：钟嵘在《诗品》中“提出了诗歌应有”“自然英旨”②；唐代司空图推重“神韵”；宋代张表臣认为“篇章以含蓄恬淡为上，破碎雕锼、怪险蹶趋为下”③；严羽在《沧浪诗话》中强调“语忌直，意忌浅”④；他们无疑揭示了文艺作品的重要标志，即“自然”“平淡”，但富有“含蕴”、值得反复玩味。而质朴自然、不尚藻饰、富有无尽的言外之意，与中国古代文学的实践是相呼应的，也是庄子、陶渊明、王维等大作家的特色。这显示出，王元化将契诃夫放在世界文学的背景下进行了探讨，将其与中国古代文论进行了互相对照，尝试用中国古代文论理解与阐释契诃夫。明白易懂的文学观，是新文化运动代表人物胡适功利文学观的重要组成部分，即以之提倡白话文、打倒文言文。而王元化接受契诃夫之际，正是新文化运动所推崇的易卜生社会问题剧无法满足其文艺审美需要之际，正是他反思“左倾”思想之际；他推崇“平淡”的美之际，也是进行重点反思“五四”之际。鉴于此，作为“五四之子”，王元化参照契诃夫文学，借助传统文论资源，提倡“平淡”与“含蓄”的文学观，可以说是对胡适“五四”功利文学观的一种反思，是借助传统资源克服“现代性”弊端的一种尝试。

可见，王元化的文艺观，虽然对契诃夫等人的“散文式悲剧”有着一定审美追求，但更多的是注重文学的社会功用，对文学的语言、修辞、形式、隐喻、叙

① 王元化：《王元化集（5）》，湖北教育出版社，2007 年，第 657 页。
② 王运熙：《中国古代文论管窥》，上海古籍出版社，2014 年，第 433 页。
③ 周满江、张葆全主编：《宋代诗话选释》，广西师范大学出版社，2007 年，第 210 页。
④ 周满江、张葆全主编：《宋代诗话选释》，广西师范大学出版社，2007 年，第 665 页。

事等方面关注较少。这既与中国的时代背景息息相关，中国自古以来都强调文学的功用，又与王元化的个人经历有关，王元化是受“五四”功利文学观影响成长起来的，加上其是一个公共知识分子，更加注重文学与社会的互动，也就是强调文学的启蒙作用。受此影响，王元化以自己偏爱的文艺观，批评“意识流”文学，既有从接受美学来看自有其合理的地方，又有其局限或个人偏见。一篇文艺评论，固守自己的文艺观，或缺乏包容性，或武断，可能是正常的，然而对于一个成熟的文艺批评家与文艺理论家来说，则是存在一定问题的。王元化批评“意识流”文学等现代主义作品，亦是如此。

由于坚持语言、形式、技巧要围绕写真实、内容、刻画人物而展开，坚持“形式的自然涌现”，坚持“不能把形式”作为作家是否“创新的唯一尺度”①，王元化显然难以认同20世纪西方文学对语言、形式、技巧的推崇，显然难以接受“意识流”文学。吊诡的是，他推崇的契诃夫、陀思妥耶夫斯基等作家，在其他研究者看来，却具备“形式”自身的审美价值，是“形式”突破的文艺大师。王元化关于内容与形式的讨论，无疑与马克思主义美学是一致的，即强调“有什么样的内容，就有什么样的形式”②。然而由于“形式不仅仅是形式”，注重“内容”的王元化虽然对“形式”进行了思考，肯定了“形式”创新的必要性，但却否定了“形式”的独立性，具有一定局限性。正是因为如此，他难以理解《尤利西斯》，更难以客观评价其中的“意识流”手法的运用，更难以客观评价“意识流”文学的价值与贡献。“意识流”文学等现代主义小说一方面更加关注个体的内心世界与生存困境，深刻揭示了人的“物化”与“异化”；一方面通过对宏大叙事对理想主义的消解与怀疑，深刻揭示了人类世界存在的种种荒谬，实现了另一种“抗争”。也就是说，“意识流”文学等现代主义小说的价值与贡献也是巨大的。值

① 王元化：《文学沉思录》，上海文艺出版社，1983年，第10页。

② 高建平：《乌托邦与20世纪马克思主义美学的兴起》，《马克思主义美学研究》19卷第2期：“马克思主义美学，是强调内容中心的，认为有什么样的内容，就有什么样的形式”，但随着20世纪对“形式”的重视，“在艺术中，形式是很重要的，不能对之作出很好的解释，就不能成为成熟的理论”。

得注意的是，王元化将乔伊斯的“意识流”归结为“把旧有的感性直观或潜意识的文艺理论推向极端而付诸实践”的观点是值得商榷的。“意识流”和“旧有的感性直观”有着重要区别。有学者认为，乔伊斯虽然受过迪雅尔丹“内心独白”的影响，但他在《尤利西斯》中对其有了新的发展，与心理分析当中的潜意识、与陀思妥耶夫斯基的内心独白均有着实质不同，且相比《红与黑》展现了人类的一般意义上心理活动，《尤利西斯》对人的内心世界挖掘的更加深入与彻底，表达更加自由与宽广。同时，不可否认，“意识流”小说可能“违背创作规律”，但深化了潜意识的“表现领域”①、逼真再现了人物内心世界、开创了新的叙事可能等。尽管趣味不会平等，王元化欣赏19世纪西方文学有着自身的精神处境与审美需要，但由于19世纪西方文学与20世纪西方文学包括“意识流”文学都“始终是对人的认同”②，加上后者在形式探索、人类心理刻画上都有进展，应该更宽容地看待两者的差异。尽管克服自身的审美偏见——主张多元、包容的文艺观，是王元化晚年重点反思之所在，但从他对“意识流”文学的批评与偏见来看，他的反思未必是“完整”的。

① 柳鸣九：《柳鸣九文集（1）》，海天出版社，2015年，第141页。

② 让·贝西埃：《当代小说或世界的问题性》，史忠义译，北京大学出版社，2012年，第26页。

·研究生论坛·

抗战时期香港的文人办报与政治生态考察①

□张　望

【摘要】抗战时期香港的文人办报形态复杂，其背后既涌动着不同政党、派系之间的势力纠缠，又存在着不同势力倾力联合的可能，同时还遵循着香港社会的殖民情势与商业逻辑。因此，对抗战时期香港文人办报的理解要突破既往“政治控制”“非左即右”的阐释定式，而应更多地正视抗战时期香港的现实情势为文人办报提供的可能。它可以是应对情势变化的政治角力或倾力联合，也可以是面对严苛审查时的含蓄隐晦、自我审查，它有可能是面对商业利益时的迎合世俗、声色犬马，亦有可能站在各种立场而发出与主流相悖的“杂音”。它们共构了抗战时期香港文人办报的复杂面向。

【关键词】香港；文人办报；抗战；政治纠葛；商业考量

抗战时期，香港文化空间的“抗战”与“文学”很大程度上依托于香港发达繁荣的报业。20世纪30年代末40年代初的香港报业，无论是印刷条件、技术设备，还是经营管理、社会影响，都远超于内地大多数的城市。随着抗战的全面爆发，内地多数城市的相继沦陷，众多文人、知识分子都纷纷南下香港，同时也使

---

① 作者简介：张望，男，西南大学文学院博士研究生，研究领域：20世纪40年代香港文学。基金项目：国家社科基金重大项目“中国现当代文学思想史”（编号：19ZDA274）和重庆市博士研究生科研创新项目“香港文化圈与1940年代中国现代文学”（编号：CYB19085）的阶段性成果。

得原来创办于上海、北平等城市的报纸刊物得以在香港复刊发行，这无疑为他们的抗战表达和文学创作提供了强有力的载体。既往对于南来文人在香港办报行为的阐释往往落入“政治控制文化生产”以及“左右势力互博”的窠臼，将抗战时期在香港创办的一些报刊视为某一政党传播其思想、观点、政策或意识形态的“话语通道”，并在“左右势力互博”的叙述框架下建立各派势力对报刊内容的渗透，以及相互之间不断攻讦的历史叙述。这样的叙述当然烛照到当时香港文人办报的某些面向，却也不可避免地带来了某些层面的遮蔽与简化。首先，这种叙述简单化了香港文化空间中某些报刊背后复杂的势力纠缠、辗转、分裂与联合。其次，这种叙述也忽略了政治势力纠葛之外香港的殖民情势与商业逻辑对这一时段香港文化空间文人办报的影响。第三，这种叙述还影响了我们对当时香港的报纸副刊文学的具体理解，从而忽视或者简化了抗战时期香港文化空间的报业生产带给文学生产的可能性。因此，本文将基于历史材料对当时香港的文人办报及其背后的势力纠缠、殖民情势、商业意图做出厘清，以期对当时香港文化空间的政治、文化与文学做出更为恰切的理解。

一、香港报刊的势力纠缠——以《立报》为中心的考察

既往对抗战时期香港文人办报的叙述易于陷入“非左即右”的本质主义倾向，往往依据报刊主编、经理人、负责人的政治倾向而为一份报刊的内容倾向定调。然而，20 世纪 40 年代初的香港文化空间以其远离战火且较为开放的环境容纳了多方势力汇聚于此，这些势力如何在报刊内部相互角力与合作，又如何与外部的港英政府、其他团体、媒介互动，都影响着这一时期报刊的内容选择及其副刊文学发表的内容与生态。因此，对香港报刊背后文化势力的理解应该跳脱出“非左即右”的框架，在更为开阔的语境中内在地考察其背后的势力构成与各种势力的互动关系，考察其对文学生产和文学质地的影响。

我们以 1938 年 4 月在香港复刊的《立报》为例来考察香港报刊背后复杂的势力纠缠。一提到在香港复刊的《立报》，既往的叙述都论及了它对香港文学发展

的显著贡献，并多将《立报》认为是中共支持下的刊物①。这样的叙述多参考了萨空了后来关于《立报》编辑工作的回忆②。然而，仅仅从萨空了的叙述便判定《立报》当时的性质所属显然过于草率，且在萨空了的负责下，《立报》于1938年4月在香港正式复刊，但1938年9月萨空了便离开了报社，远赴新疆，此后似乎便继续由被认为亲近国民党的成舍我主要负责编辑。因此，香港《立报》的主导权及其背后的政治角力还需进一步一一厘清。

首先，《立报》在香港复刊是不是仅仅由中国共产党出资促成的呢？这恐怕需要进一步查实。虽然，在萨空了的叙述中并没有回忆到其他出资人的相关情况，但在其他相关的回忆和著述中，却可以推断出《立报》复刊还有其他的出资来源。萨空了在回忆中称当时“上海《立报》的股东已星散，社长成舍我在武汉”③，于是便由他找到潘汉年、廖承志代表中共力量凑集资金，复刊《立报》，那么作为社长的成舍我真的没有参与到《立报》副刊的工作中吗？好像也并不是

---

① 侯桂新称：“萨空了途径香港，救国会的张［章］乃器等劝他在香港把《立报》再办起来。负责中国共产党香港办事处的廖承志、潘汉年得知，即以中共的名义投资三千元港币，促成此事。国民党人陈诚等亦拥有股份。……《立报》不仅在言论方面鼓吹抗战，宣传进步，同时由于他经常刊登关于中共的新闻，反映陕北抗日根据地的情况，引起了一些敏感青年读者的注意……”（见侯桂新《文坛生态的演变与现代文学的转折——论中国现代作家的香港书写（1937—1949）》，人民出版社，2011年，第61—62页）赵稀方称：“1937年抗日战争爆发后，内地大批文人南下香港，创建了大量的报刊，香港文坛一时风生水起。就报纸副刊而言，最有名的是四大副刊，在中共方面是茅盾主编的《立报·言林》和夏衍主编的《华商报·灯塔》……”（见赵稀方《报刊香港：历史语境与文学场域》，香港：三联书店，2019年，第118页）赵稀方称：“萨空了主编期间的《立报》，不仅发表中共驻香港办事处的资讯，还输送香港进步青年去延安，是中共在香港的喉舌。”（见赵稀方《抗战初期的香港文学新论》，《社会科学辑刊》2019年第3期）

② 萨空了在回忆文章里叙述为：“当时，上海《立报》的股东已星散，社长成舍我在武汉。要办一张报纸得有资金，到哪儿去筹钱呢？适值此时廖承志、潘汉年同志在香港，担任中国共产党香港办事处的工作，在皇后大道开着一爿公司作为掩护。廖承志同志对《立报》一向很支持，认为这张报纸办得好。潘汉年同志是我在上海时，通过胡愈之同志介绍认识的，也一直很关心《立报》。因此，他们得知此事后，就以中国共产党的名义投资三千元港币，让我把《立报》再办起来。”（见萨空了《我与〈立报〉六创办香港〈立报〉》，《新闻研究资料》1985年第1期）

③ 萨空了：《我与〈立报〉六创办香港〈立报〉》，《新闻研究资料》1985年第1期。

全无参与。根据1938年9月之后接替萨空了《立报》工作的成舍我的下属吴范寰①回忆，成舍我也参与了《立报》香港复刊的资金筹措。吴范寰在《成舍我与北平〈世界日报〉》一文中写道：

> 上海、南京相继沦陷，上海《立报》宣告停刊。成（成舍我）由沪到汉口后，曾和北京《实报》社长管翼贤（后来做了大汉奸，任敌伪的情报局长）合设两报办事处，准备合力复刊，后因管由汉去香港溜回北平而作罢。成在汉办报不成，乃在政治上另找出路，渐和陈诚发生了关系，当上了军委会政治部的设计委员，同陈诚往还甚密。1937年冬，成见局势不妙，汉口已非久居之地，于是由汉赴香港，先计划在港恢复《世界晚报》，后因资金无着，乃决定从各方面筹凑资金创办香港《立报》。所筹得的资金来源相当复杂，陈诚、李书华等都有股份，也有些“左”翼人士出过资金。内部职工大部分是上海《立报》调去的。1938年4月1日创刊，初期以“左”倾进步的姿态出现。其后由于成和国民党反动派关系日密，言论立场渐由进步转向反动，一些较进步的职工陆续离开，报纸销路日落。从1940年起，完全靠津贴维持。1941年冬，日寇攻占香港后停闭。②

根据吴范寰的回忆，当时筹措资金支持《立报》在香港复刊既有国民党陈诚等人的支持，同时也有“左”翼的支持。那么将萨空了的回忆与吴范寰的回忆并置来看，我们首先可以推断中共对《立报》的支持大概率是真实的，那《立报》有没有接受国民党的资金支持呢？笔者认为大概率也是有接受国民党陈诚等人的资金支持的。第一，陈诚是蒋介石的宠将，于1938年1月被任命为武汉卫戍总司令兼军事委员会政治部部长③，他一上任便在武昌召集全国政工会议，其中一项

---

① 萨空了回忆：“我向成舍我提出离开香港《立报》，他同意了。接替我工作的是原《世界日报》的同事吴范寰，他是成舍我的老同学。”（见萨空了《我与〈立报〉六创办香港〈立报〉》，《新闻研究资料》1985年第1期）

② 吴范寰：《成舍我与北平〈世界日报〉》，张友鸾等：《世界日报兴衰史》，重庆出版社，1982年，第22页。

③ 陈诚：《陈诚回忆录——抗日战争》，东方出版社，2009年，第52页。

重要的任务便是强调“运用宣传力量，统一全国舆论”① 共筑复兴大业，而上海《立报》也一向支持唤醒国民投入民族复兴大业，因此，与身为军委会政治部设计委员的成舍我合作，支持他在香港复刊《立报》是有利于他的舆论宣传的。第二，根据香港政府当时报纸注册的规定来说，“凡报纸注册，须缴保证金三千元”，如果据此标准缴纳，那么中共提供的三千元港币也仅仅只够缴纳保证金，根本无法真正完全地应付一个报纸的复刊，因此，《立报》香港复刊还有中共之外的资金支持几乎是必然的。

其次，香港《立报》是不是如诸多叙述显示的那样是一份开始偏“左”翼后面又转为“右”翼的报纸呢？恐怕也没有那么简单。我们判断一份报纸是倾向于哪种政治力量其实应该具体分析其中的人员构成、编辑立场和刊载内容。香港《立报》的总经理和总编辑的担任有两种不同的说法。一种来自萨空了的回忆：“香港《立报》于1938年4月1日创刊，总编辑和总经理由我担任。”② 另一种说法则来自马之骕的回忆：“在组织方面，原则上仍与上海《立报》一样，在社长以下分编辑、经理两部。……（一）编辑部总编辑职务仍由成先生（成舍我）自己兼任，以下分编、采两组。（二）经理部萨空了担任经理，以下分发行、广告两组。”③ 那么总编辑究竟是萨空了还是成舍我呢？萨空了说成舍我当时不在香港应该属实，成舍我应该是1938年8月才到的香港④，那么在他还没到香港时，编辑

① 孙宅巍：《蒋介石的宠将陈诚》，台湾先智出版事业股份有限公司，1995年，第207—208页。

② 萨空了：《我与〈立报〉六创办香港〈立报〉》，《新闻研究资料》1985年第1期。

③ 马之骕：《新闻界三老兵》，经世书局，1986年，第241页。

④ 方汉奇的说法：“同年（1938年）8月，当时已来到香港的成舍我在该报进行了反共的宣传，于是萨空了离开了《立报》。”（见方汉奇主编《中国新闻事业编年史》，福州人民出版社，2000年，第1384页）同时，萨空了的回忆也提道：“1938年8月，抗战的形式很不利……我写了一篇评论，是批判走德意路线的一些人的。……不料，第二天早晨一看送到家里的报，发现我写的评论后面加上了反共产党、八路军的话。我看后非常不快，急忙到香港黄泥涌成舍我家，问他这是谁加上去的。他承认是他加上去的。为此我们发生了争执。这使我明白了，办一张报纸，决不可能容纳两种不同立场和观点，我和成舍我已不能再合作下去了。”这也间接证明成舍我1938年8月已到了香港，并对《立报》享有很大的控制权。（见萨空了《我与〈立报〉六创办香港〈立报〉》，《新闻研究资料》1985年第1期）

工作应该是由萨空了主持，但成舍我对《立报》的控制应该仍然不小，并随着他到达香港控制权利也越来越大，从1938年9月萨空了离开《立报》，接任他工作的是成舍我多年的朋友吴范寰便可以看出。再看香港《立报》的编辑队伍。香港《立报》主要有三个副刊，分别是“言林”“小茶馆”和“花果山”。副刊“言林”的编辑较为清晰，1938年4月至1939年1月初由茅盾主编，1939年1月至1941年6月由叶灵凤主编，之后直至《立报》停办便由大哀，也就是成舍我主编。副刊“小茶馆”一开始主要由萨空了主编，直至1938年9月14日，随后便由可可、可人接编至1938年11月1日，之后又由吴山接任主编至1938年底，1939年1月1日便交由江外主编，直至1931年11月1日“小茶馆”副刊并入“花果山”副刊。“花果山”副刊一开始由萨空了代编，很快便交由卜少夫和成舍我编辑，同时，卜少夫的妻子徐天白也在1940年3月卜少夫回到内地期间代编过“花果山”。综合《立报》的人员构成，我们可以发现香港《立报》一开始便由亲“左”的萨空了与亲“右”的成舍我共同负责，开始萨空了的控制权似乎较大，但随后权力便渐渐回到成舍我手中。从参编的文人来看，亲“左”的叶灵凤编辑“言林”时间最长，有29个月之久，“右”派的卜少夫及其夫人徐天白编辑“花果山”也有20个月之久，“左”派的茅盾编辑“言林”8个月之久，以及无法判断立场的江外编辑“小茶馆”有10个月之久。从时间上来说，这些文人的编辑时间都多有重叠，因此，可以说香港《立报》在较长的时间段内共存着各种立场、势力的文人进行编辑活动，并不是像诸多叙述讲的那样是一份中共的喉舌刊物，或者是一份开始偏“左”翼后面又转为“右”翼的报纸。事实上，“右”翼的力量自始至终都一直存在其中，而“左”翼的力量也有很大程度的参与，同时也有两者之外的文人力量，这些力量并非完全地并存，也并非截然地对立，时而有微妙的合力，时而又存在隐在的角力，都不能以非黑即白、非左即右的立场去阐释。

综合《立报》背后复杂的势力纠缠，我们可以以小见大地窥见抗战时期香港文人办报背后的复杂政治纠缠，这些不同政治力量的共同参与使得这些报刊的内容并不单纯地沦为“左”翼或者“右”翼政治观念的“传声筒”，而实际上存在着更为复杂的样态与面向。

二、香港报刊倾力联合的可能——萨空了的“联合办报”

抗战期间，香港文人办报背后的势力除了复杂的纠缠之外，也常有倾力联合的时刻。一方面，抗战背景使得联合一切力量，统一抗日战线，贯彻抗日主张自然地成为时代大义，几乎成为各种政治势力的共识。另一方面，身处英殖民地的香港，港英政府的报刊审查与相关制度也成为汇聚于此的各种势力需要共同面对的外部生态。可以说基于以上两个方面的原因，汇聚香港的各方势力便有了倾力联合的可能性。

抗战初期，香港文化空间的人事聚合并非依据文人的政治立场或者所属势力而划分得泾渭分明。事实上，他们在香港文化空间的互动更为复杂而微妙。萨空了在《香港沦陷日记》① 中便记录下抗战期间身处香港文化空间，身为一个报人的工作日常与人际交往，其反映的抗战期间香港文化空间的人事聚合便极具代表性。1940 年初曾经离开香港《立报》，远赴新疆的萨空了从乌鲁木齐返回重庆，参加新蜀报的工作，1941 年皖南事变后，在周恩来的安排下重返香港，本来准备去新加坡找胡愈之创办新闻通讯社，但却受到邹韬奋、廖承志的邀请参加中国民主政团同盟在香港创办的机关报《光明报》的相关工作②。在萨空了的记录中，他在香港的交际圈子甚广，他可以在短短数日内多次穿梭于香港与九龙之间，在上环、跑马地、香港大酒店等地与各种报界的编辑、各种政治立场的文化人，甚至和英国当局方面的人会面交谈，议论香港的各种时事，同时商议并促成各种事项的达成。比如，他曾在 B 银行对驻华英大使馆新闻参赞贝特兰（J. Bertram）表达对香港紊乱秩序的不满③，也曾在 Dairy Farm 偶遇国民党中宣部驻港特派员

---

① 萨空了的《香港沦陷日记》（生活・读书・新知三联书店，1985 年）记录了 1941 年 12 月 8 日至 1942 年 1 月 25 日萨空了在香港的亲身经历与见闻，记录下香港沦陷前一个月的状况。该书是萨空了于 1943 年 4 月在桂林写就，1946 年在香港首次出版。

② 萨空了：《回忆难忘的一九四一年，悼念羊枣同志》，《新闻研究资料》1980 年第 3 期。

③ 萨空了：《香港沦陷日记》，生活・读书・新知三联书店，1985 年，第 7—8 页。

邓友德以及香港国民日报社长陈训畲闲谈在港办报的资金问题①，还曾同大公报文艺版编辑杨刚以及乔冠华等人一起偷渡过港②，也曾与华商报副刊编辑郁风以及英文南华早报编辑爱泼斯坦（I Epstein）共同与英国情报部香港办事处联络沟通，想要促成中文报纸对港英政府抗日的支持③。抗战期间的香港各路文人实际上并不会因为政治立场、党派势力的分歧而“剑拔弩张”，因此很多基于后发立场的叙述与回忆并非那么可靠。

事实上，抗战期间香港各路文化人或者报人可以倾力联合是有一定背景基础与合理性的。萨空了在《香港沦陷日记》中的一段记录便颇能说明问题：

> 刚走出B银行又是警报，我们还是走到Dairy Farm，因为那里是更新的钢骨水泥建筑，吃饭的地方是阁仔，等于地下。吃饭的人已经把整个阁仔挤满，在这里我碰到了国民党中宣部驻港特派员邓友德先生，香港国民日报社长陈训畲先生等也在吃饭。和邓在一起闲谈几句，说到战事发生后的困难，邓说他感到最大的困难还是钱。我说有中央银行在港，你们还会象我们办民间报的人一样感觉困难吗？他说手续没有理想那么容易啊！——我懂得一元港币在今天早八时和午十二时所能换得的物资有多大的差别，我当然也了解邓所感到的那手续所给他的痛苦有多大！分手时邓讲，“现在大家一致对外的时候了”，我说：今日当然是“抗日第一”！④

从这段叙述至少可以看到三个层面的情势能促成这些各路势力的文人相连接的可能。第一，他们都共同面对着香港这一地域空间的具体情势。不论是有雄厚的政党支撑，还是民间的自发组织，想在香港顺利地办好一份报刊都须在港英政府的政策措施以及香港社会的动荡情势中艰难斡旋，因此，他们有合力携手共同应对资金、印刷、审查等多种问题的可能性。第二，抗战情势的日益严峻以及香港较为稀薄的“抗战空气”，也可以是促成各方力量倾力联合的重要原因。第三，

① 萨空了：《香港沦陷日记》，生活·读书·新知三联书店，1985年，第8—9页。
② 萨空了：《香港沦陷日记》，生活·读书·新知三联书店，1985年，第17页。
③ 萨空了：《香港沦陷日记》，生活·读书·新知三联书店，1985年，第40页。
④ 萨空了：《香港沦陷日记》，生活·读书·新知三联书店，1985年，第8—9页。

港岛的空间限制也在某些程度上促成了各方文人的交往与连接。就如萨空了所述，由于香港本身地界较为狭小，因此总会形成一些文人聚集的场所，诸如中环的香港大酒店，南花会的孔圣堂，湾仔的六国饭店等等。他们在这些场合吃饭、谈论、社交，也在某种程度上建立一些联系。除了文人聚集的场所，实际上南来文人在香港的居住地也异常地靠近。有学者曾考察过 1938 年到 1941 年间内地文人在香港“学士台”会集、分裂、联合与离散的状况①，在有“香港拉丁区”之称的学士台，抗战期间聚集了诸如戴望舒、叶灵凤、穆时英、袁水拍、徐迟、鸥外鸥、卜少夫、胡兰成等各种立场势力的文人，他们之间日常的会见与交往，也在某种程度上促成了他们之间的一些联合。

1941 年 12 月 8 日太平洋战争爆发，日军开始从九龙炮轰香港，致使印刷公司机器损毁、人员逃散，从而导致多家报纸被迫停刊，萨空了当时负责的《光明报》便在轰炸开始的数日后因机器被毁而被迫停刊。为了尽快恢复报刊，“为了印刷的困难，经济的艰辛”②，萨空了想到了联合办报。于是，他奔走于香港的各种文人聚集场所，找到《大公报》的胡政之、徐铸成，《华商报》的范长江，《国民日报》的陈训畲，以及国民党中央宣传部国际处驻香港办事处主任温源宁，国民党中宣部邓友德等，共同商议联合办报的事情③。而且港英政府方面也非常支持几家中文报纸联合办报，并且已经“允许了拨亚细亚行（Shell House）的几间房”给他们做编辑、印刷的地方，希望可以借此动员在香港的中国人，“希望中国各方面力量都能保住英国对敌作战”④。虽然，随着香港很快被日本占领，联合办报最终没有达成，但萨空了主张的联合办报，多家报纸的积极响应以及港英政府的推动都证明了香港文化空间中各方势力并非绝对的对抗或者纠缠，而是随着情势的发展而存在合力的可能。

---

① 王宇平：《学士台风云——抗战初中期内地作家在香港的聚合与分化》，《中国现代文学研究丛刊》2007 年第 2 期。

② 萨空了：《香港沦陷日记》，生活·读书·新知三联书店，1985 年，第 58 页。

③ 萨空了：《香港沦陷日记》，生活·读书·新知三联书店，1985 年，第 58—59 页。

④ 萨空了：《香港沦陷日记》，生活·读书·新知三联书店，1985 年，第 73 页。

除了香港文化空间情势的改变会促成各方势力的联合，实际上文人接触的人事物也随时改变着他们的观念与立场，从而也会在某种程度上促成一些关系的靠近或者势力的联合。比如一向被认为是“左”翼报人的萨空了，在香港文化空间接触了一系列人、事、物，阅读了一系列书报刊物后，其流露出的观念与思想有许多都不能完全被“左翼思想”所框定。萨空了1941年到港负责的是中国民主政团同盟的机关报《光明报》，中国民主政团同盟由国共两党之外的三党三派①组成，主张积极抗日，践行民主，励行法治。萨空了当时在办《光明报》期间接触最多的便是“民盟”当时的常委兼宣传部部长梁漱溟，在与梁漱溟共事的数月间，萨空了阅读了《我努力的是什么》《中国问题》以及《乡村建设论文集》等梁漱溟的著述，“比较清楚地了解了他的政治思想和哲学”②。众所周知，梁漱溟对于中共左翼的态度是既同情又反对的，他同情中共对社会改造的精神，却反对共产主义、阶级斗争在中国社会的实践，他对中国社会问题症结的判断始终与中共是存在差异的。但是，萨空了在其日记中却并没有对梁氏的思想观念提出任何的批判，相反却对他从事的一系列社会调研与乡村建设运动充满溢美之词。因此，我们也可以推断梁漱溟的思想在一段时间里有影响到萨空了对中国社会问题的看法。更有意思的是，香港沦陷后，对于终日只剩“看书，闲谈，眺望”③三件事可做的萨空了在阅读了小说《小妇人》之后写下了一段感慨：“这两天因为读《小妇人》心上感到人与人间不应有什么仇恨，一切仇恨未尝不可因双方之了悟而言归于好。……为了这个，我想到我们眼前需要一部小说，写三十年来，中国在革命过程中人与物的损失，希望以这种损失之惨痛，唤起在政治上的工作者，懂得如何互爱互谅，今后共同为建设新中国而努力。如果在香港是一个长困的局面，自己很想尝试一下这个工作。”④虽然后面因很快离开香港，萨空了未能尝试

① “三党”为第三党、国家社会党、青年党，“三派”为职业教育派、乡村建设派、人民救国会。参见萨空了《回忆难忘的一九四一年，悼念羊枣同志》，《新闻研究资料》1980年第3期。

② 萨空了：《香港沦陷日记》，生活·读书·新知三联书店，1985年，第99页。

③ 萨空了：《香港沦陷日记》，生活·读书·新知三联书店，1985年，第95页。

④ 萨空了：《香港沦陷日记》，生活·读书·新知三联书店，1985年，第119—120页。

创作这样一部小说，但却能从侧面印证出萨空了的想法，即希望各种派别势力在相互了解、相互友爱的前提下，宣传各自的政治主张，相互竞争，相互并存，又相互合作，共同促进中国的建设与发展。可见，当时香港文化空间中各种势力派别文人的相互接触了解，是能产生倾力联合的可能性的。

三、香港报刊的商业考量

我们对抗战时期香港的报刊除了要在多方势力的政治合力与角力间理解之外，还要注意从香港报刊的商业逻辑中去理解这一时期的办报与办刊。虽然这一时期有蛮多在香港复刊出版的报刊带有某些政治团体、派系的宣传性质，但是却也不能忽视更多香港本土原有的、备受香港市民青睐的更偏商业性质的报刊。19世纪60年代，随着香港华人资本家的不断壮大，以华商为对象，以华商资本为基础的中文报纸陆续创办。这些报刊处于商人办报的立场，代表着香港华人工商界的舆论与主张，虽然他们大多都聘请文人代为编辑，但文人在编辑时难免要在商业考量与自我主张间做出平衡。创办于1874年的《循环日报》，创办于1925年的《华侨日报》和《工商日报》以及创办于1938年的《星岛日报》等都较具代表性。

创刊于1938年8月的《星岛日报》，由南洋华侨、虎标万金油老板胡文虎投资创办。这位卖万金油起家的商人虽不是知识分子，却热心办报，胡文虎自1921年起便先后在缅甸、新加坡、汕头、福建等地创办《仰光日报》《星洲日报》《星华日报》《星光日报》等报纸，其主要目的则在于利用报纸刊登自家虎标万金油的广告，从而促进其商业的发展。随着胡文虎的生意越来越好，他的办报事业也越做越大，而《星岛日报》便是他创办的十多家报纸中规模最大、设备最完善、经营赚钱最多的报纸①。在《星岛日报》创刊号上，胡文虎表达了自己创办该报的四项宗旨："一、协助政府从事抗战建国之伟业；二、报道新闻兼为民众之喉

① 钟紫：《星系报业今昔》，载钟紫主编、广东省政协文史资料研究委员会编《香港报业春秋》，广东人民出版社，1991年，第77—80页。

舌；三、提倡学术，发扬科学精神；四、改良风俗，善导社会之进步。”① 虽然胡文虎表达了自己办报的宗旨，但报纸的编辑工作却由聘用报人具体落实。比如《星岛日报》文艺副刊《星座》的编辑便是戴望舒。戴望舒经由当时香港《大风旬刊》的编辑陆丹林引荐，认识了《星岛日报》当时的社长胡好，两人一拍即合，便决定在《星岛日报》“实现自己的理想”②。戴望舒到香港原本计划安顿好家人之后便去抗战大后方参加文艺界的抗敌工作，然而就在他见到《星岛日报》社长胡好之后，就改变了自己的计划。他告诉胡好“愿意接受编这张新报的副刊”，但自己也有自己的理想，并把自己理想中的副刊是什么样子告诉了胡好，胡好给他的答复是肯定的，并告诉戴望舒他一定会实现他的理想③。

于是，戴望舒便通过编辑《星岛日报·星座》开始了自己的抗战文艺工作。他凭借自己在文艺界的声望与人脉，汇集了当时众多著名作家向副刊供稿，使得《星岛日报·星座》成为抗战时期香港重要的抗战文艺阵地。戴望舒对抗战文艺的要求较高，他反对文艺纯粹地做宣传的工具，也反对口号化、公式化的“抗战八股”，也反对抗战文艺必须描写战争、宣扬民族意识的偏狭取向。与此同时，戴望舒的副刊编辑还要巧妙应对香港政府因第二次世界大战局势而越发加紧的报刊检查机制。如果说省港罢工后的20世纪20年代至30年代，香港政府的报刊审查主要针对的是“左”翼言论以及反英、反殖言论的话，那么随着抗战爆发至太平洋战争开始之前，香港政府因顾虑自身的国际关系与战争局势，主要禁止的则是一些明显的反日言论。因为“日本驻香港的领事，常常和香港当局交涉，取缔抗日文字”，他们以“香港是属于第三者，应该中立”为由，认为香港的报刊“不应该有袒护某一方的文字的宣传”④。抗战时期香港的报刊审查异常严苛，“敌、倭寇、倭奴、倭夷、岛夷、东虏、日寇、暴寇、暴日、兽性、兽行、强盗”等字

① 钟紫：《星系报业今昔》，载钟紫主编、广东省政协文史资料研究委员会编《香港报业春秋》，广东人民出版社，1991年，第80—81页。

② 戴望舒：《十年前的星岛和星座》，《星岛日报·星座》，1948年8月1日。

③ 戴望舒：《十年前的星岛和星座》，《星岛日报·星座》，1948年8月1日。

④ 陆丹林：《续谈香港》，载卢玮銮编《香港的忧郁——文人笔下的香港（一九二五—一九四一）》，华风书局，1983年，第176页。

眼都不能出现在报刊的内容中，都要用“XXXXX”或者“□□□□□”取代，情况非常普遍，甚至有人将“XXXXX”和“□□□□□”戏称为“香港‘土产’之一”①。面对严苛的审查制度，戴望舒在编辑过程中既注意文学作品的艺术性，也注意言辞的隐晦。比如他在《星岛日报》创刊首日发表的《创刊小言》中便只能隐晦地说明身处战争阴霾的港岛，《星岛日报》所要承担的责任。他写道：“《星座》现在是寄托在港岛上。编者和读者当然都盼望着这阴霾气候早日终了。晴朗固好，风景也不坏，总觉得目下痛快些。但是，若果不幸而还得在这阴霾气候中再挣扎下去，那么，编者唯一的渺小的希望，是《星座》能够为牠的读者忠实地代替了天上的星星，与港岸周遭的灯光同尽一点照明之实。”② 可见，戴望舒希望借由《星座》副刊文艺抗战的决心，同时从行文来看也颇为含蓄隐晦。

创刊于1925年7月的《工商日报》也是香港影响力较大的本土报纸。省港大罢工风潮中由律师洪兴锦、黄德北创办，旨在代表工商界人士说话③。第一任总编辑由书画家黎工佽担任，提出“谋求工商两界之联合，以达到真正救国之目的”④。黎工佽善于写揭露官场黑幕的杂文与言实小说，1925年被人暗杀于香港中环利源西街附近，引起了各方对《工商日报》的关注⑤。1929年冬改组后，由在香港经营金融、股票、地产等各种业务，被英皇授予爵士头衔的何东接手，他办报的目的是以便使自己信息灵通，从而帮助其经营业务的发展⑥。因此，《工商日报》在有很长的时间内几乎没有依附于政党势力或者与任何国内政治党派展开合作，保持的立场与见解也一直颇为独立，所选聘的编辑也较具民主思想。香港沦陷之前的《工商日报》在何东接手后，先后由袁擢英、李振中、梁宽等任总编辑，一直以来都设有文学副刊，主要刊载一些立足港岛、针砭时弊的小说与杂

---

① 宋绿漪：《从“……”到“□□□□”和“XXXX”》，《工商日报·市声》1936年1月20日。

② 《创刊小言》，《星岛日报·星座》1938年8月1日。

③ 李谷城：《香港中文报业发展史》，上海古籍出版社，2005年，第249页。

④ 转引自林友兰：《香港报业发展史》，世界书局，1977年，第39页。

⑤ 林铃：《我所知道的香港〈工商日报〉》，载中国人民政治协商会议广东省委员会文史资料研究委员会编《广东文史资料（第51辑）》，广东人民出版社，1987年，第107页。

⑥ 林铃：《我所知道的香港〈工商日报〉》，载中国人民政治协商会议广东省委员会文史资料研究委员会编《广东文史资料（第51辑）》，广东人民出版社，1987年，第105页。

文，颇受香港市民的欢迎，一度畅销，甚至曾一度大量销入内地，而被南京中山文化教育馆选为全国十大报之一①。它的文艺副刊《文库》一度由曾经参与创办香港新文学刊物《岛上》的龙实秀担任，刊载了香港的袁振英、吕伦、华胥、鲁衡等作家的新文学作品，以及黄昆仑、黄言情、豹翁（苏守洁）、落花、冰子等作家的通俗文学作品，还有灵萧生（卫春秋）、王香琴等作家的文言小说②。除了《文库》，《工商日报》还有一个副刊《市声》，也连载小说，曾经连载过曾复明、平可等人的小说，小说的风格多以吸引香港典型市民的通俗为主，题材则较为贴近香港的市民生活③，其中较为有名的便是平可的《山长水远》。这部小说以较为通俗的白话、平实的语言风格叙写了一个关于香港商场风云的故事。他曾回忆答应龙实秀在《工商日报·市声》连载小说《山长水远》时便表示“鉴于《工商日报》的读者大部份（分）是在工商界服务的人”，因此他的小说便要叙述一个“三十有余四十不足的男子”“赤手空拳在香港的工商界打江山”的故事，展现他利用机智与时机在香港“名利双收”又“一切成空”的经历，从而表现一种港岛工商界利用抗战机遇“浑水摸鱼”“弱肉强食”的现实境遇④。可见，《工商日报·市声》所刊载的文学作品对香港普通市民读者的看重，对香港市民口味的迎合。除此之外，1936年至1937年间，《市声》还专门开辟一个名为“并非闲话”的专栏，每天刊载千字的杂文，由华胥、李育中、游子、雁子四人撰写⑤。这些专栏杂文多关注香港本土时事以及国内国际新闻，其言论都多为独立、锐利的论调，颇具特征。

另外，何东在《工商日报》的基础上还相继扩办了《工商晚报》与《天光

① 林铃：《我所知道的香港〈工商日报〉》，载中国人民政治协商会议广东省委员会文史资料研究委员会编《广东文史资料（第51辑）》，广东人民出版社，1987年，第106—107页。

② 林铃：《我所知道的香港〈工商日报〉》，载中国人民政治协商会议广东省委员会文史资料研究委员会编《广东文史资料（第51辑）》，广东人民出版社，1987年，第106—107页。

③ 平可：《误闯文坛忆述（6）》，《香港文学》1985年第6期。

④ 平可：《误闯文坛忆述（7）》，《香港文学》1985年第6期。

⑤ 李育中：《回首我们无悔的青春——悼念好友华胥同志》，载吴康民编《吴华胥纪念文集》，万里书店，1992年，第36页。

报》，也都是当时香港非常畅销的报纸。《工商晚报》的文艺副刊《晚香》最受欢迎也刊载较多的通俗文学作品，比如红浣的言情小说《白门红树》、沧波的武侠小说《紫云女侠》等。《天光报》则是创办于1933年，属于《工商日报》旗下的一种早报①，其文艺副刊《大白》以连载小说而闻名，香港本土作家杰克（黄天石）、平可、望云（张吻冰）等都相继在《天光报·大白》上连载过小说。这些小说多以故事情节跌宕、语言风格通俗而吸引读者，曾“名噪一时”。《天光报》也因为小说而在读者中掀起了读报的热潮，引得许多报纸也纷纷推出小说版②。《天光报》刊载的小说题材也多以港都现实为背景，故事情节也颇为吸引读者。比如杰克刊载于《天光报》的小说《红巾误》便带有传统章回体的意味，讲述了一个赴港做导游的内地乡下姑娘与汉奸梁济川来往，盗取他机密文件，铲除汉奸的故事。这本是一个抗战题材的故事，但这个故事却不似典型的抗战小说，而是结合香港市民的普遍口味，在抗战故事中既加入了情爱小说的香艳叙述，又融合了谍战小说的扣人心弦，它将三者非常巧妙地结合在一起，构成了吸引港岛市民的重要质素。

与《工商日报》《星岛日报》一起并称当时香港三大商业报纸的还有《华侨日报》③。《华侨日报》由岑维和、岑维休创办，李大醒、胡惠民任总编辑，1925年适逢香港华商会主办的《香港华商总会报》拟停刊，于是便由岑维休协同其兄长岑维和、同事陈楷将《香港华商总会报》买下，改为《华侨日报》，于当年的6月5日出版④。《华侨日报》在创刊词中申明他们的办报宗旨是“凡有利于国，有利于民，虽艰险勿避，不为威屈，不为利诱”⑤，因此，《华侨日报》所刊载的内容在紧贴港岛现实的同时，也注意维护国家利益。《华侨日报》创刊以来便设有

① 林友兰：《香港报业发展史》，世界书局，1977年，第47页。

② 李家园：《香港报业杂谈》，香港：三联书店，1989年，第126页。

③ 李谷城：《香港中文报业发展史》，上海古籍出版社，2005年，第248页。

④ 吴润章、伍光柱：《香港〈华侨日报〉创始人岑维休》，载中国人民政治协商会议广东省恩平县委员会文史资料研究委员会编《恩平文史专辑 港澳台恩平人》，1992年，第1—2页。

⑤ 李谷城：《香港中文报业发展史》，上海古籍出版社，2005年，第248页。

文艺副刊①，常常关注和讨论香港的文艺前沿。比如 1927 年 2 月 23 日刊载的探秘的《听鲁迅君演讲后之感想》便关注到鲁迅来香港作的题为“老调子已唱完”的演讲，并认为鲁迅倡导的“创造一种新思想的新文艺”对于近年来的香港文艺界都是颇有启发的②。可见，《华侨日报》对当下香港以及国家的关注。抗战时期，《华侨日报》更是包含了《文艺》《华岳》《侨乐村》《学生园地》等多个文艺副刊，刊载了诸多关于抗战文艺理论的内容。比如李育中的《论战时文艺的形态》《抗战文学中的浪漫主义质素》等论文，号召文艺应对战时的非常状态应该在形式上以通俗化和大众化为标准，同时要求文艺作品“站稳现实的地基上，多发扬未经揭露的浪漫主义质素”③，提议在现实主义的基础上融合浪漫主义。除此之外，还有何玄的《精神分析与文学》④、杜文慧的《抗战戏剧的内容与形式》⑤、木下的《诗之鉴赏》⑥ 等文章，关注抗战时期的文艺动向与理论探讨。

综上所述，抗战时期香港文化空间的文人办报除了背后涌动着不同政党、派系之间的势力纠缠与倾力联合，还遵循着内在的商业考量与潜在的商业逻辑。因此，报纸文艺副刊刊载的作品、论文所表达的内容与倾向也不仅仅是为抗战、为政党“鼓而呼”，它还有可能面对抗战时期香港政府严苛的报刊审查而含蓄隐晦或自我审查，也有可能面对商业利润、商业盈利而声色犬马、迎合市民，还有可能站在香港工商界的立场而发出与主流相悖的“杂音”，这都是我们在看待抗战时期香港文化空间的文人办报所不能忽视的情况。

---

① 《华侨日报》1925 年创刊以来便设立的文艺副刊主要有《香海涛声》与《游艺录》。

② 探秘：《听鲁迅君演讲后之感想》，载陈国球主编《香港文学大系 评论卷一》，香港：商务印书馆，2016 年，第 123—124 页。（原载《华侨日报·香海涛声》1927 年 2 月 23 日）

③ 李育中：《抗战文学中的浪漫主义质素》，载陈国球主编《香港文学大系 评论卷一》，香港：商务印书馆，2016 年，第 223 页。（原载《华侨日报·文艺》1938 年 3 月 19 日、3 月 26 日）

④ 何玄：《精神分析与文学》，《华侨日报·文艺》1937 年 11 月 13 日。

⑤ 杜文慧：《抗战戏剧的内容与形式》，《华侨日报·华岳》1938 年 11 月 24 日。

⑥ 木下：《诗之鉴赏》，《华侨日报·华岳》1940 年 6 月 3—4 日。

回顾与展望：20世纪以来的《左传》赋引诗研究[①]

□王胜柃　张桂萍

【摘要】20世纪以来，《左传》赋引诗研究蓬勃发展，学界在原有成果基础上不断开拓创新，取得了丰硕成果。本文对20世纪以来的《左传》赋引诗研究进行梳理，以勾勒赋引诗研究的发展历程，展示赋引诗研究的贡献与不足，探讨赋引诗研究的未来方向。研究发现，《左传》引诗赋诗研究在许多问题上都取得了可喜的成就，研究视角和研究内容更加多元，研究方法多样，呈现出不断深化、细化、系统化的趋势，但是，仍然存在内容和观点重复、议题分布失衡、专门性和系统性研究缺乏等问题。因此，未来的《左传》赋引诗研究应该在进一步推动研究方法多样化、加强系统性研究、延展并拓宽研究的深度与广度、拓展多学科的交叉视角研究等方面有所作为。

【关键词】《左传》；赋诗；引诗；研究现状；展望

赋诗活动是春秋时期一种独特的文化活动，贵族们在外交宴会等公共场合，巧妙地从《诗经》中摘取一章或几句来表达彼此的意图与志向，展现了知识涵养、优雅风度和高贵身份。《左传》引诗有两种情况，一是人物语言引诗，二是叙述语言引诗。春秋时期，邦国间的公卿、列士和行人在交往过程中，经常在交

---

①　作者简介：王胜柃（1995—　），女，重庆黔江人，西南大学文学院研究生，主要研究方向为中国古代文学先秦两汉。张桂萍（1973—　），女，西南大学文学院特聘教授，研究方向为中国古代文学先秦两汉。

谈、发表议论和评论时随口引《诗》，提高文采，或让自己的观点更具说服力；《左传》作者在著述过程中，尤其是对历史人物或事件进行评论时也经常引《诗》。先秦文献中记载引诗、赋诗的典籍最集中、最有代表性的是《国语》和《左传》。

《左传》赋引诗研究成果从19世纪20年代开始不断涌现，20世纪以来产生了众多研究成果，实有必要进行梳理。目前已有毛振华《〈左传〉赋诗研究百年述评》①、刘美硒《〈左传〉赋诗研究综述》②、王晓鹃《〈左传〉现当代研究史回顾》③、朱夏楠《二十世纪〈左传〉研究述评》④和柳琳《二十世纪〈左传〉文献学研究》⑤几篇论文涉及《左传》赋引诗研究情况的总结，但尚不全面。本文拟对20世纪以来《左传》赋引诗研究的主要议题进行梳理，探讨20世纪以来《左传》赋引诗方法的演进，以勾勒《左传》赋引诗研究的发展脉络，展示赋引诗研究的贡献与不足，并探讨赋引诗研究的未来方向，以助益赋引诗研究的进一步深入。

一、20世纪以来赋引诗研究的主要议题

（一）赋引诗概念与特点的探讨

“赋诗”的概念界定是赋诗研究的基础，很多学者都为此付出心血，概括起来有四种意见。第一种意见认为“赋诗”即“歌诗”。顾颉刚在《〈诗经〉在春秋战国间的地位》一文中指出，春秋时人所赋的诗都是乐歌，赋诗等于现在的点

① 毛振华：《〈左传〉赋诗研究百年述评》，《湖南大学学报》（社会科学版）2007年第4期，第87—92页。

② 刘美硒：《〈左传〉赋诗研究综述》，《诗经研究丛刊》2011年第2期，第357—373页。

③ 王晓鹃：《〈左传〉现当代研究史回顾》，《南京师大学报》（社会科学版）2014年第3期，第142—160页。

④ 朱夏楠：《二十世纪〈左传〉研究述评》，中国社会科学院研究生院2013年硕士论文。

⑤ 柳琳：《二十世纪〈左传〉文献学研究》，黑龙江大学2012年硕士论文。

戏，是由乐工歌唱入乐之诗①。朱自清先生说："赋诗大都是自己歌唱，有时也教乐工歌唱。"② 张宇恕《"不歌而诵谓之赋"质疑》认为春秋时的宴会赋诗之赋，乃是点出诗让乐工演唱，并非本人诵读或乐工诵读③。第二种意见认为"赋诗"即"诵诗"，主要根据是班固《汉书·艺文志》所谓"不歌而诵谓之赋"④。洪湛侯《诗经学史》指出，"诵诗"与"赋诗"义可相通，而"歌诗"和"赋诗"的意义却并不相同，"赋""诵"系以声节之背文诵念，而"歌"则系用乐器伴奏之歌咏。有时，"诵"亦近于"徒歌"⑤。房瑞丽《先秦时期三大〈诗〉学系统的再现与分析》认为"赋诗"的"赋"谓之"不歌而诵"，与用乐器伴奏来歌咏的"歌诗"相区别而与无乐徒歌之"诵诗"相一致⑥。第三种意见认为"赋诗""歌诗""诵诗"截然有别。如柏秀叶《〈左传〉赋诗、作诗、歌诗、诵诗辨微》认为赋诗、作诗、歌诗、诵诗的关系非常特殊，它们既相互关联又截然有别⑦。刘丽文《春秋时期赋诗言志的礼学渊源及形成的机制原理》认为赋是唱，诵是抑扬顿挫地读，二者不能混淆⑧。第四种意见认为"赋"是一种介于"歌""诵"之间的特殊表达方式。刘生良认为赋诗"既非'歌'亦非'诵'，又近'歌'亦近'诵'，与'诵'相比，它当有一定的曲调，而非简单直白的朗诵"⑨。学界关于赋诗的概念界定尚存在争议，对于赋诗活动的具体形态也还有待进一步研究。

学界对《左传》引诗赋诗的篇目进行了统计与梳理。董治安《从〈左传〉〈国

① 顾颉刚：《〈诗经〉在春秋战国间的地位》，载《古史辨》（第三册），上海古籍出版社，1982年，第309—358页。

② 朱自清：《诗言志辨》，华东师范大学出版社，1996年，第20页。

③ 张宇恕：《"不歌而诵谓之赋"质疑》，《管子学刊》1991年第4期，第76—78页。

④ 班固：《汉书》，上海古籍出版社，1986年，第531页。

⑤ 洪湛侯：《诗经学史》，中华书局，2002年，第52页。

⑥ 房瑞丽：《先秦时期三大〈诗〉学系统的再现与分析》，《江淮论坛》2005年第2期，第146—150页。

⑦ 柏秀叶：《〈左传〉赋诗、作诗、歌诗、诵诗辨微》，《管子学刊》2012年第3期，第110—114页。

⑧ 刘丽文：《春秋时期赋诗言志的礼学渊源及形成的机制原理》，《文学遗产》2004年第1期，第33—43页。

⑨ 刘生良：《春秋赋诗的文化透视》，《陕西师范大学学报》（哲学社会科学版）2004年第6期，第90页。

语〉看“诗三百”在春秋时期的流传》利用统计学的方法，对各国赋诗情况做了统计并探讨各国赋诗不同的缘由①。梁占先《〈左传〉赋诗言志义解》是一本对《左传》中赋诗言志做系统梳理的专著②。曾勤良《〈左传〉引诗赋诗之诗教研究》模仿劳孝舆《春秋诗话》的体例，广博征引，逐条论析考辨，还加入自己的按语进行阐述，资料翔实丰富，推理严谨精到③。奚敏芳《左传赋诗引诗之研究》依考据方式，据《左传》鲁公编年，排比《左传》赋诗七十六条、引诗一百八十条，逐条考按，以解释赋诗的宗旨，深入探索春秋一代诗学风气④。杨向时《〈左传〉赋诗引诗考》也对《左传》中的引诗赋诗进行了汇录与考辨⑤。

引诗赋诗之特点的探讨也极为热烈。首先是赋引诗的规则和方法。林思妤《〈诗经〉〈诗序〉〈左传〉关系问题研究》将言语引诗的方法概括为直用诗义、阐发诗义、引诗譬喻和断章取义；将赋诗言志的方法概括为正歌（例赋）、就诗取譬和断章取义⑥。郑彬《春秋用〈诗〉及其社会功用研究》认为赋《诗》遵循着“断章取义”“《诗》旨共识”“赋篇取首”“赋《诗》不刺”四大规则，春秋引《诗》有顺《诗》表义、引《诗》对比、借《诗》申意、断章取句、简称括义这五种方法⑦。其次是赋引诗的思维和场合。缪爱红《〈左传〉用〈诗〉与春秋时期思维的理性化》借《左传》中赋诗和引诗现象，探究春秋时期人思维逐渐理性化的过程，认为《左传》用诗呈现出中国文化理性思维特征⑧。战学成《宾礼与春秋时代赋〈诗〉风气》认为赋诗出现在以下一些场合：诸侯间誓盟赋诗，两君聘问赋《诗》；鲁大夫出聘赋《诗》；列国大夫来鲁聘问赋《诗》；诸侯飨邻国大夫之礼

---

① 董治安：《从〈左传〉〈国语〉看“诗三百”在春秋时期的流传》，《先秦文献与先秦文学》，齐鲁书社，1994年，第20—64页。

② 梁占先：《〈左传〉赋诗言志义解》，贵州人民出版社，2009年。

③ 曾勤良：《左传引诗赋诗之诗教研究》，文津出版社，1993年。

④ 奚敏芳：《左传赋诗引诗之研究》，台湾师范大学国文研究所1982年硕士论文。

⑤ 杨向时：《〈左传〉赋诗引诗考》，台湾中华丛书，1972年。

⑥ 林思妤：《〈诗经〉〈诗序〉〈左传〉关系问题研究》，台湾花木兰文化出版社，2011年，第61—64页。

⑦ 郑彬：《春秋用〈诗〉及其社会功用研究》，山东大学2017年博士论文。

⑧ 缪爱红：《〈左传〉用〈诗〉与春秋时期思维的理性化》，南京师范大学2004年硕士论文。

用诗①。曾小梦《先秦典籍引〈诗〉考论》指出《左传》引《诗》的场合包括外交场合，本国国内决策、议政，劝谏场合，评价、议论场合和“君子曰”之引诗②。最后，“君子曰”作为引诗方式的一种近几年引起了特别的关注。李凯《〈左传〉“君子曰”研究》讨论了“君子曰”的文化背景、文体形态、文体地位和影响、“君子曰”与“孔子曰”举隅③。段萍萍《〈左传〉“君子曰”研究》认为“君子曰”借助“君子”以发言，并在其中引《诗》为证，显示了受到“诗言志”的影响，对后代的文学作品在史论及评论模式方面都产生了深远的影响④。

（二）赋引诗的功用和文化内涵研究

1. 赋引诗的功用

春秋时期，贵族们在朝聘、会盟和燕飨等场合，常常通过赋诗活动来进行外交折冲、观察志向、抒发情感以及怨刺不平之事等；《左传》作者或书中人物常在说话中引用诗歌证明言语事理，辩论论证问题。赋引诗的功用主要体现在以下几个方面。

政治功能。《左传》赋诗的政治功能主要体现在以《诗》讽谏。赵晓阳的《先秦“以诗为谏”研究》认为“以诗为谏”传统产生于先秦时期，其本质是以诗为媒介，通过作诗为谏、赋诗为谏、诵诗为谏和引诗为谏等具体模式对受谏者提出指责、劝诫、建议⑤。关雯的《周代礼典的美学解读》认为春秋时期赋诗制度的作用主要包括三方面：第一，表达歌颂、赞美、友谊等美好之情；二，表达一种建议、请求的态度；第三，表达讽刺、批评、警告和劝诫之情⑥。孙敏《〈左传〉〈国语〉赋诗、引诗研究》将《左传》《国语》引诗、赋诗的功能概括为：委婉陈述己情，表达某种要求；君巨、臣僚间的进谏和规劝；外交中的折冲与斡旋；嘲

① 战学成：《宾礼与春秋时代赋〈诗〉风气》，《北方论丛》2012年第4期，第118—121页。
② 曾小梦：《先秦典籍引〈诗〉考论》，陕西师范大学2008年博士论文。
③ 李凯：《〈左传〉“君子曰”研究》，陕西师范大学2012年硕士论文。
④ 段萍萍：《〈左传〉“君子曰”研究》，西北师范大学2014硕士论文。
⑤ 赵晓阳：《先秦“以诗为谏”研究》，陕西师范大学2018年硕士论文。
⑥ 关雯：《周代礼典的美学解读》，哈尔滨师范大学2019年博士论文。

笑和讽刺①。

外交功能。探讨《左传》赋诗在外交场合的功用是一大热点，多篇论文均将赋诗作为行人辞令的一部分进行研究。杨志才《春秋时代外交活动中的赋诗》总结了赋诗的好处，包括少费口舌、比较委婉、有回旋余地②。刘中项《〈左传〉中"行人辞令"的语言特色》指出《左传》中描写的"行人"无不在说辞中旁征博引，或引诗文，或征史实，或采民谚，或用警言，用这些语言材料作为论据，不仅增强了言辞的说服力，也增强了辞令的艺术感染力③。朴钟锦《中国"诗赋外交"的起源及近代发展》指出赋诗是一种表达立场、传递信息的一种外交话语方式④。

言志功能。在一般情况下，赋诗主要用于诸侯和贵族之间的交际活动，在此基础上，与个人志意有关的"言志""观志"的赋诗出现了，襄公二十七年的郑七子垂陇赋诗明确地提出了"《诗》以言志"的观点。张宇恕《春秋宴会赋诗研究》指出宴会赋诗有其特殊的社会功用：以诗代言，借以明志；观盛衰识贤不肖；讽谏讥刺⑤。李柯《〈左传〉宴会赋诗活动探微》认为，宴会赋诗的重要功用主要表现在两个方面：就赋诗者个人而言，功用就是言其心志；就诸侯国而言，功用就是凸现在政治上⑥。还有学者从"引用"的角度综合探讨赋引诗的功用。张高评《左传之文学价值》指出《左传》赋诗的功效有"裨情意之曲达""资典礼之祝颂""观政俗之兴衰""见诗史之类通"；《左传》引诗的功效有言志、断事、证说、辩论、阐释、褒赞、讽喻、譬况、叹惋⑦。范进军《从〈左传〉引〈诗〉看引用的

① 孙敏：《〈左传〉〈国语〉赋诗、引诗研究》，安徽师范大学2007年硕士论文。

② 杨志才：《春秋时代外交活动中的赋诗》，《外交学院学报》1986年第1期，第70—78页。

③ 刘中项：《〈左传〉中"行人辞令"的语言特色》，《长沙水电师院学报》（社会科学版）1990年第2期，第121—126页。

④ 朴钟锦：《中国"诗赋外交"的起源及近代发展》，《国际政治研究》2012年第1期，第149—162页。

⑤ 张宇恕：《春秋宴会赋诗研究》，《管子学刊》1998年第1期，第3—5页。

⑥ 李柯：《〈左传〉宴会赋诗活动探微》，《中华文化论坛》2011年第6期，第65—69页。

⑦ 张高评：《左传之文学价值》，台湾文史哲出版社，1982年，第89—96页。

修辞作用》将引《诗》的作用概括为：外交应对；表达志向；褒善贬恶；证明观点①。

2. 赋引诗的文化内涵

研究者们多集中探讨赋引诗中体现出来的礼仪、制度、风俗、精神等内容。王妍《经学以前的〈诗经〉》探讨春秋赋诗与礼学制度，认为春秋赋诗是礼乐教育的结果和礼崩乐坏的表征②。过常宝《春秋赋诗及“断章取义”》认为春秋赋诗行为融合了西周朝聘燕礼和祭礼“燕私”之传统，文章讨论了春秋赋诗和“断章取义”现象并对其在当时的文化意义做了详细的分析阐释③。刘丽文《春秋的回声——左传的文化研究》从“《诗经》政治化的四种途径”“赋诗言志是对宴享礼仪中乐歌形式的模仿和意义的替换”“《左传》反映了周代采诗制度”等角度论及“赋诗言志”，综合探讨《左传》引《诗》之文化内涵④。张艳《从人文精神角度看〈左传〉用〈诗〉》认为《左传》中大量出现的引《诗》、赋《诗》、作《诗》现象反映出春秋时期的人文精神，春秋人将《诗》政治化、道德化的过程正是提升《诗》的人文精神的过程⑤。

3. 赋引诗的影响

赋引诗现象对后世的影响也颇引人注意。刘生良《春秋赋诗的文化透视》认为“赋诗”在《诗经》文化史上意义重大，如扩大了《诗》的用途和传播，启发后来的诗歌创作，影响后世的诗学批评等⑥。毛振华《〈左传〉赋诗研究》认为赋诗对后世赋体、对后世用诗和对战国策士都产生了深远影响⑦。刘毓庆《春秋会

---

① 范进军：《从〈左传〉引〈诗〉看引用的修辞作用》，《当代修辞学》1993年第4期，第27—28页。

② 王妍：《经学以前的〈诗经〉》，东方出版社，2007年，第105—114页。

③ 过常宝：《春秋赋诗及“断章取义”》，《文艺研究》2019年第4期，第37—46页。

④ 刘丽文：《春秋的回声〈左传〉的文化研究》，北京燕山出版社，2000年。

⑤ 张艳：《从人文精神角度看〈左传〉用〈诗〉》，《山西大学师范学院学报》1999年第3期，第3—5页。

⑥ 刘生良：《春秋赋诗的文化透视》，《陕西师范大学学报》（哲学社会科学版）2004年第6期，第90页。

⑦ 毛振华：《〈左传〉赋诗研究》，郑州大学2005年硕士论文。

盟燕享与诗礼风流》认为春秋时代，会盟之间杯酒赋吟，诗礼缩结，展示了士君子风范，影响了士君子的价值判断与人格修养，促成了以礼为核心的诗歌解释系统的形成，影响了后世文人诗酒酬唱①。李瑞杰《〈左传〉引用艺术研究》提出《左传》引用艺术对后世文学和史学等影响十分深远，主要体现在保存和传播了所引材料，提升史书的文学性和抒情性，“君子曰”的评论方式对后来的史书产生了较深的影响等②。

（三）赋引诗者身份及地域差异的考察

关于这个主题，研究者们主要关注赋诗、引诗者的身份和国别，探讨赋诗、引诗的人物特点和各个国家赋引诗特色，是研究《左传》赋引诗的一个新颖角度。

胡宁《春秋时期女性赋诗、引诗析论》专门考察春秋时期女性赋诗、引诗，认为这种现象表明当时的贵族女性教育中包含着诗歌教育，诗歌教育与性别身份及相应职责密切关联③。张宇恕《从宴会赋诗看春秋齐鲁文化不同质》从宴会赋诗探讨春秋齐鲁文化的不同性质，认为鲁文化仍然是贵族文化，即传统的周文化，而齐文化已经具备了士族文化的特质④。毛振华《〈左传〉赋诗研究》从文化、政治、历史、地理等角度对春秋各国赋诗活动做了具体探讨，讨论了各国赋诗共性、郑人赋诗、鲁人赋诗、晋人赋诗和他国赋诗⑤，可以说是开启了分国别研究赋诗活动的热潮。之后出现了不少论文研究赋引诗现象的地域差异，如曾小梦《先秦典籍引〈诗〉考论》考察了《左传》引《诗》者的国别和身份，分为鲁人引《诗》、晋人引《诗》、郑人引《诗》和其他诸侯国人引《诗》，反映出地域环境、文化水准等对引诗活动的影响⑥。陈生《〈左传〉引诗研究》将《左传》引诗

① 刘毓庆：《春秋会盟燕享与诗礼风流》，《晋阳学刊》2004年第2期，第89—93页。

② 李瑞杰：《〈左传〉引用艺术研究》，陕西师范大学2013年硕士论文。

③ 胡宁《春秋时期女性赋诗、引诗析论》，《安徽师范大学学报》（人文社会科学版）2019年第6期，第28—36页。

④ 张宇恕：《从宴会赋诗看春秋齐鲁文化不同质》，《管子学刊》1994年第2期，第49—53页。

⑤ 毛振华：《〈左传〉赋诗研究》，郑州大学2005年硕士论文。

⑥ 曾小梦：《先秦典籍引〈诗〉考论》，陕西师范大学2008年博士论文。

按照空间划分为齐鲁地区引诗、三晋地区引诗、中原地区引诗、西秦地区引诗、南楚地区引诗①。武河良《〈左传〉〈国语〉列国用诗研究》从社会文化背景以及周代礼乐文化的发展变化轨迹对春秋时人用诗产生的影响着手，分析春秋列国用诗的共同特点和不同特色②。

（四）赋引诗的源起和发展演变研究

关于赋诗活动的渊源。李春青《论先秦“赋诗”“引诗”的文化意蕴》认为春秋赋诗是西周礼仪形式的遗留或变体③。刘丽文《春秋时期赋诗言志的礼学渊源及形成的机制原理》认为赋诗言志是对燕享礼仪中固有乐歌形式的模仿和意义的替换④。张宇恕《春秋宴会赋诗研究》认为春秋时期社会的浓厚的尚诗氛围，是宴会赋诗产生的肥沃土壤⑤。刘玉梅《先秦儒学的象征文艺观》认为春秋时人赋诗引诗的思维方式，显然受到《周易》“立象以尽意”的象征思维方式的影响⑥。

关于赋引诗活动的发展演变。描绘赋引诗的发展演变轨迹并探讨其背后的原因，是一个新兴的热点话题，近年来越来越多地被关注，研究不断深入和具体，成果较为丰富，研究内容主要集中在两个方面：

第一，赋引诗活动在春秋时期的兴衰历程。周秉高《论赋诗断章的发展轨迹》认为赋诗断章兴起于晋文公时代，即春秋中期，鼎盛于鲁襄、昭之世，衰微于春秋末年，并对其兴衰的原因和表现进行了分析⑦。陈生的《〈左传〉引诗研究》认为《左传》中的引诗有一个开端、发展、高潮、衰落的历程，作者对《左

① 陈生：《〈左传〉引诗研究》，吉林大学2017年硕士论文。

② 武河良《〈左传〉〈国语〉列国用诗研究》，陕西师范大学2013年硕士论文。

③ 李春青：《论先秦“赋诗”“引诗”的文化意蕴》，《齐鲁学刊》2003年第6期，第16—20页。

④ 刘丽文：《春秋时期赋诗言志的礼学渊源及形成的机制原理》，《文学遗产》2004年第1期，第33—43页。

⑤ 张宇恕：《春秋宴会赋诗研究》，《管子学刊》1998年第1期，第3—5页。

⑥ 刘玉梅：《先秦儒家的象征文艺观初探》，安徽大学2004年硕士论文。

⑦ 周秉高：《论赋诗断章的发展轨迹》，《中州学刊》1989年第1期，第94—98页。

传》引诗的数量按照纵向加以分期，对每一个分期进行论述①。曾小梦《先秦典籍引〈诗〉考论》借助表格呈现了《左传》引《诗》在各时代的分布情况，总结了各个时期引《诗》特点及其产生这种现象的原因②。

第二，赋诗活动在形式上的演变轨迹。李炳海《春秋后期引诗、赋诗、说诗的样态及走向》认为春秋后期引诗、赋诗，在形式上经历了由繁入简的演变，说诗则是由简入繁，引诗带有鲜明的个人特点，赋诗出现审美属性强化的趋势③。屈园《〈左传〉赋〈诗〉考论》认为《左传》赋《诗》的主要变化趋势有赋《诗》者之变化、赋《诗》兴趣点之变化和赋《诗》应对之变化④。周泉根《从春秋赋〈诗〉的多种解释看〈诗〉的实用化轨迹》认为歌《诗》以赋、诵《诗》以赋、歌《诗》即诵《诗》等多种赋《诗》定义，昭示了典礼上程式化和多具象征意味的歌诗奏乐向具体生活和实际政治延伸的日常化过程，以及诗去器乐因素、表演因素过程⑤。

3. 赋引诗的兴盛和衰亡原因

赋引诗的兴衰与《诗》本身的特性以及社会环境的变化密切相关。邢天寄《春秋时期的赋诗和引诗》认为赋诗引诗盛行的原因大致有三条，一是诗、乐、舞不分的原始特征，二是《诗》本身的文艺特征适应了统治阶级建立统一思想体系的需要，三是春秋时期的政治形势⑥。李春青《论先秦“赋诗”“引诗”的文化意蕴》认为赋诗之所以盛行，一是因为诗歌原有的那种庄严性、高贵性符合贵族的自我认同需求，二是诗歌所独有的含蓄、委婉的特性，使赋诗成了交际场合请

---

① 陈生：《〈左传〉引诗研究》，吉林大学2017年硕士论文。

② 曾小梦：《先秦典籍引〈诗〉考论》，陕西师范大学2008年博士论文。

③ 李炳海：《春秋后期引诗、赋诗、说诗的样态及走向》，《社会科学战线》2011年第1期，第142—149页。

④ 屈园：《〈左传〉赋〈诗〉考论》，曲阜师范大学2016年硕士论文。

⑤ 周泉根：《从春秋赋〈诗〉的多种解释看《诗》的实用化轨迹——兼论赋〈诗〉的历史实质》，《中国文化研究》2004年第3期，第114—119页。

⑥ 邢天寄：《春秋时期的赋诗和引诗》，《青海师范学院学报》（哲学社会科学版）1983年第2期，第32—42页。

求或拒绝别人的得体的方式①。春秋后期引诗、赋诗活动衰落，这是内因和外因共同作用的结果。杨志才《春秋时代外交活动中的赋诗》分析了赋诗活动衰亡的原因，一是到了春秋末期，王室衰落，诸侯并兼，“礼崩乐坏”，二是断章取义容易产生误会或有意曲解②。余群《春秋晚期从礼乐到礼义的转型》认为春秋晚期“赋《诗》言志”逐渐为“引《诗》言志”所取代的主要原因包括：各级贵族僭越礼制；士阶层崛起，诸子纵谈，百家争鸣；传播媒介的改变；乐器的变迁；新声对雅乐的挑战；等等③。

（五）《左传》赋引诗与诗学理论研究

关于这个主题，研究者们主要探讨“诗言志”、孔子诗论、“诗无达诂”、“赋比兴”等诗学理论问题，研究成果较为丰富。

1. 赋引诗与“诗言志”等诗学理论

“赋诗言志”与“诗言志”这一文学观念有密切关联。漆绪邦《中国诗论的滥觞和“诗言志”说的提出》认为“诗以言志”的认识是在大量赋诗、引诗的实践之后形成和提出的④。周朔《先秦“诗言志”观念的孕育与完型》认为《左传》中“赋诗言志”或“称诗言志”是“诗言志”观念在诗歌接受领域的发展⑤。还有针对“志”的内容的探讨，如杨钊《论〈左传〉“诗以言志”之“志”》讨论了“赋诗言志”之“志”的含义和表现方式⑥。王以宪《“诗言志”补辩》认为志有

① 李春青：《论先秦“赋诗”“引诗”的文化意蕴》，《齐鲁学刊》2003年第6期，第16—20页。

② 杨志才：《春秋时代外交活动中的赋诗》，《外交学院学报》1986年第1期，第70—78页。

③ 余群：《春秋晚期从礼乐到礼义的转型》，《求索》2013年第11期，第77—79页。

④ 漆绪邦：《中国诗论的滥觞和“诗言志”说的提出》，《北京师范学院学报》（社会科学版）1991年第5期，第43—50页。

⑤ 周朔：《先秦“诗言志”观念的孕育与完型》，《中国文学研究》2010年第2期，第35—38页。

⑥ 杨钊：《论〈左传〉“诗以言志”之“志”》，《西南民族大学学报》（人文社科版）2004年第9期，第199—202页。

标识之义，志分群己、公私①。孙鸿亮、申焕《“诗言志”说形成过程疏论》认为赋诗、教诗、引诗的各项活动是先秦诗学发生的背景，“诗言志”说的形成，也正与“用诗”之风密切相关②。黄萍《从“言志”说看中国诗学的产生》认为“赋诗言志”是中国诗学的萌芽③。其次是赋诗与“赋比兴”的关系。鲁洪生《从赋、比、兴产生的时代背景看其本义》认为，在那个广泛教诗、用诗的时代，赋、比、兴的本义是用诗的方法，它不仅是对赋诗言志的用诗方法及其用诗全过程的总结概括，而且是当时言语引诗、著述引诗以至汉儒说诗所共同遵循的用诗方法④。李有光《中国诗学多元解释思想研究》认为春秋赋诗引诗就是中国诗学解释学“诗无达诂”多元解释思想的前期实践史，推动了以“诗无达诂”为代表的多元解释思想及其话语的渐次出场和成熟⑤。

2. 赋引诗与孔子诗论

萧华荣《春秋“称诗”与孔子诗论》探究了春秋“称诗”的情况和其对孔子诗论的影响以及关于孔子诗论的评价⑥。贾东城《横看成岭侧成峰——从春秋赋诗看孔子的“兴观群怨”说》从春秋赋诗这个特有的历史现象出发，对孔子的“兴观群怨”说做了新的探讨⑦。随着上博简《孔子诗论》的出土问世，赋诗与《孔子诗论》的关系引起了更多研究者的注意。将《孔子诗论》同《左传》《国语》中所反映的诗学观念进行比较，有利于理解孔子的《诗》学观念。黄金明先生《春秋赋诗、言语引诗与孔子〈诗〉论》认为，孔子的《诗》论与《左传》等传世

① 王以宪：《“诗言志”补辩》，《中国文化研究》2004 年第 3 期，第 120—124 页。

② 孙鸿亮、申焕：《“诗言志”说形成过程疏论》，《延安大学学报》（社会科学版）2001 年第 3 期，第 54—57 页。

③ 黄萍：《从“言志”说看中国诗学的产生》，《名作欣赏》2006 年第 24 期，第 95—98 页。

④ 鲁洪生：《从赋、比、兴产生的时代背景看其本义》，《中国社会科学》1993 年第 3 期，第 213—223 页。

⑤ 李有光：《中国诗学多元解释思想研究》，人民文学出版社，2014 年，第 250—261 页。

⑥ 萧华荣：《春秋“称诗”与孔子诗论》，载《古代文学理论研究丛刊》第 5 辑，上海古籍出版社，1981 年，第 192—210 页。

⑦ 贾东城：《横看成岭侧成峰——从春秋赋诗看孔子的“兴观群怨”说》，《河北师范大学学报》（社会科学版）1989 年第 4 期，第 1—6 页。

文献中春秋赋诗、言语引诗体现出的诗学观念相一致①。陈桐生《〈孔子诗论〉研究》用大量的史料比勘说明：《孔子诗论》的作者认真研究了赋诗等《诗》学材料，充分吸纳了前人《诗》学理论成果②。

（六）借《左传》赋引诗研究《诗经》的相关问题

关于这个议题的探讨自 20 世纪以来热度不减，21 世纪探讨更加深入。研究者们多是借《左传》《国语》引诗赋诗研究采诗、诗旨、孔子删诗说、《诗》的传播与接受等问题。

1. 借以研究诗旨

《左传》赋《诗》、引《诗》活动包含着用诗者对《诗》的鉴赏、阐释与评论。赋诗引诗者对诗旨发表自己的看法，对《诗》中词句进行了相应的阐释和训解，即所谓“解《诗》”之学。清人劳孝舆《春秋诗话》专辟“解诗”一卷，列《左传》用诗三十六条以释其解诗之事。研究者们积极探索通过先秦典籍引《诗》寻求诗旨的可行性。方孝岳《中国文学批评》认为，说明作诗的人因某事而作某诗，使读者容易领会他的意义，是由《左传》开其端③。李申曦《先秦解〈诗〉研究》以先秦学者援引《诗经》时对诗的简要训解为切入点，对先秦文献中关于《诗经》字、词、句、篇的解释进行整理和分析，进行先秦解《诗》研究④；李睿《先秦典籍引〈国风〉发微》考察《诗》本义和引《诗》义之间的关系，探索通过先秦典籍引《诗》寻求诗旨的可行性⑤。

2. 借以研究《诗》的传播与接受

借《左传》赋引诗研究《诗经》的传播与接受情况也是一大热点议题，产生了众多研究成果。李树军《〈左传〉引诗与〈诗〉的经典化》从“引用”修辞格的

---

① 黄金明：《春秋赋诗、言语引诗与孔子〈诗〉论——以礼用为核心的早期诗学观》，《漳州师范学院学报》（哲学社会科学版）2000 年第 4 期，第 24—30 页。

② 陈桐生：《孔子诗论研究》，中华书局，2004 年，第 143—154 页。

③ 方孝岳：《中国文学批评》，生活·读书·新知三联书店，1986 年，第 17—20 页。

④ 李申曦：先秦解《诗》研究，陕西师范大学 2017 年硕士论文。

⑤ 李睿：《先秦典籍引〈国风〉发微》，吉林大学 2017 年硕士论文。

角度对《诗》的经典化进行了研究，认为最晚到春秋中期时，《诗》已经取得经典的地位，其经典化大致沿着礼仪用乐和言语交际两条路径进行的①。马银琴《春秋时代赋引风气下〈诗〉的传播与特点》② 讨论了春秋时代《诗》传播的基本方式，包括乐工歌诵、赋诗言志和引诗证事，并认为赋引风气对诗文本传播的意义重大，一是为《诗》提供了最广阔的传播空间，二是加速了歌辞与音乐的疏离，三是促进儒家诗教传统形成。刘彦青《仪式向文本的过渡——春秋赋诗的诗学传播价值》指出，由西周仪式中歌诗发展到春秋时期的赋诗，诗的仪式性逐渐淡化，文本意义逐渐凸显，诗的传播经历了由重仪式到重文本的转变过程③。韦春喜《歌诗·赋诗·引诗·说诗——先秦时期〈诗经〉接受观念的演变》认为跟西周时期相比，春秋时期的"赋诗"已不再看重《诗》背后所蕴含的礼制，仅是婉转言志的工具与手段，具有很强的实用性、功利性，表现出"诗以合意""断章取义"接受观念；"引诗"也带有很强的应用性，透露出以诗为理、以诗为史等接受观念④。

3. 借以研究孔子删诗说

张汉东《从〈左传〉看孔子的删〈诗〉痕迹》从《左传》一书考察《诗》的原始面貌，认为《左传》中的相关记载表明孔子确实曾对《诗经》有过一番删订，但他删订的是春秋时期广为流行的《诗》本，并不是汉人所谓直接由三千余篇古诗选取而来⑤。翟相君《孔子删诗说》认为以《左传》中季札观乐的记载证明孔

---

① 李树军：《〈左传〉引诗与〈诗〉的经典化》，《社会科学家》2012 年第 12 期，第 137—140 页。

② 马银琴：《春秋时代赋引风气下〈诗〉的传播与特点》，《中国诗歌研究》第二辑，中华书局，2003 年第 151—167 页。

③ 刘彦青、张新科：《仪式向文本的过渡——春秋赋诗的诗学传播价值》，《文艺理论研究》2018 年第 1 期，第 80—88 页。

④ 韦春喜：《歌诗·赋诗·引诗·说诗——先秦时期〈诗经〉接受观念的演变》，《青海社会科学》2011 年第 3 期，第 151—156 页。

⑤ 张汉东：《从〈左传〉看孔子的删〈诗〉痕迹》，《山东师大学报》（哲学社会科学版）1985 年第 6 期，第 72—77 页。

子未删诗是不可信的，孔子确曾删诗①。邵胜定《由书传称引考《诗》的历史形态——兼证司马迁孔子删诗说的可信》通过《左传》称引诗考察孔子删诗说，并认为孔子删诗说是可信的②。

4. 借以研究采诗制度

刘丽文《从〈左传〉看周代采诗制度的变迁》以为从《左传》所记赋引诗多为西周及东周初期之作看，采诗献诗制度在西周确实存在，而且，在东迁之初的几十年中，亦曾保留之。但春秋中叶之后，上层人物的兴趣已从献诗采诗完全转移到了运用“成诗”或引或赋地参与政治方面③。另外，孙敏《〈左传〉〈国语〉赋诗、引诗研究》还通过对《左传》《国语》引诗、赋诗的研究，探讨了《诗经》的成书年代、孔于删诗说、变风变雅等《诗经》研究中存在的一些有争议的问题④。

（七）概论和其他

不少论文在前人研究的基础上，对《左传》赋引诗现象进行了较为全面系统的论述。有的论文对《左传》赋引诗问题做通论、陈述和简介。如黄仁钰《从先秦历史散文中探〈诗〉之故》根据《左传》《国语》和《战国策》的相关记载，简要介绍了先秦时期学《诗》的情形、赋《诗》的情况和引《诗》的盛况、歌《诗》的场面等⑤。王扶汉《〈左传〉所记赋诗例发微——论〈诗〉在春秋时期一种独特的社会功能》包含对春秋以前赋诗概况的追溯、《诗》在春秋时期被列国君卿赋予的一种极其独特的社会功能、春秋时期的赋诗与诗的传授等内容⑥。有的论文

① 翟相君：《孔子删诗说》，《河北学刊》1985年第6期，第85—90页。

② 邵胜定：《由书传称引考〈诗〉的历史形态——兼证司马迁孔子删诗说的可信》，《上海大学学报》（社会科学版）1991年第5期，第57—62页。

③ 刘丽文：《从〈左传〉看周代采诗制度的变迁》，《北方论丛》1999年第4期，第3—5页。

④ 孙敏：《〈左传〉〈国语〉赋诗、引诗研究》，安徽师范大学2007年硕士论文。

⑤ 黄仁钰：《从先秦历史散文中探〈诗〉之故》，《中南民族学院学报》（社会科学版）1987年第3期，第94—99页。

⑥ 王扶汉：《〈左传〉所记赋诗例发微——论〈诗〉在春秋时期一种独特的社会功能》，《北京师范学院学报》（社会科学版）1989年第2期，第118—126页。

则是集前人之说，对《左传》赋引诗现象做了较全面分析。聂言之、鲁洪生《简论春秋赋诗言志》对春秋赋诗言志的文化根源、形式、原则、方法、功用、意义与影响都做了简要介绍，是一篇总结前人的集成之作①。曹建国《“赋诗断章”新论》从“赋诗断章”释义、“赋诗断章”与先秦《诗》的传播、“赋诗断章”与先秦《诗》的接受、“赋诗断章”与先秦诗学观念的塑造四个方面对“赋诗断章”做了较为全面的讨论②。傅道彬的《中国文学的文化批评》专列“先秦用诗论”一章，对用诗进行了分类整理，还探讨了“用诗的发展过程”“用诗的原则与方法”“用诗的形成及意义”等诸多方面③。还有一些关于《左传》赋引诗的资料书同样值得注意。如李卫军《左传评点研究》梳理了《左传》评点的发展史及形态要素，并按年代先后为传世的《左传》评点著作撰写提要，极具文献价值④。张新科《左传学术档案》包括近百年来左传研究文章的选摘与评介、左传研究论著提要、左传研究大事记和左传研究论文索引等内容⑤，可为《左传》赋引诗研究提供资料搜集之便。

二、20 世纪以来《左传》赋诗引诗研究方法的演进

20 世纪的《左传》赋引诗研究以单篇论文为主，多是关于《左传》赋引诗的概述，以本体研究为主，论述较为笼统，专题性不强，研究内容略显单薄，研究方法较单一。进入 21 世纪，《左传》赋引诗研究大放异彩，呈现出全方位、多层面、多视角的研究景况，研究不断深化和细化，专题性、系统性增强，出现了众多研究成果。为什么从 20 世纪到 21 世纪的研究会有这些变化，主要有以下几方

① 聂言之、鲁洪生：《简论春秋赋诗言志》，《江西师范大学学报》1995 年第 4 期，第 22—26 页。

② 曹建国：《“赋诗断章”新论》，《兰州大学学报》（社会科学版）2015 年第 6 期，第 12—19 页。

③ 傅道彬：《中国文学的文化批评》，黑龙江人民出版社，2000 年，第 78—131 页。

④ 李卫军：《〈左传〉评点研究》，中国社会科学出版社，2014 年，第 135—157 页。

⑤ 张新科：《左传学术档案》，武汉大学出版社，2016 年。

面的原因。

（一）文化研究与社会历史批评相结合

研究者们利用文化研究方法，将赋引诗活动置于广阔的文化背景中加以考察，包括考察宗教、思想、制度、民俗等与文学的相互影响和制约，从大文化的各方面对赋引诗现象做出因果解释，并揭示其审美特征和人文内涵。同时，研究者们结合社会历史批评方法，从广泛的社会生活层面来认识赋引诗活动的本质和发展演变，研究赋引诗活动产生的时代背景，特别是政治、经济、文化状况等，使赋引诗活动的社会思想内容得到了深入开掘。比如，研究者们将赋引诗活动置于礼乐文化的背景中考察其渊源流变，描绘赋引诗活动的发展演变轨迹并讨论每期的政治与时代背景。除此之外，研究者们还探讨赋诗引诗活动中体现出的诗学思想、周代燕飨礼仪、赋《诗》制度、人文精神、巫史行人的职业性修养、诗歌的谣占功用等等。这些都体现了文化研究与社会历史批评相结合的方法。

（二）审美批评

审美批评指对文学作品的艺术特征、人物、结构、语言进行整体审美观照，探究文学作品独特的审美价值。如位俊达《论〈左传〉中“赋诗言志”的政治功用与审美意蕴》论述了“赋诗言志”“温柔敦厚”的政治审美意蕴，以探求其在中国传统的礼乐文化中的审美与价值意义①。关雯《周代礼典的美学解读》把赋《诗》制度作为周代礼典的一部分，认为其所引用之《诗》和通过赋诗来表达的情感内容具有一种艺术特质和审美特性②。刘彦青《从〈左传〉赋诗看春秋〈诗经〉学的审美转向》认为在春秋赋诗中，温之会、垂陇之会、郑六卿饯韩起，显

---

① 位俊达：《论〈左传〉中“赋诗言志”的政治功用与审美意蕴》，《南京师范大学文学院学报》2017年第2期，第89—93页。

② 关雯：《周代礼典的美学解读》，哈尔滨师范大学2019年博士论文。

得温情脉脉又风流文雅，标志着《诗经》审美属性的回归①。还有不少的研究论文剖析了《左传》赋引诗修辞的精妙，包括隐喻、比喻、比兴、类比等，都体现对赋引诗活动文学性和审美性的考察。

（三）借助西方文艺理论研究《左传》赋引诗

1. 接受美学

邓新华《论先秦接受者意识的觉醒与接受理论的早熟》以西方现代接受美学为理论参照，对先秦时期盛行的献诗、采诗、引诗、论诗等诗歌接受活动和“诗言志”“赋比兴”等诗学概念的演变做了具体的分析考察，阐发了其中所蕴含的接受理论思想②。何文祯《“赋诗言志”与读者接受意识》认为作诗言志和读诗言志，就已有从接受视角和功利效应出发立论的读者接受意识，就已注重读者在解诗过程中的能动作用了③。谭志强、刘林《从读者反应批评看〈左传〉“赋诗首章”现象》以当代美国读者反应批评为研究框架，发现《左传》记载的春秋赋诗中，只标明诗题而未说明所赋何章者，并不是“赋诗首章”，实则为赋出全诗④。

2. 阐释学

李有光《春秋“赋诗”“引诗”活动的解释学探析》利用解释学理论，分析了春秋“赋诗”“引诗”活动的解释学方法、解释学原则、解释学特征、性质、动机和最终目的⑤。张小星《断章取义”的诠释学意义》在“生活一存在”的视域下重新分析赋诗活动，认为“断章取义”本身作为诠释乃是一种具有前主体性意义

① 刘彦青：《从〈左传〉赋诗看春秋〈诗经〉学的审美转向》，《学术交流》2017 年第 9 期，第 184—193 页。

② 邓新华：《论先秦接受者意识的觉醒与接受理论的早熟》，《中州学刊》1999 年第 1 期，第 3—5 页。

③ 何文祯：《“赋诗言志”与读者接受意识》，《天津外国语学院学报》1996 年第 2 期，第 47—50 页。

④ 谭志强、刘林：《从读者反应批评看〈左传〉“赋诗首章”现象》，《齐鲁学刊》2019 年第 1 期，第 122—127 页。

⑤ 李有光：《春秋“赋诗”“引诗”活动的解释学探析》，《理论学刊》2013 年第 4 期，第 115—120 页。

的活动①。柳倩月《诠释学视野：中国古代文学批评的三种取向》认为“赋诗言志”的命题体现了对接受者主体的尊重，是中国古代读者批评观念的萌芽②。徐君辉《先秦诸子著作叙述渐趋虚化的阐释学意义》认为春秋行人赋《诗》、用《诗》的态度和实践，不仅影响了战国中期以来诸子突破经典文本原义的阐释思想，又影响了两汉经今学的阐释方式③。

（四）多学科融合

21 世纪，《左传》赋引诗研究更倾向于“多学科融合”——引入、借鉴其他学科的理论、成果来考察研究赋引诗现象。

1. 语言学

陈致宏《语用学与〈左传〉外交赋诗》将赋诗作为外交辞令的一部分，运用语用学诠释《左传》之外交辞令，是一本利用语用学研究《左传》的系统论著④。

胡冰《语境的嵌入与建构——〈左传〉赋诗活动的语言哲学考察》从语言哲学的角度来考察《左传》赋诗的意义生成模式⑤。赖丽丽《〈左传〉外交赋诗的语用学研究》从顺应论的角度出发，以《左传》所载外交场合下的 27 个赋诗个案作为语料，从心智、社会、物理三个维度考察《左传》赋诗活动的语用特征⑥。李青苗《〈左传〉中引诗赋诗的语用策略分析》从语用策略角度，认为《左传》的赋诗引诗，主要采用交际的礼貌原则的各种准则⑦。李秀明《〈左传〉引诗的关联理

---

① 张小星：《“断章取义”的诠释学意义》，山东大学 2018 年硕士论文。

② 柳倩月：《诠释学视野：中国古代文学批评的三种取向》，《求索》2005 年第 2 期，第 152—154 页。

③ 徐君辉：《先秦诸子著作叙述渐趋虚化的阐释学意义》，《内蒙古社会科学》（汉文版）2008 年第 5 期，第 123—127 页。

④ 陈致宏：《语用学与〈左传〉外交赋诗》，万卷楼图书有限公司，2000 年。

⑤ 胡冰：《语境的嵌入与建构——〈左传〉赋诗活动的语言哲学考察》，广东外语外贸大学 2018 年硕士论文。

⑥ 赖丽丽：《〈左传〉外交赋诗的语用学研究》，广东外语外贸大学 2015 年硕士论文。

⑦ 李青苗：《〈左传〉中引诗赋诗的语用策略分析》，《兰州学刊》2012 年第 7 期，第 101—105 页。

论分析》用关联理论中的临时意义理论来分析《左传》中的引诗①。

2. 传播学

张启成《〈诗经〉的社会交流功能和符号学——兼论赋诗言志风气形成的原因》探讨了《诗经》之所以能成为重要的社会交际手段的原因，并运用符号学的观点，考察了古代社会的人们是如何利用《诗经》作为社会交流的信息和符号的②。杨钊《论〈左传〉"诗以言志"的传播学思想》认为《左传》中的"诗以言志"，是一种独特的传播接受机制，是一种需对方揣测意会、双向互动才能完成的复杂而微妙的机制③。何如月《从传播学视角看〈诗经〉在春秋时期的流传及其影响》从传播学角度对春秋时期《诗经》的流传特征进行了分析，认为春秋时期《诗经》的传播主要通过宴会演奏、学校讲授、赋诗言志、言语引诗和著述引诗等多种方式来进行，呈现出以口头传播为主、传播区域广泛、传播带有明显的实用价值取向的特点④。

2. 心理学

宋丽琴《〈左传〉行人辞令中委婉语研究》从文化心理的角度探究了行人辞令委婉语之所以在《左传》行人辞令中大量存在的深刻的文化心理因由，主要表现在：春秋时期尚礼思想的制约，恪尽职守、忠君卫国的责任感和道德观念的影响，君王作为特殊权势角色接受者的心理反应⑤。赵鲁灵《〈左传〉"引诗"的篇章衔接分析》对文本内容和话语参与者的心理建构进行分析，从篇章分析和认知心理的角度对《左传》"引诗"得出新的认识，论证"引诗"在《左传》中突出的衔接作用⑥。杨子怡《引譬连类与诗性思维——从先秦用诗看中国文化诗性特征

---

① 李秀明：《〈左传〉引诗的关联理论分析》，《修辞学习》2004年第4期，第76—78页。

② 张启成：《〈诗经〉的社会交流功能和符号学——兼论赋诗言志风气形成的原因》，《贵州社会科学》1988年第10期，第49—53页。

③ 杨钊：《论〈左传〉"诗以言志"的传播学思想》，《电影评介》2007年第1期，第100—101页。

④ 何如月：《从传播学视角看〈诗经〉在春秋时期的流传及其影响》，《陕西师范大学继续教育学报》2006年第1期，第58—62页。

⑤ 宋丽琴：《〈左传〉行人辞令中委婉语研究》，河北大学2005年硕士论文。

⑥ 赵鲁灵：《〈左传〉"引诗"的篇章衔接分析》，浙江大学2013年硕士论文。

之形成》借维柯的“以己度物”的诗性思维的原理，重新解读先秦用诗的特征及其对中国文化诗性思维形成的影响①。

3. 考古学

俞志慧作《君子儒与诗教》以《左传》《国语》全部赋诗、引诗材料为依据，以“歌诗必类”为突破口，以春秋用诗为视角，结合新公布的《郭店楚墓竹简》和上海博物馆藏《战国楚竹书·孔子诗论》，重新审视春秋用诗，以此作为吸纳与消化新材料的尝试②。周泉根《新出战国楚简之〈诗〉学研究》引入新出土的竹帛文献，充分占有传世文献与出土文献，将传世经典与竹简的义证做到圆融通贯，表现出深厚的理论阐释功夫③。房瑞丽通过分析《左传》“赋诗”“引诗”的《诗》用状况，结合《论语》“论诗”和孟子、荀子的“引诗证理”，利用上博简《诗论》所传递的评诗信息，再现先秦时期“赋诗”和“评诗”两大《诗》学系统④。这种研究的优点是运用“考古学”成果和新材料，把诗论研究与出土文物相结合，开辟了诗论研究的新途径。

三、《左传》赋引诗研究的成就与不足

（一）《左传》赋引诗研究的成就

20世纪以来，学界已经从多个方面对《左传》赋引诗现象展开研究，取得了较为丰硕的研究成果，成就十分显著。第一，研究内容日益丰富。既涉及引诗赋诗的概念、篇目、特点、功效、影响、兴衰历程、渊源流变和赋引诗者的身份地域考察，又涉及赋引诗体现的礼仪、制度、风俗、思想等文化内涵的探讨，还涉

① 杨子怡：《引譬连类与诗性思维——从先秦用诗看中国文化诗性特征之形成》，《首都师范大学学报》（社会科学版）2006年第2期，第55—62页。

② 俞志慧：《君子儒与诗教：先秦儒家文学思想考论》，生活·读书·新知三联书店，2005年。

③ 周泉根：《新出战国楚简之〈诗〉学研究》，天津教育出版社，2010年，第220—251页。

④ 房瑞丽：《从〈左传〉“赋诗”和上博〈诗论〉看先秦两大〈诗〉学系统》，《南阳师范学院学报》（社会科学版）2003年第2期，第82—85页。

及“诗言志”、孔子诗论、“诗无达诂”等诗学理论以及采诗、诗旨、孔子删诗说、《诗》的传播与接受、《诗》的成书等《诗经》学问题，呈现出多角度、多层面的特点。第二，研究视角逐渐多元。20世纪以来，研究者们在已有研究成果的基础上不断探索，采取很多新的研究视角探讨《左传》赋引诗研究的相关问题，力求新的发现和突破。目前主要有考古学、语言学、心理学、文艺学、传播学、符号学、认知语用学、接受理论等研究视角，主要研究《诗经》的传播、赋诗活动的语境、赋诗活动的交际过程等内容，新的研究视角拓宽了赋引诗研究的深度和广度，文化研究、社会历史批评、审美批评、西方文艺理论和多学科融合等研究方法，开阔了《左传》赋引诗研究的视野，推动赋引诗研究的进一步发展。第三，系统性逐渐增强。越来越多的研究者着眼于对《左传》赋引诗进行较全面而系统的研究，不少研究论文全面探讨赋诗的概念、渊源、原则方法、体例、文化内涵、兴衰流变、意义影响等内容。尤其是不少学位论文，从广义的“引用”或“用诗”角度切入，不纠结于其细小的区别，研究对象不仅包含了赋《诗》、引《诗》，还包含歌《诗》、诵《诗》、引言、引谚、引谣等内容，对《左传》中的用诗进行了整体梳理和探讨，使《左传》赋引诗研究的综合性、系统性进一步增强。

（二）《左传》赋引诗研究的不足

20世纪以来，《左传》赋引诗研究蓬勃发展，学界在原有成果基础上不断开拓创新，取得了丰硕成果。但繁荣背后却仍有不足，值得反思。第一，内容、观点重复。现有的《左传》赋引诗研究，内容、观点大量重复，鲜有研究者提出新观点。大量论文在《左传》赋引诗的社会背景、功能作用、特点等问题上反复陈述，出现了大量相似的观点。第二，议题分布失衡。20世纪以来的《左传》赋引诗研究议题更加丰富、视角更加多元，但研究议题存在分布失衡的状况，偏于《左传》赋引诗的特点、功能、社会背景等简单、明显的问题，对一些需要深入探究的问题则少有涉足，比如赋诗活动的具体形态、赋诗形成的时间、赋诗形成的渊源、赋引诗活动的文化机制、赋引诗活动与《诗经》学研究的联系、“君子曰”等方面的研究论文较少。第三，专门性、系统性研究缺乏。虽然《左传》赋引诗研究的综合性和系统性得到了增强，但对赋诗活动的专门性研究仍旧缺乏，目前国内关于《左传》赋诗活动的专门性、系统性研究的就只有毛振华的《〈左传〉赋诗研究》，这是一本系统地专门地研究《左传》赋诗情况的专著，涉及赋诗者的身份、赋诗场合、赋诗与礼仪、赋诗与政治、各国赋诗概况与比较等，堪称一本学术力作，但也不是面面俱到。对《左传》赋诗活动研究的单篇论文居多，由于篇幅限制，大多都没能深入，而且显得片面，有必要对赋诗活动这一独特的文化现象进行深入、全面、系统的研究。第四，古代学者关于《左传》赋引诗研究的成果还没有得到系统总结。清代以前的赋引诗研究主要是积累和考辨原始材料，多为随感性的议论，清代涌现出一批重要的赋引诗研究成果，表现出清人扎实的考据功力，显现出系统化和理论化的倾向。对古代学者相关研究成果的系统总结，也是今后努力的方向之一。

总的来说，《左传》引诗、赋诗研究已经取得了丰硕成果，在许多问题上都取得了可喜的成就，单篇论文的数量和质量都有了长足的发展，研究视角和研究内容更加多元，研究方法丰富，呈现出不断深化、细化的趋势，系统性、综合性也不断增强。但是，现有研究还存在内容、观点重复，议题分布失衡，专门性、系统性研究缺乏等不足，而这些不足正是我们继续深化赋引诗研究的努力方向。未来应该进一步推动研究方法的多样化，加强专门性、系统性研究，延展并拓宽研究的深度与广度，拓展多学科的交叉视角研究，加强对古代学者相关研究成果的系统总结。

语言·文字

从南宋《御书石经》讳例看宋代避讳惯例①

□刘 相　杨立英

【摘要】 中国古代有避讳的传统，学习古代的避讳知识，有利于准确地理解古代文献。南宋《御书石经》避讳的情况，反映了宋代避讳的规范与严谨；因为《御书石经》是手书以后摹刻上石，不同的避讳习惯同时也印证该石经由宋高宗赵构和宪圣皇后吴氏亲笔书写的历史事实。

【关键词】《御书石经》；避讳

一、南宋《御书石经》概况

中国古代把文字刻于石头之上，是文化史上一个极其重要的传统。其目的是让文字以及文字所承载的内容史事传之久远。时至今天，流传下来许多丰富的石刻史料。其中，把儒家的经典刻在石碑上，称之为“儒家石经”。从可考证的材料上看，历史上总共有东汉《熹平石经》、曹魏《正始石经》、唐代《开成石经》、后蜀《广政石经》、北宋《嘉祐石经》、南宋《御书石经》和《清石经》七次大规模儒家经典刊刻在石碑之上。本文主要分析南宋《御书石经》中有关石刻文字讳例

① 作者简介：刘相（1970—　），男，白族，云南大理人。西南大学文学院博士研究生。云南医药健康职业学院党委书记、副教授。主要研究方向：书法史论。杨立英（1975—），女，哈尼族，云南昆明人。云南经济管理学院教师。

的现象。

南宋《御书石经》又称“临安石经”“绍兴御书石经”“高宗御书石经”。经数为七经：即《易》《书》《诗》《春秋》《论语》《孟子》及《礼记》之《儒行》《学记》《经解》《大学》《中庸》五篇。《周易》《尚书》《毛诗》《春秋左传》《礼记》的内容用楷书写成；《论语》和《孟子》等刻石中间还杂有行书。石经本是高宗为满足平时学习儒家经典的需要，抄录既能加深对经典识记与印象，又能提高书法水准。后因秦桧等为取悦高宗，奏请刊刻于石。始刻于建炎元年（1127），完成于绍兴十三年（1143）。书写者为高宗赵构和宪圣皇后吴氏。宋孝宗时建“光尧石经之阁”以存放石经。据柯昌泗考证，元初西僧杨琏璠想用作浮图之基础，被申屠致远所制止得以保存延续。至元二十八年（1291），改太学为西湖书院。明洪武中，为仁和学，末年，又迁于城边的贡院，在学宫多次变迁中，石经也随之迁转。宣德元年（1426），巡按御史吴讷收集全部碑刻及碎断石百余片，修缮后放在大成殿后两庑。后巡安御史宋廷佐迁到灵星门的两边，盖了周廊，左右各十二楹。崇祯末，廊倒，镶在壁中，前后五次迁转，正是这些迁转搬运的过程使石经遭到损坏和丧失。清顺治、康熙时，曾捐资修葺。乾隆三十六年（1771），重修学宫时增建了廊庑。嘉庆八年（1803）阮元（文达）又进行修缮。民国癸亥年（1923）此处成为省立师范学校，石经不受保护，受雨水浸蚀，文字更加漫漶。根据每碑首及左方所能看见的记数字，柯氏考证了诸经的次第并推断出了当时石刻的捻数，兹引录如下：

> 知七经共一百二十七石，今存者八十六石……。诸经字体亦不同，《易》《书》《诗》《礼记》之《儒行》《学记》《经解》《大学》《春秋》皆小楷。《论语》《孟子》皆行书，字较大。《中庸》亦行书，字校《论语》《孟子》略小。此近人奉学官檄就石勘视者，比诸书尤为详确也。余碑现存于杭州孔庙。①

① （清）叶昌炽撰，柯昌泗评，陈公柔、张明善点校：《语石 语石异同评》，中华书局，1994年，第190页。

据《杭州孔庙》① 所记，《御书石经》现存 85 石。本文主要以阮元《两浙金石志》所见 86 石为据而所记的《宋太学石经》而进行分析。

二、南宋《御书石经》避讳举例

南宋《御书石经》大部分保存完整，陈列在今天杭州孔庙中。在《两浙金石志》中，阮元据当时保存的《御书石经》进行了详细的考证，并按当时所存 86 石进行详细描述和考释。在其对《宋太学石经》的考证中，颇具特点的是有关“避讳”的文献考证。

避讳是中国古代重要的文化现象。陈垣先生专有一书《史讳举例》讲历史文献中的避讳情况。按陈垣先生的定义，避讳是中国古代特有的文化习俗，即不能直接书写当代君主或所尊敬的人之名，要用相应办法避免，叫避讳。避讳发端于周代，形成于秦，兴盛于唐宋。其不利的影响是混淆古代文献，如果利用好避讳的规律，可以“解释古书之疑滞，辨别古文书之真伪及时代，及识者便焉”②。各朝各代有各自避讳的特点，研究避讳用于校勘学及考古学的学问就是避讳学。石刻文献也是古代文献的重要内容之一，照例也使用了许多避讳之法。本文主要以阮元在《两浙江金石志》中对《宋太学石经》③ 对文字考释时所举避讳实例来进行梳理，列表分析如下：

① 杜正贤主编：《杭州孔庙》，西泠印社出版社，2008 年。

② 陈垣：《史讳举例》，中华书局，2015 年，第 1 页。

③ （清）阮元撰：《两浙金石志》十八卷附补遗一卷，见《石刻史料新编》第一辑（14）地方类，台湾新文丰出版公司，1982 年，第 10361—10374 页。

表 1 《周易》中讳例

儒家石经出处	文字范围	讳例	讳法	帝号	名讳
《周易》第一石	从"周易上经"起……"志行也。九五休"止。	《乾》:"乾元利貞。"	"貞"缺笔为"貞"	宋仁宗	赵禎
		《乾》:"进退无恒。"	"恒"缺笔为"恒"	宋真宗	赵恒
		《坤》:"君子敬以直内。"	"敬"缺笔为"敬"	宋先祖	赵敬
		《屯》:"盘桓。"	"桓"缺笔为"桓"	宋钦宗	赵桓
《周易》第二石	从《否》"大人吉"起……九三,"日昃之离"止。	《豫》:"殷荐之上帝。"	"殷"缺笔为"殷"	太祖父	赵弘殷

表1《周易》二石中的讳例采用"缺笔"的避讳法,据史料所载,多数情况下缺末笔,此处不缺末笔,"貞"缺第五、第六画。"恒"缺第七画。"敬"缺"口"部,即缺第六、第七、第八画。"殷"缺第六画。此种避讳缺笔法在《御书石经》中使用较为普遍。

表 2 《尚书》中讳例

儒家石经出处	文字范围	讳例	讳法	帝号	名讳
《尚书》第一石	从"顽谗说。若不在时"起……"攸徂之民"止。	《禹贡》:"九江孔殷。"	"殷"缺笔为"殷"	太祖父	赵弘殷
		《禹贡》:"西倾因桓是来。"	"恒"缺笔为"桓"	宋钦宗	赵桓
		《禹贡》:"太行恒山。"	"恒"缺笔为"恒"	宋真宗	赵恒
		《五子之歌》:"奈何不敬。"	"敬"缺笔为"敬"	宋先祖	赵敬
《尚书》第三石	从"武惟朕文考无罪"起……"天降威知我国有"止。	《牧誓》:"尚桓桓。"	"桓"缺笔为"桓"(此处与周易石同)	宋钦宗	赵桓
		《洪范》:"曰貞。"	"貞"缺笔为"貞"	宋仁宗	赵禎

《尚书》第一石、第三石中"殷、敬、贞"的缺笔避讳法与前同,而"桓"有两种方法:一是与前《周易》刻石中的避讳法相同;二是和"恒"一样缺末笔。也就是在同一刻石中,同一字采用不同的缺笔避讳法。

表 3 《毛诗》中讳例

儒家石经出处	文字范围	讳例	讳法	帝号	名讳
《毛诗》第一石	从“周南”起……“报我不述”止。	《卷耳》：“不盈顷筐。”	“筐”缺笔为“筐”	宋太祖	赵匡胤
		《采苹》：“维筐及莒。”	“筐”缺笔为“筐”	宋太祖	赵匡胤
		《摽有梅》：“顷筐塈之。”	“筐”缺笔为“筐”	宋太祖	赵匡胤
		《行露》：“貞信之教兴。”	“貞”缺笔为“貞”	宋仁宗	赵禎
		《殷其雷》：“殷其雷。”	“殷”缺笔为“殷”	太祖父	赵弘殷
《毛诗》第二石	从“送子涉淇”起……“青青子佩”止。	《木瓜》：“美齐桓公也。”	“桓”缺笔为“桓”	宋钦宗	赵桓
		《清人》：“使高克将兵而御狄于竟。”	“竟”缺笔为“竟”	赵氏先祖	赵敬
《毛诗》第三石	从“悠悠我思”……“维子之故。羔裘豹”止。	《溱洧》：“殷其盈矣。”	“殷”缺笔为“殷”	太祖父	赵弘殷
		《鸡鸣》：“故陈贤妃貞女。”	“貞”缺笔为“貞”	宋仁宗	赵禎
		《敝笱》：“齐人恶鲁桓公微弱。”	“桓”缺笔为“桓”	宋钦宗	赵桓
《毛诗》第五石	从“采蘩祁祁”……“我有嘉宾。中心”止。	《鹿鸣》：“又实币帛筐篚。”	“筐”缺笔为“筐”	宋太祖	赵匡胤
		《天宝》：“如月之恒。”	“恒”缺笔为“恒”	宋真宗	赵恒
《毛诗》第六石	从“好之。钟鼓既设”……“我独居忧”止。	《六月》：“以匡王国。”	“匡”缺笔为“匡”	宋太祖	赵匡胤
		《六月》：“四牡既佶。”	“佶”缺笔为“佶”	宋徽宗	赵佶
		《正月》：“忧心慇慇。”	“慇”缺笔为“慇”	太祖父	赵弘殷
《毛诗》第七石	从“毛。取其血膋”……“经营四方。何草”止。	《采菽》：“以礼数徵会之。”	“徵”缺笔为“徵”	宋仁宗	赵禎
		《采菽》：“筐之筥之。”	“筐”缺笔为“筐”	宋太祖	赵匡胤
《毛诗》第八石	从“不玄。何人不矜”……“于时言言。于”止。	《文王》：“维周之楨。”	“楨”缺笔为“楨”	宋仁宗	赵禎
		《文王》：“殷之未丧师。”	“殷”缺笔为“殷”	太祖父	赵弘殷
		《生民》：“恒之秬秠。”	“恒”缺笔为“恒”	宋真宗	赵恒
		《既醉》：“高朗令终。”	“朗”缺笔为“朗”	赵氏始祖	赵玄朗

续表

儒家石经出处	文字范围	讳例	讳法	帝号	名讳
《毛诗》第九石	从“入觐。以其介圭”……“薄言駉者。有驔有”止。	《韩奕》：“为韩姞相攸。”	“姞”缺笔为“姞”	宋徽宗	赵佶
		《常武》：“既敬既戒。”	“敬”缺笔为“敬”	赵氏先祖	赵敬
		《维清》：“维周之祯。”	“禎”缺笔为“禎”	宋仁宗	赵禎
		《武》：“胜殷遏刘。”	“殷”缺笔为“段”	太祖父	赵弘殷
		《良耜》：“载筐及筥。”	“筐”缺笔为“筐”	宋太祖	赵匡胤
《毛诗》第十石	从“骆。有騂有雒”……至末。	《泮水》：“敬明其德。”	“敬”缺笔为“敬”	宋先祖	赵敬
		《泮水》：“桓桓于征。”	“桓”缺笔为“桓”	宋钦宗	赵桓
		《玄鸟》：“宅殷土芒芒。”	“殷”缺笔为“段”	太祖父	赵弘殷

据阮元统计，在《御书石经》中凡遇“匡”“筐”等本字，因避太祖赵匡胤讳，所有均采用缺笔避讳法，但缺笔之法有十分突出的特点，即“匡”字中第二画“竖折”中横画缺笔同时，字中部首“王”中第四画最后一画也缺笔，因“筐”为同音避讳，也照此缺笔。在《毛诗》刻石中“貞”“殷”“慇”“桓”“敬”“楨”等字缺笔避讳法与《周易》刻石中同字避讳法相同，并不是末笔缺笔。本字为“竟”缺第八画。而本字为“恒”“佶”“姑”“朗”“禎”等均为末笔缺笔。

表 4 《中庸》中讳例

儒家石经出处	文字范围	讳例	讳法	帝号	名讳
《中庸》一石	从“必自迩，譬如登高必自卑”……至末。	《第十九章》：“敬其所尊。”	“敬”缺笔为“敬”	宋先祖	赵敬
		《第二十四章》：“国家将兴，必有禎祥。”	“禎”缺笔为“禎”	宋仁宗	赵禎
		《第二十六章》：“久则徵。”	“徵”缺笔为“徵”	宋仁宗	赵禎
		《第二十六章》：“徵则悠远。”	“徵”缺笔为“徵”	宋仁宗	赵禎
		《第二十八章》：“吾学殷礼。”	“殷”缺笔为“段”	太祖父	赵弘殷

《中庸》刻石中本字“敬”“殷”与前述刻石的缺笔避讳相同，本字“禎”与《毛诗》刻石中“禎”字避法相同。本字“徵”缺笔避讳就有两种情况：一是缺第十一画，另一种情况是末笔缺笔。

表5 《春秋左传》中讳例

儒家石经出处	文字范围	讳例	讳法	帝号	名讳
《春秋左传》第二石	从“父之子嘉父。逆晋侯于随”……周内史闻之曰。藏孙”止。	《隐公六年》：“其陈桓公之谓乎。”	“桓”缺笔为“桓”	宋钦宗	赵桓
		《隐公十一年》：“郑伯与战于竟。”	“竟”缺笔为“竞”或作“竟”	宋先祖	赵敬
		《隐公十一年》：“不徵辞。”	“徵”缺笔为“徵”“徵”缺笔为“徵”	宋仁宗	赵禎
		《隐公二年》：“衮冕黻珽。”	“珽”缺笔为“珽”	曾祖	赵珽
《春秋左传》第三石	从“达其有后于鲁乎”……“有宠于庄公。庄公”止。	《桓公二年》：“杞侯来庙，不敬。”	“敬”缺笔为“敬”	先祖	赵敬
		《桓公二年》：“讓事也。”	“讓”缺笔为“讓”	英宗父	赵允讓
《春秋左传》第六石	从“此简书。简书。同恶相恤之谓也。”……其娣生卓子。及将”止。	《僖公四年》：“太僖四年，与屈完乘而观之。”	“完”缺笔为“宀”	宋钦宗	赵桓
《春秋左传》第七石	从“立奚齐。既与中大夫成谋”……“夷吾无礼”止。	《僖公六年》：“昔武王克殷。”	“殷”缺笔为“殷”	太祖父	赵弘殷
		《僖公九年》：“加之以忠貞。”	“貞”缺笔为“貞”“貞”缺笔为“貞”	宋仁宗	赵禎
《春秋左传》第九石	从“恶之。吾闻姬姓”……“以靖国也。靖诸内”止。	《僖公二十六年》：“而匡救其灾。”	“匡”缺笔为“匡”	宋太祖	赵匡胤
《春秋左传》第十一石	从“侯。泰伯。围郑以其无礼于晋”……“以报殽之役。二”止。	《文公元年》：“伐绵訾。及匡。”	“匡”缺笔为“匡”	宋太祖	赵匡胤
		《左传文公元年》“恒在少者。”	“恒”缺笔为“恒”	宋真宗	赵恒

续表

儒家石经出处	文字范围	讳例	讳法	帝号	名讳
《春秋左传》第十二石	从“月。晋侯御之”……“败秦师于令狐。至于”止。	《文公六年》：“让偪姞而上之。”	“姞”缺笔为“[illegible]”	宋徽宗	赵佶
《春秋左传》第十三石	从“刳首。巳丑。先蔑奔秦”……“卫侯会公于沓。请平”止。	《文公八年》：“晋侯使解扬归匡戚之田于卫。”	“匡”缺笔为“[illegible]”	宋太祖	赵匡胤
		《文公九年》：“以懲不恪。”	“懲”缺笔为“[illegible]”	宋仁宗	赵祯
《春秋左传》第十四石	从“晋公还。郑伯会公于棐”……“而使歜仆”止。	“十四年，懲不敬也。”	“懲”缺笔为“[illegible]”	宋仁宗	赵祯
《春秋左传》第十六石	从“晋师救郑”……“夏五月壬申”止。	《宣公十二年》：“无日不讨军实而申儆之。”	“儆”缺笔为“[illegible]”	先祖	赵敬
		《宣公十二年》：“军卫不彻，警也。”	“警”缺笔为“[illegible]”	先祖	赵敬
		《宣公十二年》：“以懲淫慝。”	“懲”缺笔为“[illegible]”	宋仁宗	赵祯
《春秋左传》第十九石	“不通。则是康公绝我好也”……“必楚王也。射而中”止。	《成公十三年》：“以懲不壹。”	“懲”缺笔为“[illegible]”	宋仁宗	赵祯
		《成公十六年》：“十六年不儆。”	“儆”缺笔为“[illegible]”	先祖	赵敬
《春秋左传》第二十石		《成公十七年》：“匡句须吉。”	“匡”缺笔为“[illegible]”	宋太祖	赵匡胤
		《成公十七年》：“声伯梦涉洹。”	“洹”缺笔为“[illegible]”	宋钦宗	赵桓
《春秋左传》第二十一石	从“塋。士鲂。逆周子于京师而立之……晋侯享公。公”止。	《成公十八年》：“匡乏困。”	“匡”缺笔为“[illegible]”	宋太祖	赵匡胤
《春秋左传》第二十二石	从“请属鄫。晋侯不许”……”	《襄公四年》：“可不懲乎”	“懲”缺笔为“[illegible]”	宋仁宗	赵祯
		《襄公八年》：“儆而师徒”	“儆”缺笔为“[illegible]”	宋先祖	赵敬

续表

儒家石经出处	文字范围	讳例	讳法	帝号	名讳
《春秋左传》第二十四石	从“与之邑。其从者皆有赐焉”……“豹自后而击之。范氏之”止。	《襄公二十一年》：“而莫敢不徵。”	“徵”缺笔为“徵”	宋仁宗	赵祯
《春秋左传》第二十五石	从“在台后。栾氏乘公门……我将死其”止。	《襄公二十三年》：“申驱。成秩御莒恒。”	“恒”缺笔为“恒”	宋真宗	赵恒
《春秋左传》第二十六石	从“辛曰。免。是反子之义也”……赋蓼萧。子展相”止。	《襄公二十五年》：“君昏不能匡。”	“匡”缺笔为“匡”	宋太祖	赵匡胤
《春秋左传》第二十八石	从“亦不能对也。乙酉”……“待其立君而为之备。宋公”止。	《襄公二十八年》：“如是者恒有子祸。”	“恒”缺笔为“恒”	宋真宗	赵恒
《春秋左传》第三十一石	从“……赵孟曰。其几何”止。	《昭公元年》：“而徵诸侯。”	“徵”缺笔为“徵”	宋仁宗	赵祯
《春秋左传》第三十四石	“……而乞师于诸侯。王”止。	“十一年，单子会韩宣子于戚。”	“宣”缺笔为“宣”	宋英宗	赵顼
《春秋左传》第三十九石	从“（六）月，晋杀祁盈及杨食我”……“君必逐之。荀”止。	《昭公二十八年》：“吾徵舅氏矣。”	“徵”缺笔为“徵”	宋仁宗	赵祯
		《昭公二十九年》：“颛顼氏有子曰犁。”	“顼”缺笔为“顼”	宋神宗	赵顼
《春秋左传》第四十石	从“（荀）跞以晋侯之命唁公”……“晋人假羽旄于郑”止。	《昭公三十一年》：“徵不义也。”	“徵”缺笔为“徵”	宋仁宗	赵祯
《春秋左传》第四十一石	从“（郑）人与之。明日或旆以会”……“必使子往。他”止。	《定公六年》：“取匡。”	“匡”缺笔为“匡”	宋太祖	赵匡胤
《春秋左传》第四十五石	从“不如死。弃盟逃雠。亦不如死”……“国书，高无平，帅师伐我”止。	《哀公九年》：“吴子使，来儆师伐齐。”	“儆”缺笔为“儆”	赵氏先祖	赵敬

续表

儒家石经出处	文字范围	讳例	讳法	帝号	名讳
《春秋左传》第四十六石	从“及清。季孙谓其宰冉求”……“由弗能。齐简公之在”止。	《哀公十一年》：“使室孔姞。”	“姞”缺笔为“姞”	宋徽宗	赵佶
《春秋左传》第四十八石	从“虐。少待之”……。	《哀公二十七年》：“寡君命恒曰。”	“恒”缺笔为“恒”	宋真宗	赵恒

《春秋左传》因文字内容多，避讳出现的频度也最高。本字为“敬”“儆”“警”“匡”等缺笔避讳法贯穿《御书石经》各刻石始终，均为同一种方法。《春秋左传》刻石中本字为末笔缺笔避讳的字有：竟、徵、珽、讓、完、殷、贞、姞等。在此刻石中，本字“徵”有二种缺笔避讳法：一是末笔缺笔；二是缺第九画。本字为“洹”“桓”“恒”“宣”“頊”避讳缺笔法均与《周易》刻石中所用方法相同。

表6　《论语》中讳例

<table>
<tr><th>儒家石经出处</th><th>文字范围</th><th>讳例</th><th>讳法</th><th>帝号</th><th>名讳</th></tr>
<tr><td rowspan="4">《论语》第一石</td><td rowspan="4">从“第一”……“有反坫。管氏亦”止。</td><td>《学而》：“敬事而信。”
《为政》：“不敬，何以别乎？”
《为政》：季康子问：“使民敬、忠以劝，如之何？”
《为政》：“临之以庄则敬。”</td><td>“敬”改作“钦”</td><td>赵氏先祖</td><td>赵敬</td></tr>
<tr><td>《学而》：“夫子温、良、恭、俭、讓以得之。”</td><td>“讓”改作“逊”</td><td>英宗父懿王</td><td>赵允讓</td></tr>
<tr><td>《为政》：“殷因于夏礼。”</td><td>“殷”改作“商”</td><td>太祖父</td><td>赵弘殷</td></tr>
<tr><td>《八佾》：“起不足徵也。”</td><td>“徵”缺笔为“徵”</td><td></td><td></td></tr>
<tr><td rowspan="2">《论语》第二石</td><td rowspan="2">从“有反坫。管氏而知礼”……“子曰：赤之适”止。</td><td>《八佾》：“为礼不敬。”</td><td>“敬”改作“钦”</td><td>赵氏先祖</td><td>赵敬</td></tr>
<tr><td>《里仁》：“能以礼让为国乎。”</td><td>“让”改作“逊”</td><td>英宗父懿王</td><td>赵允让</td></tr>
</table>

续表

儒家石经出处	文字范围	讳例	讳法	帝号	名讳
《论语》第三石	从"齐也。乘肥马"……"深渊，如履薄冰"止。	《述而》："桓魋其如予何？"	"桓"缺笔为"桓"	宋钦宗	赵桓
		《述而》："得见有恒者，斯可矣。"	"恒"改作"常"	宋真宗	赵恒
		《泰伯》："三以天下讓。"	"讓"改作"逊"	英宗父懿王	赵允讓
《论语》第四石	"而今而后"……"食饐而餲，鱼"止。	《泰伯》："孟敬子问之。"	"敬"改作"钦"	赵氏先祖	赵敬
		《泰伯》："以服事殷。"	"殷"改作"商"	太祖父	赵弘殷
《论语》第五石	从"餒而肉败，不食"……"司马牛问君子，子曰：君子不"止。	《先进》："门人不敬子路。"	"敬"缺笔为"敬"	赵氏先祖	赵敬
		《先进》："子畏于匡。"	"匡"缺笔为"匡"	宋太祖	赵匡胤
		《先进》："其言不讓。"	"讓"缺笔为"讓"	英宗父懿王	赵允讓
《论语》第六石	从"不忠信，行不笃敬"……"血气未定，戒"止。	《卫灵公》："行不笃敬。"	"敬"缺笔为"敬"	赵氏先祖	赵敬
		《卫灵公》："乘殷之辂。"	"殷"缺笔为"殷"	太祖父	赵弘殷
		《卫灵公》："当仁不讓于师。"	"讓"缺笔为"讓"	英宗父懿王	赵允讓

《论语》刻石中讳例使用"改字法"和"缺笔法"，以改字为多。少数本字为"讓""敬""殷""匡""桓""徵"等采用缺笔法，具体缺笔法与前述几种刻石中同。改字法多依古例，本字和讳字之间是同义或近义或同音近音关系，如"恒"改作"常"、"让"改作"逊"、"殷"改作"商"、"敬"作"钦"等。在《论语》第二石中有"公冶长虽在缧絏之中"，是"绁"改作"絏"，此乃沿用唐讳。

表 7　《孟子》中讳例

儒家石经出处	文字范围	讳例	讳法	帝号	名讳
《孟子》第一石	从"不可以敌强，海内之地……则何为不行王？"止。	《梁惠王上》："无恒产，而有恒心者。"	"恒"缺笔为"恒"	宋真宗	赵恒

续表

儒家石经出处	文字范围	讳例	讳法	帝号	名讳
《孟子》第三石	从“今此下民”……从从“辞曰：‘闻戒’故为兵魄”止。	《公孙丑上》：“无辞讓之心。”	“讓”改作“逊”	英宗父懿王	赵允讓
		《公孙丑下》：“君臣主敬。”	“敬”改作“钦”	赵氏先祖	赵敬
		《公孙丑下》：“桓公之于管仲。”	“桓”改作“威”	宋钦宗	赵桓
《孟子》第四石	从“之。子何为不受”……“夫道一而已矣”止。	《公孙丑下》：“周公使管叔监殷。”	“殷”改作“商”	太祖父	赵弘殷
《孟子》第五石	从“成覵谓齐景公曰”……“大哉尧之为君!”止。	《滕文公上》：“有恒产者有恒心。”	“恒”改作“常”	宋真宗	赵恒
		《滕文公上》：“殷人七十而助。”	“殷”改作“商”	太祖父	赵弘殷
		《滕文公上》：“匡之直之。”	“匡”改作“正”	宋太祖	赵匡胤
《孟子》第七石	从“尧舜之道焉。非其义也”……“是天子而友匹夫也”止。	《万章上》：“遭宋桓司马将要而杀之。”	“桓”缺笔为“桓”	宋钦宗	赵桓
		《万章上》：“主司城贞子。”	“贞”改作“正”	宋仁宗	赵禎
《孟子》第八石	从“用下钦上”……“犹人之性与”止。	《万章下》：“用下敬上。”	“敬”改作“钦”	赵氏先祖	赵敬
		《万章下》：“殷受夏。”	“殷”改作“商”	太祖父	赵弘殷
《孟子》第九石	从“告子曰：食色”……“指不若人，则知恶”止。	《告子上》：“则谁敬。”	“敬”改作“钦”	赵氏先祖	赵敬
《孟子》第十石	从“下而去之，仁者固如此乎?”……“舍则失之，是有求益于”止。	《告子下》：“则有讓。”	“讓”改作“责”	英宗父懿王	赵允讓
		《告子下》：“桓公为盛。”	“桓”改作“威”	宋钦宗	赵桓
		《告子下》：“敬老慈幼。”“迎之致敬。”	“敬”改作“钦”	赵氏先祖	赵敬
		《告子下》：“同人恒过。”	“恒”改作“常”	宋真宗	赵恒
		《告子下》：“徵于色。”	“徵”改作“正”	宋仁宗	赵禎

续表

儒家石经出处	文字范围	讳例	讳法	帝号	名讳
《孟子》第十一石	从“曰舜为天子”……“是为冯妇也。晋人有冯”止。	《尽心上》：“爱而不敬。”	“敬”改作“钦”	宋先祖	赵敬
		《尽心下》：“武王之伐殷也。”	“殷”改作“商”	太祖父	赵弘殷
		《尽心下》：“能讓千乘之国。”	“讓”改作“逊”	英宗父懿王	赵允讓

《孟子》刻石中以改字为主，谨遵古例，本字和讳字之间为同义、近义或同音近音关系。缺笔本字有“恒”“桓”两字，讳法与前述刻石中相同。

以上是南宋《御书石经》经阮文达所整理的《周易》《尚书》《毛诗》《春秋左传》《中庸》《论语》《孟子》七经刻石中所碰到避讳字例，因当时采用繁体字，所以，在排比列表过程所举本字和讳字均依繁体字为准。

三、宋代避讳惯例：规范与严谨

南宋《御书石经》主要内容为儒家经典，阮元所举的讳例主要是南宋高宗以前宋赵氏帝王及其先祖的名讳，所涉及的有宋太祖匡胤、始祖玄朗、曾祖珽、祖敬、父弘殷、真宗恒、仁宗禎、英宗曙、英宗父懿王允讓、神宗頊、徽宗佶、钦宗桓等。现综合分析如下：

1. 根据陈垣先生所指出避讳常用方法有“改字”“空字”和“缺笔”① 三种。

（1）改字就是直接将所讳之名换字表述，如《史记秦始皇本纪》：“二十三年，秦王复召王剪使将击荆。”本字为“楚”，“楚”为秦王父名，因改字“荆”而避讳；又如“讳邦之曰国”是避高祖讳而改字。“改字”的方法本字与讳字之间是同义或近义或同音音近的关系。《南宋御书石经》中只有《论语》刻石和《孟子》刻石采用此法，改字的具体方法秦汉以来的避讳例子中也能找到出处和依据。

---

① 陈垣：《史讳举例》，中华书局，2015 年，第 3 页。

(2)“空字”的方法，就是碰到避讳，便空而不书。根据阮元所提供的材料，《南宋御书石经》中避讳没有采用此法。

(3) 避讳缺笔的方法。经陈垣先生考证自唐代以后才有此避讳方法。我们在《学林》《齐东野语》中所举的避讳例子中尚未有唐以前缺笔避讳的例子。缺笔即缺本字中某一笔画。阮元所举《御书石经》中的避讳方法以“缺笔”法使用较多。具体的缺笔方法在《御书石经》中有也有不同的方法，在具体的事例中难以找到统一标准和规律，可能与书写者的习惯有一定的关系。

2. 关于避讳，有“碑文避讳，汉人最宽，宋人最谨”① 之说，从本文所举例分析的讳例分析中可见一斑。宋代避讳要求严格，洪迈《容斋随笔》称：“本朝尚文之习大盛，故礼官讨论，每欲其多，庙讳遂有五十字者。举场试卷，小涉疑似，士人人辄不敢用。一或犯之，往往暗行黜落。方州科举尤甚，此风殆不可革。”②试想古代士子在参加科举考试时必须对避讳的规矩了解于胸，否则名落孙山不说，更有可能遭受文字之狱。秦汉以来避讳之风严格，对此《学林·名讳》有进一步的说明：

周之时文，文则事备，故有讳而不酷讳也。秦汉以来，文乎文者也，文乎文则多事，多事则疑，疑则为之防也密矣。此则所以酷讳之矣。③

宋代避讳的风俗反映在石刻文献中也是非常严格。叶昌炽引王昶《金石萃编》曰：

诸讳之见于宋人墨迹、宋刻书籍、碑文法帖者，惟匡、胤、敬、宏、殷、恒、禎、曙、桓、构、眘等字，最为显著。近世有宋迹、宋椠流传，往往以此数字有无缺笔定其真赝。当时避讳之法不一，本字缺笔或改用他字，固无

---

① (清) 叶昌炽撰，柯昌泗评；陈公柔、张明善点校：《语石 语石异同评》，中华书局，1994年，第524页。

② (宋) 洪迈著，鲁同群、刘宏起点校：《容斋随笔》，中国世界语出版社，1995年，第353页。

③ (宋) 王观国撰，田瑞娟点校：《学林》，中华书局，1988年，第80页。

论已。①

其实，宋代文献中所反映的避讳主要还是针对宋代帝王的名讳，文献中碰到此种情况毫无疑问要进行避讳，同时，与帝王名讳同音也要进行避讳。为此，根据绍定《礼部韵略》“淳熙重修文书式”② 列出有宋一代帝王名讳凡是碰到以下文字均需要进行避讳，如：

赵氏始祖　玄朗（卢党切）悢烺狼阆浪等二十字。

宋太祖　匡（去王切）筐眶恇劻迋等十八字。

宋太祖　胤（羊晋切）酳靷引等十七字。

宋真宗　恒（胡登切）峘姮等四字。

宋仁宗　祯（陟盈切）桢贞侦徵旌癥等十三字。

宋英宗　曙（常恕切）署抒藷薯树（殊遇切）竖澍赎属等二十六字。

宋神宗　顼（呼玉切）旭勖等七字。

宋徽宗　佶（极乞切）姞郅鲒（其吉切）咭等十一字。

宋钦宗　桓（胡官切）完洹綄纨皖等十九字。

从以上所举的例子中，我们可以找到《南宋御书石经》中避讳的依据，能够知其然而所以然。

3. 从《南宋御书石经》中《周易》《尚书》《毛诗》《中庸》《春秋左传》和《论语》《孟子》分别采用“缺笔”“改字”及“缺笔”并用的避讳法，也可证明前面五经和后面两经书写者的不同，事实是前面五经乃宋高宗赵构所书写，而后面两经是宪圣皇后吴氏所书写。

综上所述，南宋《御书石经》的讳例反映出避讳之俗到了宋代已愈加规范和严谨。这也就是宋人所说的“酷讳”。就避讳的功用和效果来讲，三种避讳的方法，“空字”在后世越少使用，因为这种方法会给准确掌握文献内容带来一定的

① （清）叶昌炽撰；柯昌泗评；陈公柔、张明善点校：《语石 语石异同评》，中华书局，1994 年，第 522 页。

② 陈垣：《史讳举例》，中华书局，2015 年，第 213 页。

难度，而“改字”之法的影响次之，“缺笔”之法，既能达到古代避讳制度的要求，又能让后来者（读者）清晰地把握文献的意义。因此，我们不难发现避讳之法自周代始，历经秦汉、唐宋，向规范和相对科学实用的趋势发展。这也就是“缺笔”避讳法在《御书石经》中为何广泛运用的原因。

四川泸州方言“跟”的多功能性及其语法化①

□王怡瑶

【摘要】 四川泸州方言中的多功能语素“跟”可以做动词、介词和连词，其中做动词表示“给予”义的用法在汉语方言中极少见。文章在讨论“跟”语义演变路径的基础上，深入分析了“给予”动词“跟”的来源，一是与持拿义动词“拿”具备一定程度的给予义有关，二是与与格介词的逆语法化现象有关。

【关键词】 泸州方言；“跟”；多功能性；语法化

在汉语方言中，“跟”是一个多功能语素，诸多方言区都有“跟”的不同用法。专文探讨“跟”的多功能性的有金小栋和吴福祥②、刘燕③、唐浩④、李炜

① 作者简介：王怡瑶（1995—），女，四川泸州人，西南大学文学院硕士研究生，主要从事汉语方言语法研究。

② 金小栋、吴福祥：《汉语方言多功能语素“跟”的语义演变——兼论“跟随/伴随”义语素的几种语义演变模式》，《语文研究》2018 年第 3 期。

③ 刘燕：《湖南新邵巨口铺镇方言虚词“跟”“拿”的语义分析》，《现代语文》2008 年第 9 期。

④ 唐浩：《处置标记“跟”源自受益者标记的方言补证》，《淮海工学院学报（人文社会科学版）》2017 年第 9 期。

和和丹丹①、华晓露②、胡云晚③等。其中金小栋和吴福祥对方言中“跟”的功能进行了全面考察，关注“跟”的特殊用法，讨论了“跟”在汉语方言中的语义演变路径，具有类型学上的意义。

四川泸州方言属西南官话灌赤片岷江小片④。泸州方言的“跟”［gən⁴⁴］除了可以做“跟随”义动词外，还可以做动词（表“给予”）、介词（表“伴随”“人物方向”“人物源点”“关联”“平比”“比拟”“受益者”“受损者”“接受者”）以及连词（表“并列”）⑤。金小栋、吴福祥⑥归纳了汉语方言中“跟”的功能约有22种，泸州的“跟”除了做“给予”动词这一功能以外，其他功能均在该文归纳的范围内。吴福祥提出，汉语和很多东南亚语言都存在着与格介词＞给予动词的逆语法化现象，四川泸州等少数西南官话中“跟”的“给予”义正是由此发展而来，即“与格介词（或受益介词）＞给予动词”⑦。

但该文对“与格介词（或受益介词）＞给予动词”这一过程只谈到了“汉语与格介词和给予动词之间在概念意义和句法行为上都非常接近”，并未详细阐述该过程的具体实现条件。并且根据笔者的语感与实地调查，泸州话的给予动词“跟”和“拿跟”这一说法关系密切。我们认为“跟”在泸州话中“与格介词（或受益介词）＞给予动词”的实现经历了“拿跟”作中间状态，这一点是吴文中未提及的。因此，本文将对泸州话“跟”的多功能性进行描写，厘清其语法化过程，并着重探讨给予动词“拿跟”与“跟”的使用情况与演化路径。

---

① 李炜、和丹丹：《清中叶以来北京话的“跟”及相关问题》，《安徽大学学报（哲学社会科学版）》2010年第6期。

② 华晓露：《析津市方言中的介词“跟”》，《湖南医科大学学报（社会科学版）》2008年第5期。

③ 胡云晚：《洞口方言的介词“帮$_1$”、“等$_1$”、“跟$_1$”、“替$_1$”和“捉$_1$”》，《韶关学院学报》2007年第5期。

④ 黄雪贞：《西南官话的分区（稿）》，《方言》1986年第4期。

⑤ 依据金小栋、吴福祥（2018）的分类。

⑥ 金小栋、吴福祥：《汉语方言多功能语素“跟”的语义演变——兼论“跟随/伴随”义语素的几种语义演变模式》，《语文研究》2018年第3期。

⑦ 吴福祥：《汉语方言中的若干逆语法化现象》，《中国语文》2017年第3期。

一、“跟”的多功能用法

（一）动词“跟”

1. 表跟随

（1）你走前头，我在后头跟“倒”你就是。（你走前面，我在后面跟着你就好。）

2. 表给予

可以单独使用，也可以和“拿”连用，组成“拿跟”同样表示给予义。例如：

（2）这个东西哪个跟给你的哦？（这个东西谁给你的啊？）

（3）那天走他们家去，水都没跟我们喝口。（那天去他们家，水都没给我们喝一口。）

（4）等材料都拢齐了再跟钱。（等材料都到齐了再给钱。）

（5）同学拿跟给我本书。（同学拿给我一本书。）

（二）介词“跟”

1. 表伴随

（6）我跟我们妈去走人户。（我跟我妈去走亲戚。）

（7）他跟我一路回去。（他跟我一起回去。）

2. 表人物方向

（8）他刚刚跟你打了声招呼，你没听倒啊？（他刚刚跟你打了声招呼，你没听到吗？）

（9）老师教他们，升旗的时候少先队员要跟国旗敬礼。（老师教他们，升旗的时候少先队员要给国旗敬礼。）

3. 表人物源点

（9）剪纸是我跟老师学嘞。（剪纸是我跟老师学的。）

4. 表关联

(10) 听倒说那个老太婆跟他们家还是有点儿亲戚关系。(听说那个老太婆跟他们家还是有点亲戚关系。)

(11) 事情跟你没得关系就不要管。(事情跟你关系就不要管。)

5. 表平比

(12) 她们是对双双儿双胞胎，妹妹跟姐姐长得多很像。(她们是对双胞胎，妹妹跟姐姐长得很像。)

(13) 王双跟他们老汉儿爸爸脾气一样犟，恼火得很。(王双跟他爸爸一样脾气犟，让人很不省心。)

6. 表比拟

(14) 老师说我们下课闹得来跟闹山麻雀儿一样。(老师说我们下课闹得像闹山麻雀一样。)

(15) 那个娃儿脸圆墩儿了，跟个包子一样。(那个小孩子脸很圆，像一个包子。)

7. 表受益者

(16) 衣服老汉儿跟我洗干净了。(衣服爸爸给我洗干净了。)

(17) 我跟外婆买了件衣裳。(我给外婆买了件衣服。)

8. 表受损者

(18) 跟我把柜柜翻得乱糟了。(给我把柜子翻得太乱了。)

(19) 我那个娃儿恼火，一天到黑跟我找些事来干。(我那个孩子〈让我〉生气心烦，一天到晚给我找麻烦。)

9. 表接受者

(20) 作业要按时交跟老师。(作业要按时交给老师。)

(21) 借跟她二十块钱。(借给她二十块钱。)

(三) 连词“跟”

连词“跟”表示并列，例如：

（22）我跟他都是六中毕业嘞。（我和他都是六中毕业的。）

（23）电脑跟书一下一起拿过来。（电脑和书一起拿过来。）

“跟”在泸州话中有十二种用法，在汉语方言中并不算太多，大部分功能在方言中都比较常见，也没有超出金小栋、吴福祥①归纳的范围。泸州话中“跟”除动词义以外的语义演变路径如图1所示，具体演变情况详见金文，此处不赘述。

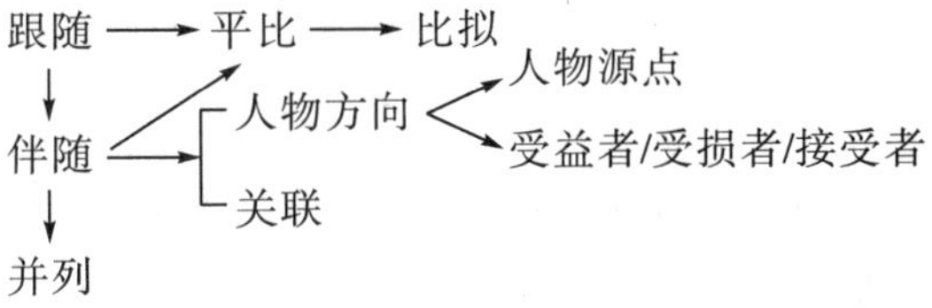

图1　“跟”的语义演变路径（不包含动词义）

二、“音变说”的局限性

泸州话中“跟”的给予动词用法以及部分介词用法和北方官话的“给”相差无几（包括宜宾江安、贵州毕节），所以有部分观点认为这个给予义的“跟”只是“给”的音变，并且在处理表示给予义的“跟”时，也直接用“给”表示。

从音韵地位来看，“给”的韵母不会演化出“跟”这样的鼻韵母。并且泸州话中只用“跟”不见“给”，“跟”除动词义外有一条完整的语义演变路径，所以笔者认为泸州话中的“跟”不是北方官话“给”的音变，而是“跟”的一个义项。北方官话中表示给予义的“给”是从给予动词义发展出与格介词、受益介词、处置介词和被动介词的用法，而泸州话中“跟”的与格介词、受益介词用法则经历了“跟随—伴随—方向—受益”的演变路径，并不遵循“给”的演化路径，由此可见是经历了一种特殊的语义演化方式。

① 金小栋、吴福祥：《汉语方言多功能语素“跟”的语义演变——兼论“跟随/伴随”义语素的几种语义演变模式》，《语文研究》2018年第3期。

三、“拿”与“跟”

（一）“拿”的给予义

张敏研究了南北方言中双及物结构的差异，其中谈到给予义动词“与”从宋代开始走向衰微后，北方话兴起了“给”来充当给予义动词，而南方话①则由于地理、历史原因未受“给”的大范围影响，加之南方话动词带宾语之后再带一个方所介宾结构的句法格式影响，南方话多使用持拿义动词做主要动词的介宾补语式结构，表达“拿某物到某人”，如“拿”“把”“担”“驮”“畀”“擎”等②。原本表示持拿义的“拿”，和“给予”义有语义上的相适宜性，因为经过人的“持拿”是交付、给予某物的一个很重要的方式，而交付、给予某物也是“持拿”的主要目的之一，因此用“拿某物到某人”表达给予义有语义上的可行性。

泸州话中也常用“拿某物到某人”表示物件的转移、交付，由于持拿义动词本身不具有（+物质转移）的语义特征，要想表达给予义只能通过后加介词引进动词所涉及的对象，来表示动作施加的方向，即形成“$V_{持拿}+O_{受事}+prep._{与事}+O_{与事}$”的句法结构，从而实现动作对象的转移。而“跟”是泸州话里的与格介词，所以“拿”必须和“跟”组合才能表达“拿某物到某人”的含义。例如：

（24）奶奶拿糖跟我。（奶奶拿糖给我。）

（25）走人户我拿两百块跟他们就差不多了。（走亲戚我拿两百块给他们就差不多了。）

持拿义动词在这样的句子里很容易分析成给予义动词，因为这一句法结构传达的就是给予义，而持拿义动词和给予义动词出现的句法位置一致，所以当持拿

① 该文的“北方话”指的是北方除江淮、西南官话以外的北方的官话加上晋语。“南方话”指的是各东南方言、南方官话以及南方地区系属不明的土话。

② 张敏：《汉语方言双及物结构南北差异的成因：类型学研究引发的新问题》，《中国语言学集刊》2011 年第 2 期。

义动词长期使用在这一结构中，就有具备“给予”义的可能。例如：

（26）哪个拿的糖？（谁给的糖？）

奶奶拿的。（奶奶给的。）

（27）上次去走人户，你拿了好多钱？（上次走亲访友，你给了多少钱？）

就“拿某物到某人”这个语义，在口语对话中，有时会话双方会出于实际的交际环境而省略动作的间接宾语，如上述例（26），省略了奶奶给糖的对象“我”，例（27）省略了给份子钱的对象“他们”。当“给予”动作的间接宾语不在句中出现的时候，自然就不会出现引介间接宾语的介词“跟”，因此这些句子里的“拿”在句中由于句式的关系，可以认为具备了一定程度上的给予义。例（26）和例（27）中的“拿”在泸州话里，也无法完全理解成“持拿”“拿出”这样纯粹的“拿”本身的含义，而更多理解为“给予”“交付”。

（二）“跟”的给予义

吴福祥指出汉语方言里存在几种逆语法化现象，并从三个大方面分析出现这种现象的原因，即“话语规约”“形态类型”“句法类型”，归根结底在于汉语的“整体类型学特征”所致①。在讨论“与格介词＞给予动词”时，该文提到现代汉语的“介词”本质上是一种过渡性句法范畴，只要具备合适的语义和句法条件，介词有可能重新分析为动词。学界普遍认为介词和动词关系密切，二者具有衍生关系和大面积的兼类现象。石毓智认为介词跟动词的本质区别是它们用做次要动词的使用频率上的差异，“经常用做次要动词”是动词向介词发展的一个重要条件②。总而言之，动词与介词之间的演变是一个连续统，很多被定性为动词与介词之间的“兼类词”正是处于这个连续统的中间阶段。这不仅为动词向介词的演化提供了可能，也为介词向动词的“流动”提供了可能。我们认为这是泸州话的介词“跟”能发展出动词义的一个前提条件。

① 吴福祥：《汉语方言中的若干逆语法化现象》，《中国语文》2017年第3期。

② 石毓智：《语法化理论：基于汉语发展的历史》，上海外语教育出版社，2011年。

那么泸州话里“跟”的给予动词功能是在什么“合适的语义和句法条件”下发展出来的呢?

首先从语义上来说，吴福祥指出“给予”义和“与格介词”的含义基本相同，普通话中的“给”也是兼具给予动词和与格介词的用法①。我们认为，这是泸州话的介词“跟”能发展出动词义的一个基本语义条件。吴文使用的“与格介词”的概念范畴似乎指的是金小栋文章里所界定的“跟”做介词表“接受者”的用法，不包括做受益介词的用法，原文也提到不排除西南官话“跟”的给予动词功能来自受益介词。在泸州话中，“跟”除了“跟随”义动词的用法外，最常用也是功能最多的就是做介词，其中也有表“接受者”和“受益者”的介词用法，我们认为受益介词和与格介词都可以发展出给予动词的用法。本身在“跟”的语义演变路径上，“受益者”和“接受者”都是由“人物方向”发展而来的，二者处于同一层面，其含义均与“给予”义基本相同，表示人对物体的传递，使某人得到某物。

其次从句法条件上来说，吴福祥在上述文章中讨论临武土话“挨”时，认为当与格介词“挨”所在句子的VP省略时，“挨”很容易被重新分析为给予动词。一方面，我们认为泸州话的“跟”的“给予”义的产生也可能有相同的原因；另一方面，则可能和“拿跟”的使用有关系。前文已说明，“拿”已具备一定程度的给予义，因为不是完全意义上的给予动词，例如泸州话不能说“老师拿我一本书”来表示“老师给我一本书”，“拿”无法像完全意义上的给予动词“给”一样在句中使用时同时出现受事和与事成分。“拿”只是在一定程度上具备给予义，那么当引进与事者或者受益者时，“拿”还是会和介词“跟”连用，才能像一个真正的给予动词那样使用，例如：

(28) 哪个拿跟你的糖?(谁给你的糖?)

奶奶拿跟我的。(奶奶给我的。)

---

① 吴福祥:《汉语方言中的若干逆语法化现象》,《中国语文》2017年第3期。

(29) 上次去走人户，你拿跟他们好多钱？（上次走亲访友，你给他们多少钱?）

由于“拿”和“跟”的紧密结合以及长期连用，“拿”已具备了一定程度的给予义，而“跟”的介词用法和给予义存在意义上的相适宜性，所以“跟”就可能会受到“拿”的语义感染，从而沾染“拿”的给予义。由于“给予”义和“持拿”义之间存在意义上的关联，加之泸州话中的“拿”并未成为一个完全意义上的给予动词，那么“拿跟”在一定程度上仍然反映出所在句子的“给予”义是经由“持拿某物再转移”而来的。因此，我们认为“拿跟”在长期用作给予动词的过程中会发生这样的演变：在句子核心表达“给予”义的情况下，当不强调“给予”的普遍经由方式（“持拿”）时，便会省略“拿跟”中的“拿”，那么原“拿跟”的“给予”义则全部由“跟”负载。例如：

(30) 哪个跟你的糖?（谁给你的糖?）

奶奶跟我的。（奶奶给我的。）

(31) 上次去走人户，你跟他们好多钱?（上次走亲访友，你给他们多少钱?）

我们认为“跟”的这种语义感染的实现必定和“拿跟”有关，如果仅仅是与格介词（或受益介词）“跟”和其他动词连用，并不能让其中的介词“跟”简单逆语法化为给予动词“跟”，比如例（20）的“交跟”和例（21）的“借跟”，“跟”在其中的使用情况和“拿”连用时不一样。泸州话里“奶奶拿跟我的糖”和“奶奶拿的糖”以及“奶奶跟我的糖”传递的核心意思是一样的，但是“借跟他二十块钱”和“跟他二十块钱”意义完全不同，“作业要按时交跟老师”更不能说成“作业要按时跟老师”。

综上所述，泸州话的“跟”能产生给予动词用法，是语义和句法条件相互作用的结果。因为有了“拿”某种程度的给予义的产生，同与格介词“跟”在句法上的连用，加之与格介词具备发展出给予动词义的可能性，才使得“跟”能够用做给予动词。加上给予动词后，“跟”的语义演变路径如图 2 所示。

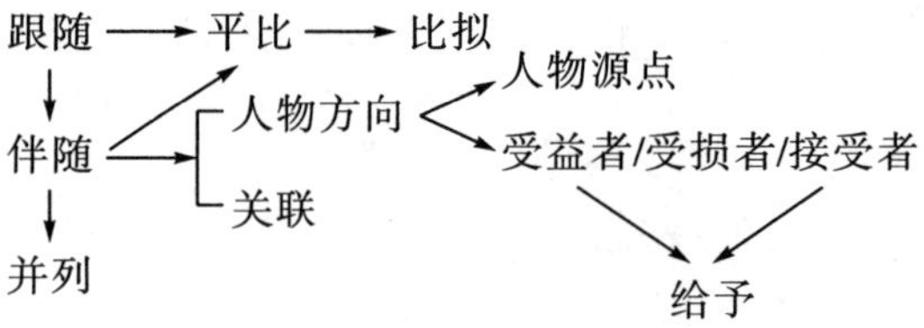

图 2　“跟”的完整语义演变路径

四、关于“拿跟”与“跟”的再思考

源于持拿义的给予动词多见于南方方言区，既有单音节的，也有和“拿跟”一样双音节的，例如：

(32) 祁阳：我把本书把你。我给你一本书。(我给你一本书。)①

(33) 涟源湄江：剩得咯钱拿□［sɔ³¹］哪个？拿□［sɔ³¹］老爷子/拿□［sɔ³¹］我。(剩下的钱给谁？给爸爸/给我。)②

(34) 涟源桥头河：那本书我早就拿哈佢哩。(那本书我早就给了他。)③

(35) 崇阳：十块钱把得小刘了冇。(十块钱给小刘了没?)④

(36) 崇阳：恩把钱了冇？把了。(你给钱了没？给了。)⑤

(37) 綦江：手机拿我。(手机给我。)⑥

上述例句中的双音节给予义动词都是由“持拿义动词＋与格介词”演化而来。之所以只在极个别地区有“跟”做给予动词的用法，我们认为首先是因为在这些地区没有“给”的使用，然后促使了“拿某物到某人”的相关句式的产生，

① 李维琦：《祁阳方言研究》，湖南教育出版社，1998 年，第 120 页。

② 吴宝安、邓葵：《涟源方言的“拿”字及其相关句式》，《湘潭师范学院学报》2006 年第 6 期。

③ 陈晖：《涟源（桥头河）方言的被动标记》，《汉语方言语法研究和探索——首届国际汉语方言语法学术研讨会论文集》2003 年 12 月。

④ 祝敏：《崇阳方言的“把得”被动句》，《华中学术》2018 年第 1 期。

⑤ 祝敏：《崇阳方言的“把得”被动句》，《华中学术》2018 年第 1 期。

⑥ 许靖：《綦江方言中“拿”的多功能用法及语法化》，《郑州航空工业管理学院学报》（社会科学版）2020 年第 3 期。

持拿义动词和与格介词（“拿跟”）得以连用，其次就是“拿”的脱落。大至西南官话，小至四川官话，大部分地区都使用“给”来表示给予，因为既有给予动词“给”的强势作用，“拿”无法取得给予义，因此也不存在脱落“拿”而单独使用“跟”。相对“音变说”，这一点很好地解释了为什么在四川官话中，只有极个别地区的“跟”具备给予动词用法而非普遍性的演变。

五、结语

本文在前人基础上讨论了泸州方言中“跟”的逆语法化演变，即“与格介词>给予动词”，并从语义和句法条件上进行了详细解释。文章主要认为泸州话中“跟”的给予动词用法不仅是因为与格介词和给予动词在语义和句法上的相适宜性，也和泸州话中给予动词的缺失而使用持拿义动词表达给予义密切相关，只有经历了“拿＋受事宾语＋跟＋与事宾语”到“拿＋跟”再到“跟”，与格介词“跟”演变为给予动词“跟”才具备了基础。

史料·翻译

舒新城日本考察日记①

□徐　强/整理

舒新城（1893—1960），原名玉山，学名维周，字心怡，号畅吾庐，曾用名舒建勋，湖南溆浦人。中国现代杰出的出版家、教育家。15 岁入学溆浦县立高等小学，1917 年毕业于湖南高等师范学校，后在省内教育界任教、办刊。1920 年任吴淞中国公学中学部主任。1923 年任南京东南大学附中研究股主任，推行道尔顿制，并赴各地讲演，编撰《道尔顿制研究集》和《近代中国教育史料》，名噪教育界。1923 年加入“少年中国学会”。1924 年 10 月，应吴玉章之邀，赴成都任高等师范学校教授。1925 年返南京专门从事著述。1928 年，应中华书局总经理陆费逵之聘，任《辞海》主编。1930 年起，任中华书局编辑所所长兼图书馆馆长，全力主编《辞海》。中华人民共和国成立后，曾当选为全国人大代表、政协上海市委员会副主席、《辞海》编委会主任委员。1957 年 9 月 17 日，毛泽东在上海接见舒新城，勉励他在中华书局设立编辑部，以先修订《辞海》为基础，然后再搞百科全书。1958 年出任辞海编辑委员会主编，主持《辞海》修订工作。1960 年 11 月 28 日，舒新城在上海病逝，享年 67 岁。

作为一代辞书编纂大师，舒新城个人著述也十分宏富，除上举外，还有学术著作《现代心理学之趋势》《近代中国留学史》《教育通论》《人生哲学》《中华百

① 整理者简介：徐强，山东诸城人，文学博士，东北师范大学文学院教授、博士生导师，新文学手稿文献研究中心主任。从事文学理论、文艺文献等领域的教学与研究。

科辞典》《近代中国教育思想史》；散文《蜀游心影》《漫游日记》《故乡》《狂顾录》，通信集《十年书》。他还是中国摄影史上的一位先行者，著有《摄影初步》《晨曦》《习作集》和《美的西湖》等。

舒新城从12岁起记日记，早年偶有中辍，1927年后直至逝世，基本连贯。现存舒新城日记起于1909年5月19日（上海辞书出版社影本标为1908年，系定年有误），讫于1960年9月30日。这些日记历经波折，1980年，由其夫人刘济群捐赠上海辞书出版社珍藏。该社于2013年12月将其影印出版，共34卷，约400万字。

舒新城日记内容丰富，几乎是一部现代史的缩微。国家大事、社会生活、学术活动、友朋往来、家庭大事，都有所反映。舒新城一生服务于文化、出版、学术事业。他长期任职的中华书局为现代出版事业重镇，影响中国现代文化甚巨。舒新城日记是研究现代文化史的宝贵史料。

舒新城日记不但对于研究舒新城本人是最重要的第一手资料，而且因为舒新城的特殊位置，使得他在现代文化圈中交游广阔，日记中涉及众多文化名人，如张元济、梁启超、陆费逵、王云五、李劼人、郭沫若、左舜生、朱自清、叶圣陶、徐悲鸿、恽代英、茅盾、郁达夫、田汉、周谷城、朱自清、郑振铎、陈毅、柯庆施、钱歌川、刘大杰、巴金、潘汉年、赵超构（林放）等，对于现代人物史事的研究有着极为重要的参阅价值。舒新城书法造诣精深，影印本日记自有其艺术欣赏价值。但从史料价值之发挥来看，因为印数稀少、行草书难以辨认、存在错简、相当多内容缺乏标点等原因，影印本《日记》和一般研究者之间仍存在巨大障壁，使得这座史料宝库仍处于半沉睡状态。

近年来，笔者致力于这部日记的整理，已经取得较大进展。全整理本将由中华书局推出。今应《后学衡》邀约，选出1930年舒新城随中华书局代表团赴日本考察现代出版业的一部分日记先行刊发，以飨《后学衡》读者。舛误之处恳请读者指正。

附带说明一点，本段日记手稿中有多处勾抹修正，多系若干年后作者为选编旅游日记以备出版时所为，整理本以脚注方式一一描述。目前的发表本为篇幅所限，脚注暂行删略。

九月十二日 星期五

晴。今日起行去日本。

早七时，公司卡车即来车行李，因系短期考察，故仅携衣物数件，装成两箱。

七时三刻，钱歌川夫妇来。此行共七人，陆费伯鸿夫妇及其长儿铭中，王瑾士、李暮、歌川及我，李与歌川均任翻译，歌川夫人为送行也。八时由家出发，菊亦陪送至汇山码头。八时二十分到，协恭、锡山、子艺、瑾士等均先在，未几李亦到。当为摄电影数尺。八时三刻，伯鸿等始到。九时开行。

船起程时，留声机奏西洋乐曲，用无线电机放音乐。送者行者各持彩纸曳长数丈至十余丈，直至船行纸尽，再扬巾扬帽各与亲友道别以至于彼此形影不见而后已。此情此境，日日演于黄浦江头，但菊与我尚为初尝也。摄电影十余尺。

船名上海丸，与长崎丸为日本邮船会社，航行神户、上海间最远之二船，各五千余吨，今日午前九时起行，明日午前十二时到长崎，后日下午三时半即到神户。

船虽不大，设备还好。头二两等舱在第二层。头等每室一、二、三、四、五人不等，三等自十八人至三十余人。第三层少数客室外，为吸烟室、社交室，均有书报纸笔。食堂在第二层，可容百数个人。此次客人不多，全船不过百余人。每日两餐三顿，茶一次。小孩则有保姆照料沐浴饮食等事。三等日人几占十之九以上。

船出长江口后，风浪渐大，十二时后，西风迎面而来，船之颠簸达五尺以上，同行者均未晚餐，瑾士、敬勤（伯鸿夫人）并呕吐。午后三时起，即卧居室中，六时半见海上落日甚美，起而摄影数张。夜虽就睡，但又热摇颇不舒服。不过在同行中，以我为最好。

十三日 星期六 晴

早七时，伯鸿即来室催起床，谓海景甚好。起至休息室稍坐，即早餐。饭后眺望海景，略似舟山，盖群岛隐堤，石礁矗立，已入日本了！自长崎海口至门司，均为日本要塞地带，不许摄影，故仅能眺望而已。

从上海至日本内海后，即用日本标准时，故提早一小时，故早起看表为七时，船上已为八时了。内海多港，故船行平稳，有如在长江河中。照常例，午前十一时半可到长崎，因昨夜逆风，故下午一时半始到。到时，同人均上岸乘人力车闲逛，至四时半方返。

长崎依山开埠，蜿蜒如蛇。其形势《赴日游历指南录》赖山阳一诗，很难描绘近真，转录如下：

一分是海二分山，夹海山为碧玦湾。

官楼蛮馆家万户，高低山色海光间。

人力车在日本惟乡间及小埠有之。长崎商业虽很发达，但还不能列于日本大都市之林，所以人力车还是与汽车同时通行。车轮大而车身高，轮较上海者至少高大三分之一，故推行甚慢，取价一定，每小时日金八角，故我们七人游三小时，共车费十五円。

初到大德寺，寺依山建立，已数百年。献礼者不少，惟仅行礼布施，不烧香烛。寺外有通天阁，日人而营中国料理（菜馆）之商店，瑾士因病未午餐，趋入小食。久等不出，乃并上楼，则一切均日本式，惟菜味略似我国。每筷之中□一牙签，以纸裹之，纸上有签语一以卜吉凶。二时去崇福寺，寺为我国人所修，内有施粥大铁锅一，直径近丈。三时去诹访神社，为日本国家神社，依山延半里，旁有公园及图书馆，我们饮茶其间，远眺海景山色，风光极好，只惜不能摄影。四时下山，在轮埠购现成照片数十张。五时起程赴神户。伯鸿之帽在岸遗忘，起椗后电长崎警察代寻。

此行有数事可记：

一、车夫七人，每游一处，有一人为向导，对于各处情形指示甚详，而态度极甚谦逊，对于各地之历史与特点尤能提纲挈领，择要说明。到诹访神社由前门进后门出，引导者之空车由其同伴代为拉去，我们杂物，也由他们代为保管。且在途中休息，有两人手不释卷，阅览晚报及杂志。教育之普及可以想见。

二、在诹访神社下，见一乘脚踏车者，因让我们的人力车驶入学生群中，将一年约十五六岁之学生撞着：该生衣服虽被污，但并不生气，只回头望着，乘车者则依车向之行礼，该生答之，略无争执，各自前行。

三、日商人待顾客礼貌极周，一进店门便叫欢迎。无论何物，可以自由翻阅，乃至不购一物，出门时店员亦必行礼说“多谢”，非如我国人之轻藐无礼。到埠交付车钱时，各车夫亦均鞠躬为礼，全无争持。

十四日　星期日

上午晴，下午雨。

午前船过下关后，风景甚佳，经过岛滩甚多，名称不能尽记，亦不能尽举。据《指南》所载如下：

> 船过马关出门之后，风景渐入佳境：先过国防滩、伊豫滩，复过来岛。来岛系濑户内海最狭之地，两旁高山耸立，最大最快之轮船，亦须以最慢速力，牛步通过，颇觉另有兴味。来岛已过，所谓轻舟已过万重山，却依旧在千百小岛——波节岩、半岛、锅岛、小槌岛、女木岛、男木岛等——中通过。过诸岛后，前途豁然开朗，左首小豆岛，右首四国山脉，宛然一幅画图。将到神户时，可一刻到大阪，寓堂岛堂ビルホテル（堂岛旅馆）。

自神户至大阪百有余里，汽车虽须一小时，但急行电车只四十五分。街道整洁宽敞，市区以外，虽系乡村，但沿途仍有商家。路之两旁，空地甚多。到大阪则烟突林立，天空如雾：盖此地为日本第一大工商业地方也。

旅馆共八层楼，建筑与设备，完全仿西洋式。不过各种材料最大多数为日本自制，不如我国之道地的仿效也。房金以两地通用货币单位计与上海略相等（我们两人住之双铺日七円）。

以看见明石古城，更有须磨舞子、海边怪松，尤为名胜。

午餐后，海关派有专员在船检查行李。雪茄，成年者每人可带十支，或纸烟百枝①，酒六瓶。其余绸布等物，每人一件。因带送人之绸达二十八匹，关员虽知非商品，但亦坚欲纳税，税金与货贾等。

初议在神户住一夜即去东京，故下午三时半船到埠前，即将行李交东方旅馆接客者。不料到埠时，日本同伴及友人之来接者甚多，歌川之兄慕班亦到。大阪黑越油墨公司并派专员二人雇定汽车接往大阪。于四时一刻起行，五时到旅馆后，除黑越之两人外，并有他家同行（有自东京来者）代表来访，周旋颇为费事。六时晚餐于旅馆后，留伯鸿在寓会客，我与歌川、慕班外出，至大阪最闹热之街头心斋桥大丸百货店购文具及日文辞典。

街上行人往来如织，交通器具概为电车汽车，汽车遍街皆是，二哩内五角，市内一円，招手即来，无欺假，各种设施略似上海，惟路宽而不甚平。可是一切都系日人自己经营，非如上海之权操外人。夜致菊一函。

昨夜在船上，拟将见闻之重要者写给湘等，先将稿寄吴翰云，请其先录出在《小朋友》发表，再送给家中，当写成序言一段。照今日情形，恐不能继续也。

夜，伯鸿因伤风发热咳嗽，不能睡，十二时半为之按摩一小时，始断入眠。

十五日　星期一

晴。午前九时，黑越即雇定环城周游公共汽车一辆，伯鸿因病未去，余均同行。

九时半到川天华俱乐部早点。天华为完全华人所开之菜馆，有亭榭花木，月租五百円，据云生意很好，但菜极贵。二十円一席，不及上海十二元者。

公共汽车之卖票均为女子，年龄均很轻，且完全不着和服。着皮鞋，大半为高跟者。制服略似数年前中国女生的短衣，对襟结领，下着折裙。她们都受相当教育，路上经过各地，都口讲指画告客以地名、建筑物名称及组织情形，每到一处并下车引导解说。

出天华首到住吉神社。社在市南，为国家神社之一，地面甚大。外面临街，

---

① 即“百支”。作者当时书写习惯。本章有多处用词不符合现行汉字规范处或同一词语用字不统一的，凡不影响语意者均保留原貌。

概为短垛石墙。墙内小石塔甚多，塔形下为石基，基上一方柱，刻“献灯”或“常夜灯”等字，柱上立一方形之小灯塔，其中之灯均为信士所献。

进门树木寥落，地极幽静，道人甚多。空野之中有一大木树，高十余丈，为丰鼓形，中有四段小陷，可据而上。过桥为坪，再上为神殿。男女之敬礼者络绎于途。摄影数张。

次去天王寺公园。园在市之东南角，为市内公园之最大者。有动物园、体育场、儿童游戏多种设备。动物园每人收费五钱，公园任人游览。体育场之练习□球者极多，儿童亦不少。

再次去六王寺。寺距公园约里许，为唐时圣德太子所遗，传佛教入日本最早四寺之一。内有大梵钟一口，长二丈六尺，直径一丈六尺，厚一尺六寸，重四万二千贯目（每贯目六斤）。有放生池，乌龟满池，休息池中石上者以千计。有宝物馆，藏有历代名僧写经及佛画雕塑百数十种，大半为中国所传入，在佛教史上颇有研究价值，惜我不善于此，仅由僧盖一四天王纪念印而归。

午后一时至白木屋午餐，也是八层楼的大建筑，洋食中食取值均五角，和食四角。我们食中菜，每人饭一碗，一汤两菜，并不贵于上海。女侍均少年，皮鞋洋服，招待殷勤，不收小帐。

三时半去大阪城。城为丰城秀吉所造，以对抗幕府者。现为军事要塞，内驻兵藏军器甚多，日人视为要塞地带，不许摄影，但听人民自由入内游览。于门外购得照片数张。

城中最特别的为巨大之石头。全城均以石砌，通常都是长丈余二丈之石。进二门有大石一方，可容三十六铺席子，日人每席长六尺宽三尺，合计有六百四十八方尺，其面积之大，重量之重，在现在亦不易运转而况在数百年前，由此可见皇室之力量。

返寓三时半，伯鸿室中高朋满座，有川岛贞子者，川岛机器商主人之夫人，现任《朝日新闻》记者，与伯鸿为旧识，介与一谈，其常识与态度均好。约明日下午去参观朝日编辑部文库。伯鸿因伤风未愈，六①同其夫人等去宝塚温泉休养，王、李同行，十二时方返，我与歌川晚餐于天华，点菜三样，费三円半。

出天华后至心斋桥街上漫游，见柯达电影机价甚廉，F1.9镜头，百呎箱，在上海售美金一百五十元，此间仅售日金一百五十元，几廉及一倍。照片每百呎十円五角，亦比上海为贱。但普通照片及照相机则贵于上海约三分之一，原因如何，不得而知。

街上新旧书店极多，而且均有人满之患，所谓案内及绘叶书（指南、名胜片）尤到处皆是，街头巷口，常有女子设小座发售。由此可见其人民对于国情民俗之熟悉与其宣传之重视。

十六日　星期二　阴

早九时，黑越招待员同其顾问大阪工业大学教员横内荣作即来早点后，九时五十分乘旅馆汽车同至王子制纸厂参观，此厂为大阪最大纸厂之一，关于印刷及日用之各种纸张均能制造，原料与机械亦大半采自本国。十时一刻到厂，由其工场长引导参观。自放水、分析原料（旧布、纸屑）溶化原料以至制成纸张均逐步看到。工场建于二十年前，虽亦合用，但尚非最新式者。不过空气光线与救火设备还算完全。

因不景气之影响，厂内机械多有停止，工人据云有三百余人，但今日所见者绝不及此数，且有数处，好似为应付我们而临时召集者。其待遇尚不及我厂：每日工作男十一小时，女十小时（连吃中饭时间在内）已较我厂为长。夜工亦照时间不加津贴。辞员照法令只须先两星期通知（我厂两个月），疾病由厂中健康保险支付六个月之六成薪金，公司不直接负责。月薪平均每日两円半。

一时回寓午餐。招待员不离左右，酬答费事，休息不能瑾士最苦，盖此辈与我不相识，非有要事可不理，他则非敷衍不可，故连日发热头痛。

下午三时去《朝日新闻》，参观其工厂，至则川岛已先在。横内并有一同学任制版部长，故关于工厂之各方面均经详细引导。其卷筒照相版机械间之设备费

---

① 舒新城用语习惯，指连续记录不同时刻的事情，常将“六时”三类中的“时”字省略。

四十余万円，为东亚第一，东京《朝日新闻》的画报也在这里印刷。据云每日发行朝夕两次，每次印一百二十万份，照人口比例，销路之大可称世界第一。

关于工人方面之设备有食堂、浴室等等。工厂设备由瑾士负责记录，编辑部因为详看其文库，而因时宴人多，改期再去。

五时半出《朝日》，黑越招待员坚欲再去参观《每日新闻》，以先有成约也。两地距离虽近，但因此时正为工作紧张时间，故等待至半小时，始由专员引导。《每日》亦有日刊月刊，销数就其现状报告所述，均在百万份以上。但无完美之照相版设备。其特点有盲人用之点字新闻，每星期发行一次，为日本全国盲人之唯一刊物；有《英文大阪每日》，为国际宣传之重要刊物。此外各周刊则为一般报纸所通具者。

初看点字印刷所，仅一高三尺、长二尺余之脚踏机器一座，以针压铅皮成孔，再以纸入其中压之。次看宣传照相，再次看工厂。因房屋建筑已久，工厂设备颇不完善。工人有谈话打架者，管理亦不及《朝日》。

最后看文库。收藏照片甚富。每人立一指导卡片，后附由各处搜集之材料，亦均以卡片贴之，背面注材料来源，于各类之外，再用五十音排列，关于各人之履历亦如之。图书分类用 Expansion System，藏书不过数万卷。文库连图书馆共二十五人，专司收集材料、剪贴报纸、供给参考等事。其组织方法甚平常。我们的文库十字分类反较便利。但安置卡片之铁柜构造甚善，系长崎铁工场所制，拟购一具仿制。夜七时半出该社。

十七日　星期三　阴雨

午前九时，招待员即来，早点后，同去大阪工业大学参观。校设于明治二十九年，初为高等工业学校，昭和四年四月改大学。内分机械工学、应用化学、酿造、冶金、造船、电气各科。匆匆看其电气、酿造及应用化学诸科。

看应用化学科，遇其教授工学博士上野诚一，年五十余，态度甚好；有上野实验室三间，学生对之甚诚恳，上野对来宾很谦逊，对于各种设施均详加解释。只惜我们对于自然科学之素养甚少，且目的只在工厂，故不能领其好意。

各科均有小工厂，设施较合理。一切由瑾士负责，不赘。十二时半出校。

午餐于阪急百货店，亦八层楼建筑。食堂设于最上层。五角之ズビトナニテ（快餐）有饭一碗，拼盘一，两荤两素，又咖啡一杯，一人果腹而有余。此为改金本位后之现象，盖生活程度降低也。

下午三时去心斋桥旧书店购书，得《日本书昼骨董辞典》一部，定价三十六円，又《カ一ト图案正》一部，定价三円半，以十五円购得之。至丸善支店购日语书。丸善为日本第一西书店，总店在东京，此间支店亦五层楼，组织及营业时间完全为西洋式。

出国后，原拟每日写一信致菊、楫等，以代日记，无如到大阪后，即忙于酬应游览，信已数日不写。而黑越两招待员寸步不离，连处理私事之时间亦被剥夺。上午因决定去宝塚看伯鸿，乃将二人辞去，并告以以后请不必过于客气，便我们稍有时间整理日记书信。因午饭已过一时，而宝塚之歌剧于一时开幕，此去需一小时不能入座，故改至明日午前十一半去。下午补日记至十六日上午。

十八日　星期四　阴雨

午前八时半方起床，补日记至十七日上午，并致协恭等一函告以近状。十时半早点，十一时同钱、李、王等去宝塚，汽车费一时方到，计车费六园二角。宝塚在大阪与神户之间，属具库县。翠峦层层之中，夹武库川清流，风景极佳。历来以温泉著名，明治四十三年阪神急行电铁株式会社设电车于阪塚、神塚之间，四十四年五月一日发现新温泉，设有市集日就发达。大正七年设音乐歌剧学校，大正十二年后陆续设バラゲイス（乐园）、大食堂、小剧场、中剧场、大剧场等；昭和四年更建铁桥联络两岸，现为全国民众娱乐场所，其少女歌舞有名世界。东京京都各地人民以及外国旅客，无不专诚游览。

伯鸿夫妇三人住在日本宝山馆客栈，房间十余席地，每人供给早晚两餐，取费五円，儿童三円。据云饮食甚好，较都市生活为低。伯鸿伤寒仍未愈。谈十分钟除伯鸿外共同去大剧场看歌剧。歌场建筑于新温泉之内；新温泉除三剧场外，有儿童娱乐室、图书馆、食堂、照相室等。园外并有ハナパ——ク动物园、酒馆、电影馆等，共为一大建筑。此外更有植物园、运动场、旧温泉、爱四松原，中州乐园、宝塚ホテル等。因游人常集，街市栉比，大概为饮食小卖店，并有书店数家。

歌剧除祭日（节日）、星期日，每日午前十一时，午后五时举行两次外，余均一次，于午后一时开幕。节目每月变换一次，收门券三角副券三角，但观众仍常满座，可见人民之休闲与对于歌舞之兴味。

今日所演共三出，第一为日本旧剧五百万园，歌少白多：二“ビセガタナ文”，音乐日西参合，甚悦耳，三为バリゼソト（巴黎女子），系全西洋式。共二十幕，历时二小时，全场最多动员至百余人，衣服与布景极其华丽。为日本唯一的民众剧场。

歌舞之表情与布景均极合理，第二幕之音乐尤令人向往，而取价之廉为世界所未有。拟购其唱片不得，购歌曲集及照片数种。

六时出场，再至伯鸿处持筹赴温泉洗浴，一等每人取十五钱。水温在百度以上，咸而带硫黄质，且为日本之池浴，故入水甚愉快。七时半同至日本馆晚餐。菜仅牛肉一味，拌以豆付、大葱、米粉各少许，临时以火碎置平锅烧之，再每人一生蛋醮食，日名スキセキ（牛肉烧）。五人食毕，连皮酒三瓶（五角一瓶）及茶饭水果等，共正帐十二円八十钱，再加小帐一円二十钱便为十四円，合中金二十四元，其贵远过于洋食，为我们始料所不及。

十时由宝塚乘高架电车返大阪，每人取值三十二钱，费时仅四十二分，既稳且快，上午的汽车，真又谓洋胖也。

初到宝塚时摄影四张，并电影三十呎，有十余呎系摄于剧场，恐光线不足。

十九日　星期五　晴

因昨夜与瑾士谈至一时方睡，故今晨九时半方起床。未起床时，即有客多人与瑾士周旋，十时后，中田印刷所派寺西辉义特请午餐。瑾士与黑越订好新四号方体字契约，十二时一刻，寺西招待至南地町最有名之日本菜馆本ミセキ，仍食スキセキ，七人食毕，则费去二十五円，较昨日尤贵。盖此店为日本最有名之料理所，设备特好，烧菜用电气。坐下即有茶一杯，点心一道，食点心之小签插于二折之小信纸式之印纸角上，纸角与签均印侍女之名，第一折两页，内印店主敬白：招待不周，请求原谅，并请留下姓名通讯处以为永久记念等语，第二折一页，为记姓名住所及意见之小纸，可以裁下；并有精美菜单一纸，可作明信片之用。广告方法，真无以复加。二时食毕，直趋《朝日新闻》看其编辑局及文库。

编辑局设论说、整理、校阅、通信、外报、支那、经济、社会、调查、运动、联络、写真各部及学、艺庶务两课，除两课外，均在一统间工作。每部数人或十余人自成一组。先由通信部收集各地通讯，按其性质分配于各部，再由各部编辑员编辑，交部长阅定，送整理部汇齐整理，最后交由局长核阅付印；调查部专司剪贴各种报纸杂志。其分类法概由五十音排列。于名人照片则在每氏音指导之下照音序列各人名，并编一专用号数，此号数与材料贮藏袋者相同，遇编辑员需用每人之照片时，即由其开一单，由调查课查出交去。其已制之铜版亦照此分类编号贮藏，故检查甚为便利。此外尚有出版编辑部专司丛书、年鉴等之编印；有计划部，司改进及游艺等事，均直属于总务局。调查部另有文库，系图书馆性质，在社之西隅，虽在一建筑物之中，但藏书楼用通气法，楼底用钢条间开，不用水泥木板设置，俨然一小图书馆。藏书三万余册，分类用杜威十分法，新书甚少。社员均可借阅。

《每日》将文库与图书馆并为一处，此则分而为二，相距甚远，为人员及检阅便利计，《每日》之方法较好也。

今日虽曾参观二时余，但一切方法并无可采取之处：第一因其性质与书业编辑所不同，第二所用之分类整理等方法甚简单。但有一事可取，即局长室设于编辑间之一端，门与桌案均同各编辑员所用者仅于门上以短扉隔之；局长对于全部同人既可一目了然，便于监督，而接洽事务，又可保持相当秘密性，又不扰及他人。

五时半回寓后，补写昨日之日记。七时小林（黑越招待员）由神户将以前因税率问题之杭绸二十二匹（每匹纳税十二円，与值相等）携来，晚餐后，并由其请至本市最有名之道顿町松竹座，两影片一小歌剧。一等取券二円，二等一円二十钱。片名“*Tune to the Navy*”，“*The Pagant*”，均美国产，第二片颇有名，为John Ruoeell所编，意在赞美土人之真挚，揭破文明之虚伪。其中有名言两句：

“You can stand property by law,

But can't steal love the way".

"The matine's only god is nature,

The matine's only law is love"

歌剧名レゲエウ（民谣四旅），述美国女子旅行日本所见之各种民俗，西条八十作歌，中山晋平作曲，松竹乐剧部女生表演。共八幕，音乐在民谣方面，纯用日本之旧乐，余采西乐。全场最后动员达四十余人，费时达一小时，在他处可成为一独立歌剧，故取费虽贵而不算贵也。

日本影戏场，每演一次，时间继续七八小时，周而复始，观者可随时入座，以看完一园周而止，故甚便利。

二十日　星期六　晴

午前七时起，补昨日记。

上午致菊及恂各一函，告以一周来忙碌情形。十时参观森田印刷厂，以凹版著，设备甚旧。十一时半即返。

十二时伯鸿等自宝塚归。下午一时半同去参观精版株式会社。此社为日本精版印刷所之最大者，工场设备很新，光线均取北间，有抽气换气装置。客厅之设备甚精美，有贵宾室一间，尤为华丽。据云皇室贵族常来此参观，故有皇族椅、贵宾椅。我们由其专务取缔役入贵宾室，款以茶点咖啡，参观工厂全部，历一时余，坐谈亦近一时，四时出社，并由该社摄一影，我则摄电影十呎。

六时半川岛夫妇宴于本□也□本店，完全日本酒菜及日本礼节。日俗，客人愈闹，主人愈高兴，故伯鸿讲话特多。九时出，至心斋桥购电影片一百呎，并图案数本。以カいト图案画一册赠叔和。

商决明日去奈良小游，后日去东京。

二十一日　晴　星期日

午前十时，黑越招待员邀赴奈良。乘急行高架电车，只须三十五分即到。途中经生驹，山甚高，穿地洞数处，车行在五分钟以上。

十一时半到奈良县，街市建于丘陵之间，但汽车到处可通。今日为星期，各地往游览者极多，每次电车无隙地，汽车亦感缺乏。出站后，乘汽车赴奈良公园，三分钟即达。初看博物馆，藏佛像佛刻极多，大半为唐时故物。此外古兵器、彝器及新发见之古物亦不少。陈列室凡十三间，每间占地五六方丈，有专人管理。物品之入其内者，均称国室。购照片数十张及瓦文一册，共费十二円余。

馆在公园内，公园周数十里，树木苍郁，有如丛林。到处辟马路，通汽车。并有公共汽车周行其间，游人极便。奈良以鹿著，公园中有鹿八百余，极驯善，遇人不避，且迎而点首求食。有专治鹿食者，以径三吋之圆饼出售游人，游人以之饲鹿，鹿食之必点首为礼。更有饲鹿者，以洋芋为食料，每给食时吹号招集，各鹿闻号齐集聚食。摄电影二十余呎。

至东大寺（门券每人十钱），寺之建筑概用木材，高十余丈，立于一千三百年前。有铜大佛一尊，高五丈余。大正间将寺重修一次，费百余万円，其伟大可知。购小铜佛一尊。

再至春日神社，亦国家神社之一。树木更苍葱参天。通路概以石砌，路旁之灯塔连绵不断。社中有一古树，一根之生有十余种树枝，亦奇观也。

五时黑越宴于山间之月日斋，为奈良最上等旅馆，建于半山之上，四面皆树木石山，清气袭人，俨然世外桃源。房屋纯日本式设备则参以西室。有弹子室、钢琴室等等。菜则日式。照日俗宴客先请洗澡，七时入席，始招艺妓八人，歌舞喧笑，概为注词，铭、中亦演太极拳及《麻雀与小孩》等数出。摄电影十余呎。九时半方返，十时到寓。收拾行李，至一时方寝。反光照相镜开关损坏，久修不好。

二十二日　星期一　阴

午前九时二十五分由大阪乘超特急车（最快车）赴东京，下午八时到站，同行欢迎者十余人，大概为油墨印刷商而无出版业者。当由其接赴东京ステ—シヨニホテル（东京駅旅馆）住宿。东京駅为各种车辆之终点，火车电车汽车终夜不休，火车、高架电车到站与开出时均用扩声机报告，骚扰不堪。因昨夜在奈良受寒，喉痛，夜不能眠。

到旅馆即由马场带交公司寄来之信四件，内附各处来信十余件，当一一批复。齐有函一，请楫拟游峨眉后由成都东下。湘女二函，告家中近状。

东京自地震后，一切建筑均西洋式，高楼有十余层者。街道尤宽，干路有宽至二十丈以上者。

二十三日　星期二　晴

午前同伯鸿、瑾士等赴昨晚迎接各家回拜。因喉痛，颇不舒服，除公司信件外，家信亦未写。下午三时同李谟至丸之内堀内医生处诊视，服药两次，效力甚少。

四时半赴油墨同业欢迎会。会设于东京最大之日本菜馆万安楼。日俗宴客必招艺妓，此次除艺妓外，并有杂耍。杂耍团共五人，二人司鼓与三弦，一人打杂，二人出场。滑稽对白外，有茶杯、茶壶、球滚伞诸艺，手法甚高。杂耍前有印刷杂志主任郡山演讲半小时，仅以样张述其现象，一无道理。席间由马场致欢迎词，伯鸿答词。当摄一影，席未终，照片即洗出分赠诸人。万安楼并赠手巾一条，该楼摄影一册。并由菱田请我们书笺为纪念，我写文化先驱并代瑾士书光彩焕然各四字与之。九时半返。

二十四日　星期三　晴

在伯鸿处取五百円为购书及旅费之用。午前十时同伯鸿、歌川访汪荣室公使及王克仁监督。汪他出未遇，在王处谈半小时。当决定我与歌川迁居。至神田区芳千阁定好房间，一时返寓，三时即迁入芳千阁。此处旧书店甚多，夜市中之书尤多，乃与歌川初至三省堂购书数十册，寻两次至夜市购书数十册。夜市之书均系小贩摆摊，书上标明价目，多购亦略有还价，惟不能多减耳。各书贩所贩之书并略有分类，有专售画片者，有专售小说者，有专售教科书或辞书者，惟大部书颇难得全备。选就后并可送到取值。夜餐于中华第一楼，神田区之最大中国菜馆，为广东人所经营，一切照中式布置，惟参用日本分食方法耳。酒菜外并售点心。

二十五日　星期四　晴

午前九时王克仁夫妇及其学务科长张梦麟来访，克仁坚欲请晚饭，以有他事请其改至双十节晚上。十时同伯鸿、瑾士、歌川访三省堂出版部长亀井丰治及渡边六郎，二人均于上年赴沪相遇之旧识。约定三十日下午参观三省堂各部分，并赴其晚宴。

下午同伯鸿、瑾士等参观秀英舍，由马场、菱田、滨田三人引导。该舍为东京四大印刷厂，以不景气之故昨日谢绝参观，今日因马场等之交涉又复允许，但工厂工作甚少，有四分之一未开工。厂之设备与建筑，亦无系统，凌乱处较吾厂还过之。不过范围甚大，各种印刷均有。和文排字用打字机尤为特色。三时出去看《经济杂志》印刷厂。《杂志》为旬刊，印刷亦用卷筒机（机为滨田所制），其销数之广可以概见。

喉痛仍未愈，回寓后即决定明日我与歌川兄去日光休息。盖明日无重要工厂可看，仅马场宴于横滨，吾辈可不到也。

二十六日　星期五　雨

午前七时半即起行，乘八时二十分车去日光，十时五十分即到。沿途风景甚好，时在松林中穿过，幽邃异常。路旁稻田遍野，丘陵如画，日人称日光行为游世界名所，确有道理。到站乘汽车至日光、神桥寓小西旅馆。到日十余日，今日始住日本旅馆，一切设备均日本式，客到馆，主人及下女均叩首为礼。房金每人五円，供早晚两餐。因我不食生鱼，嘱其改用熟者，饭尚可食。夜间被褥贴一盖一之外，并有厚棉寝衣。此间已入高原，温度较东京低十余度，晚间为六十二度，天将明时只五十四度①，故厚被亦甚适用。因天雨不便摄影，下午仅在小店，购小孩玩具及照片零件等，共费十六円。湘等需要及偶然送人之件大体已备。

晚餐后去神桥一带闲游，自东京至中禅寺有电车直达（在日光换车），自日光至汤元温泉有公共汽车可达，各车每四十分钟一次，交通极为便利，夏间及十月看红叶时游人极多。

神桥为日光胜景之一，右有东照宫，留待伯鸿等到再去参观，故仅在桥旁瞻望。神桥现封销不通行。桥下为溪流，清澈如镜，潺潺动人。旅馆可望水流，可

① 作者习惯用华氏度。

听水声，静眠其间，故乡龙王江之旧印象一一浮于脑中，不知何时再能饱尝故乡风味也。

下午致菊一函告以现状，并致湘等及恂如各一画片，未写他事。

二十七日　星期六　晴

午前九时将神桥及旁边之小学及其学生游戏摄入电影。寻步行去车站接伯鸿等，途中经过茂林街道（近车站）亦一并摄入。十时五十分伯鸿等到，即雇车。车直赴汤元温泉。平时每次每车需十五円，现因不景气与时间稍迟两原因，在途中等候三小时，每次只十円。

十一时二十分从小西旅馆起行经过神桥即逐渐入山。两车均为福特山车，故上行尚可每时十五里或二十哩。日光有瀑布八处，最著者为华严泷高四百尺。十二时到，有新组之公司设电梯于其上，梯间鉴凿地洞三百二十五尺达泷底，每人来回收费四十钱，本年八月十八始落成，我们来此可称机遇。

电梯底有隧道长十余丈，道旁置寒暑表一，为法氏五十度，较平地低十余度。出隧道再下降数十阶，有小休憩室两间，游人伫立其中，水自对面倾盆而下，声如雷鸣，溅于石上之水飞散空中，扑人如雾，冷入沁脾。一般游者多至此而止。再扶悬崖沿乱石流水而下又三百呎，达瀑底，则唯有水声轰烈，水沫雾罩，对面不闻人语、不见人形。到者均留片为纪念，视为难事。同行惟我与李、钱三人至底。摄电影三十余呎，照片数张。徘徊半小时复乘电车上，由车夫引至左方离数百步之小休憩所可远望瀑布之源。

华严泷为日本最高之瀑布，瀑头一泻即有四百尺，连下面之曲流共七百余尺，在世界胜景中亦称奇观，而水之清澈壮丽，更是使人陶醉，故日人之“中心”者多从此堕下。以完其贞美之愿，胜境实足引人也。

看毕乘车历十分钟即抵中禅寺湖边一旅馆午餐。中禅寺为古寺，建于湖边，湖即以寺名。湖周数十里，四面皆苍葱高山，烟雾不绝，湖水即由各山而来。寺在湖之西，汽车可直达，湖南为通汤元温泉之大道，市房栉比，蜿蜒数里。湖水清澈可鉴，有小划及小汽船供客赁用。寺中有宝物，馆四面藏佛教旧物，游人参拜者纳银十钱，寺僧随处解说。惜于佛教之修养太缺，未能得其益处。

由中禅寺折回向汤元温泉进行，沿湖行十余分钟，始尽湖周之三分之一。沿湖树木密茂，汽车穿行其中，为树荫所蔽不见天日，诚胜境也。离湖沿未几即抵龙头泷，为八瀑之第二大瀑，长亦四百余尺，惟曲折多，直瀑短，故远不如华严之雄壮。再行十余分，到战场原，平地方数里，草木枯寂，盖为沙粒地也。又十余分钟即见又一湖蓄水山中，清澈如恒，惟大不及中禅寺湖五六分之一，且有山丘拆而为二，故尤见其外湖尽处即有旅馆多所，我们息于靠湖边之南间旅馆。房间为日本式，设施有纯日式者，有带西洋式者。伯鸿等及瑾士住日本室，我与李、钱及陈禧住西洋室，房膳金每日每人五元，供早晚两食。

到寓四时，我要摄影特一人外出，沿湖行尽，湖水至泄发地即为汤治泷，日光八瀑之第三大瀑布也，高四百五十尺，宽百尺，因其屈折多而宽，故硝伟亦远，不如华严。由小道达瀑底曲折难行，攀援上下，颇非易事。一人独至底边小坐，万念俱寂，惟有楫之形影占据全部心意。楫最爱水，果同行者，当可对坐终日也。

六时晚餐，饭菜远胜小西旅馆，盖此间房地较廉，故饮食较丰。饭后无事，与伯鸿夫人及瑾士、李谟等叉麻雀四圈。日本规则，不赌输赢，每玩一次，收租费一円，胜者不出，次胜者出二十钱，再次胜者三十钱，负者五十钱。

夜购照片所数十张，费二円。在大阪、奈良之照片已洗出。但大镜所摄一打，只一张可用，盖初用而焦点不对或感光不足也。

喉痛稍愈。夜雨。室内温度六十度，夜间只五十二度。

此间旅馆均有温泉浴室，温泉之硫黄气味颇厚，游客来此多以温泉浴为目的，每日照例两次。男女同在一浴池，裸体出入视为常事，且女子擦背亦由男子任之（亦有女子专任者），盖日俗本如此，习惯后对于两性之神秘，反可因此打破，而少出无谓之纠纷也。

二十八日　晴　星期日

早七时半入浴，八时早餐。早餐后看温泉浴。即在离旅馆数百步之山麓，硫黄气味熏腾，水沟概为硫黄白色。水源凡三处，均以小木棚蔽之。水之温度一百四十度，接入浴池，必参冷水，始可入浴。

九时三十分乘公共汽车至中禅寺闲游。因欲摄影，与歌川二人单独成组。沿中禅寺向北沿湖进，于小道茂林中行三十分钟经英使馆达 Baty 别庄，因欲午餐而归。沿湖行不及什一也。下午一时半，在湖头大阪屋旅馆午餐，食鸡一味，共费两円。及取款付账，则皮包里面之三百円（或为二百九十五円）不翼而飞，殊为奇怪：盖昨日在小西旅馆付款时，此款曾看过，到此后，除洗浴外，皮包均不离身。且外面之零数三十余円，仍丝毫未动，独失此一笔钜数，真有不可解之处。在大阪时，瑾士亦失去二百六十円，其情形与此相似，两事又相类如此，真奇事也。乘三时公共汽车返寓，当将经过告伯鸿与瑾士，研究结果，亦无办法，只得听之而已。在责任上应由我负责赔偿，到东京将王克仁之款取出为抵，再由沪划交王可也。

夜饭菜特合口，食饭三碗，且睡甚酣，为到东京以来所未有，俗语所谓蚀财人安乐，于此偶验之矣。

午后瑾士交一函，系楫于九月一日自眉州所发者。谓精神甚苦，日日望信，我竟因忙十余日不写信，甚为失望，并谓九月底起行赴平，望到平能看我信。言辞之间若不胜其忧愤，而文章颇撩人。我们真所谓不是冤家不聚头。一月来，我无时不为她所苦，亦无时不思有以解决之，但至今想不出好方法也。下午本拟复一函，因倦而止。夜雨。温度如昨。

二十九日　晴　星期一

前日约定汽车十一时半来接，今晨九时半即来，盖生意清淡也。仍十一时半起行，将到中禅寺湖，有养鱼场，车夫引导一览，其蓄鱼分孵化处，孵化后再按其成长之大小依次放入各池，概系青鱼，据云鱼种系由美国运来。此间树木苍翠，绿荫蔽天，泉水潺潺，有如人籁入其间，俨然世外桃源。历十余分钟而出，再经中禅寺、华严泷沿山而下，车从树丛中通过，青气冷气逼人，闲坐细坑，神为之宴。

自汤元温泉乘汽车直本发本一小时可达，今日因看养鱼场及在战场原前途汽车陷入泥中费时二十余分，下午一时十分方达日光町，即餐于神桥旁之日光食堂，饭后我与歌川至东照宫门外眺望。过神桥沿石级上，杉树合抱者兀立两旁，荫不见日，幽邃已极，拍电影十余尺，轮转机忽不能动，或系装片时之错误也。因时间不济，未入宫内。

乘四时二十五分车起行，六时四十分即到东京，较去车还少十五分钟，盖日光地高，去为上行来为下行也。沿途树木成林，晚霞映射俨然画图。从窗中望出，云树之变化极其奇丽，二时余之时间，完全费于观瞻晚景中。

到站，菱田、滨田等均来接，当同车至ステーションホテル，得公司三函，妻及小孩一函。公司无他事，只是报告近状，并欲购五线谱钢模一幅，当商定伯鸿购备。宴菱田等于中华第一楼，十一人费三十三円而菜不能吃其贵可知。上海报已到至二十五日。开明与世界之讼，开明竟被罚三十元，亦奇闻也。二十三日载城东女学校长杨雪玖知张鼐有妇尤亚豪而重嫁之，尤控于法庭，杨自认为情牺牲。时事新报二十四日并为文评之深致不满。饭后仍寓芳千阁。

三十日　星期二　晴

午前去丸善书店购西文书，店在东京桥，营业分两层，下层为日本书，上层为西洋书。英、德、法、俄文皆有，而以英文为最多。并辟美术间，陈列各种美术印刷品，中文者不少。旁有休憩室、食堂。店面在一亩以上，书籍分类陈列，任人参观。选定数十种留一名刺存于其间，俟明日再选定后去取。

下午一时去三省堂，因伯鸿等有客，直到一时半方来。由其出版部长亀井丰治，课长平井四郎，调制课长渡边次郎，营业部长及社长亀井宣雄等招待。先由平井列表说明全部组织，于重役秘书之下，分编辑、出版、总务、营业、小卖、印刷六部及市内营业所与大阪支店。其最与中国情形相反者，即编辑与出版两部在名义上虽属平行，但实际前者完全受后者之支配。编辑分第一编辑，司教科书，第二编辑，司英语，第三编辑，司词典，在外编辑则特约性质也。出版部分企画、出版、调制、校正四课。编辑部专司辑稿，一切书籍之计划与稿件之收退，最后决定属于出版部之企划课。此课由各部重要职员组织委员会，遇有要事开会商决。出版课司发稿校对（最后校对仍由编辑部担任）等事，调制课司印刷装订重版等事，校正课司成书后之检阅等事。总务部分庶务、计理、会计三课，计理司成本、稽核，但亦无良善办法。营业分贩卖本部及贩卖、宣传、仓库、洋书四课，吾局则以宣传（广告）、仓库（堆栈）属总办事处，而以会计属发行所，是其异点也。编辑部设于营业部之楼，仅四间，二十余人，参考图书即置壁间，为数甚少也。印刷所在大森，离营业部汽车三十余分钟。三时半去大森看其印刷所，房屋系地震后新建，为临时性质，极简陋；惟地面甚宽，其一切设施，亦甚平常。由其工场长辻井贯一等引导。四时半毕，至浅草福井楼宴会，亀井丰治着中国衣服与各部长招待，并于席前演在中国所摄制之电影娱来宾。对于吾局之摄影甚好。据云在中国共摄五千五百呎，今夜仅放四百呎。因此我亦决定多摄，备将来可娱日本同行及各地宾客。九时半方归。

得楫九月六日自家所发之函，谓五年梦想的家乡快乐，到家而后一无所有，精神上之苦痛，与在平一样。且于四日接我信，嘱其至申与廉铭接洽之计划（假定我未返国）并告其速将去日与否之计划决定见告等事，五日极感不快，至全夜未睡。且谓她现在返平，的确成为问题。此实出我意料之外。虽然她说决定离家，决定离川，但竟不知其家庭中有何种变故，一切思潮也都一一涌现于脑中，也和她一般地一夜不能安眠，真难解也。

十月一日　星期三　晴

午前七时即起，补昨日日记。八时克仁送日金六百元来汇申，允以由伯鸿写信回申照信到日之汇价换成国币存局，付款以我之通告为凭。漫谈彼此生活，他对于政治活动，甚感苦痛，拟辞职回国从事著作。九时二十分方去。

今日为日本国势调查日，故八时即由旅馆将旅客之履历详写一过，九时一刻并有警视厅派员查询，但态度极谦逊且为便服（与国势调查无关），惟询问其详。九时半去伯鸿处，将克仁之六百元交五百元与他留一百元备用。十时由横田、菱田带领参观日清印刷公司、美术印刷公司。日清分两部，铅印管理设备均平常，彩印房屋极狭，但管理甚好。美术仅彩印机十二部，六年来均日夜开工，月印一万二千张（单色），工人只八十八人。其效能在全国称第一，工场甚小，但清洁为到日以来所未见。工小亦极有精神。二时至横田本厂看其制印刷机，平板机、转转机均能制造，共有出品十六种，现在日本印刷界多用该厂机器。其工场设施之最足使我们取法的，为水汀炉设于地下，利用温度上升，燃料省而效力大也。三时至大隈会馆，即在早稻田大学之对面，内为花园式之布置，有屋数间，藏大隈之遗物。明治二十二年，他被炸时所毁之衣物均在。馆中有其夫人铜像，他的铜像则建于大学中。学生往来如织，均制服而有英气，非如我国学生之少爷派头十足也。均以电影记之。

三时半至凸版印刷公司，此公司为东京印刷厂之最大者，设置甚好。其照相网目版五十四吋者有五块之多。由其社长井上源之丞导引，历一时余而毕。夜由滨田招宴于浅草竹津亭，一切日式，八时十分即返。写日记，与歌川商定明日工作。克仁于下午寄来日华学会介绍书七件，备参观学校及图书馆之用。惟书中由以伯鸿为主，故明日须至其处取名片。照片洗出，四打只三张不可用。

复小孩等一函，告以近状，并致妻一短简。

十月二日　星期四　阴，夜大雨

八时至伯鸿处，彼等决定去誊写堂参观，我们本欲参观学校，因前日约丸善昨日去购书未去，故今日特去选书。自八时半至二时，始将应购之书约略选定。此次所购之书各科均有，而偏重于文艺及辞典方面。帐须明日结出，大概当在二千円上下也。出丸善至松屋吴服店购晒银瓶五个，一大者留用，小者送人。楫若经沪，当送其一个。并购零件数事，送礼之品大概俱备也。夜间为下女装日光购来之玩具费去两小时（歌川他出，语言不通），颇为费事，殊无道理，盖因初未记熟，临事仓遑也。

三日　星期五　阴

午前八时，丸善送签字单来，共购书约四百册，价一千八百数元。九时三刻同至共同印刷社参观。共同为日本四大印刷公司之一，卷筒机达二千余台，平板机百数十台，并有四色六色机各一座。印件以教科书及杂志为大宗。规模之大，在东亚居第一位。其社长大桥广吉兼为东京油墨公司社长，其兄某为博文馆社长，在日本为第二流资本家。十二时由共同去博文馆。目的原欲看其编辑所，但主持者不愿示人以内容，仅由其编辑部长森下岩太郎（任全馆九种杂志主任）及高桥藤麿（书籍主任）在客室坐谈。当询以工作时间、版税、杂志编辑、薪金各问题。据云编辑时间通常为自午前九时至午后四时半，因各种书籍及杂志均带包工性质，故偶尔请假或早退辞退不扣薪，夜间工作亦不加薪。版税为百分之十至二十，视书籍之性质而定。书籍之愈专门者税率愈高反量俞低。薪金最低五十円，最高为六百円，但不愿明说。此为西洋习惯，实亦不必问也。杂志每种分别编辑，主任之下设助手三四人至十余人不等。杂志在五年前销十万已算难得，现因宣传及于农村，多者可以销至百万以上。

一时至大桥家午前，伯鸿夫人及其儿子已早在。大桥已五十六，但精练强健，视之如四十余人。其住宅为西洋建筑而带日本风味。客厅有西式日式，但入室仍须脱鞋。餐时用日式小桌接长，上铺台布。菜则日式而有中国味，盖大桥曾去中国数次，揣摩我们的嗜好而备也。饭后游其花园。园宽十余亩，花木亭榭，极其壮丽，有池约半亩，其水源出自石中，数百年不断，为东京名所之一。明治天皇曾于明治二十六年曾幸其私邸，赠以铜瓶一，陈之客室。在亭园摄电影二十余尺，并由其共摄一影。

三时半游园后，在其有御赐花瓶之客室吃茶。蒲团之傍每人烧一檀香炉，为极郑重之典礼。旧俗通常有画之方为首位，本室因为御赐铜瓶，此方不设座而设于两旁。中虽有座，但仅予以普通茶。其夫人饭时陪坐，茶时虽有伯鸿夫人，并跪于门外而不能入内，并不能饮茶。入座时，主人跪坐，使女献茶时，以绣帕贴扶，受者必双手举接，高与额齐，饮时如之。茶为青绿色，上有泡沫，视之有如青萍映霞。备一小杯而以五寸过径之瓦碗盛之。煮茶者须受特别训练。饮后由大桥引至煮茶处，以铜炉盛铁钵煮水，旁有小瓢一，碗及小包（当系茶叶）若干。一老女人跪于其前照料。据云此女人之夫为博士，现任教某处，因其精于此道特为请来。此种茶礼，过于隆重，非贵宾不举。我们今日竟为其贵宾也。四时出至东京油墨公司参观，五时复至其郊外新厂参观。因无重大关系，匆匆一走而别。

夜决定明晨八时十五分去箱根。

十月四日　星期六　晴

午前七时半去伯鸿处，八时十五分同在东京駅上车去箱根，行一时二十分于小田原下车，票则购至热海，二等每人三円十六钱，可用三日。由小田原乘公共汽车至宫の下温泉，住奈良旅馆。十时三十分到。即入温泉沐浴。下午二时十分再乘公共汽车游芦の湖，下午五时半方返。

箱根共有温泉十二处，名汤本，在山麓，塔の泽、宫の下、底仓、木贺、堂ヶ岛、强罗、小涌谷、芦の汤、汤の花泽、仙石、姥子。除堂ヶ岛为单纯泉，前五处及末一处为盐类泉，后五处为硫黄泉。各泉均有宿所，惟宫の下、芦の汤、强罗等处较繁盛。

公共汽车由小田原至宫の下每人八十钱。由宫の下至芦の湖购周游券每人三円三十五钱，小孩不要。自小田原至宫の下海超为一千二百余呎，气候较东京约低四五度。沿途风景甚好，树木茂密，但不及日光下段。宫の下以上则几完全从丛林中逆行而上，道旁杉树如竹林，清幽宜人。通常自宫の下乘汽车直到箱根町，乘汽船游芦の湖至湖尻上岸，再从另一路折而下回宫の下。因元箱根至箱根町约三里之一段风景甚好，故在元箱根下车。即见湖水在望，向右折沿湖行约半里，有箱根神社，合抱杉树，拱立两旁，太阳从密叶中露至地上有如未尽之溶雪，诚美观也。据游览券所载，有国宝宝物拜观券，则所藏佛教物品当不少。因时间不敷，未至社内，仅在外摄电影数十呎。为摄影，一人后行，将全湖风景摄电影一转，湖水清如碧绿，湖旁竹林青秀足与媲美，水与山与树均远胜西湖。并可于南边天际白云中遥见富士山，惟山高常为云蔽，富士如美人含羞时隐时现。远望之仅见山形之蓝氛，其真面目如何，无由知之。四时十分由箱根町乘汽船二十分至湖尻，湖形狭长，两旁山林密布，如在画中行驶。休息二十分，从湖尻起行，汽车行四十分到宫の下，概为下行，山多砂砾，两旁间夹以芦，但无茂林。芦の湖或以此得名。

此间旅馆均贵，本馆有花园、泉水、池塘，在此为日本式之最优者，故日室供早晚饭五円至七円，三餐八円至十円，我们取两餐六円者。午餐二円至三円，我们食二円五十钱者。因我不吃生食，特备中国式之菜，但仅三味，一为三肉丸拌粉汤，一为三小肉饼，一为炸虾一只。如此三味合中国钱四元五角，可谓贵矣。□今日摄电影百余呎，照片十余张。

夜伯鸿等叉麻雀，我独早睡。

十月五日　星期日

昨夜睡尚好，八时起沐浴，九时早餐，在本馆花园摄影数张，并自着和服摄两影。十时十分乘电车去强罗，行二十分，并等（三等）车费十八钱。强罗高出海面一八一四尺。有公园一，依山建立，古木成荫，顽石生苔，幽邃之至。中有喷小池，池中蓄金鱼甚多，游人多在池边观赏。因今日为星期日，东京之来此游览者甚多，故电车有人满之患，公园亦到处是人。从公园山上之后门出，行百数十步至中强罗，乘登山火车凡五分钟至早云山。车以铁绳系于轮下，用发动机牵拉。出站即去一福旅馆，下午一时半，步行至大涌谷，一称大地狱，已死之火山也。山路崎岖，但游人甚多，孩童不少，有年约四岁一孩童，能随其父母达山巅，复随之而下，真难能也。有小轿曰卡峨，以一柱横贯一提蓝式之竹器，设被垫，其软游人可靠，坐其中，其形式略似江浙之□□，上下一次须四円，但无人乘者。经休息处凡三，即见黄石深谷长达数里。途中并有温泉及喷烟处。喷烟处于离数百步时即闻泼泼泼泼如脚蹬机器车初发动或少汽油船发动之声音。喷出之物为硫黄及硫黄质之矿石，热度甚高，加以硫黄气味逼人，不可向迩。经喷烟处，再经乱石小道上行一里许，则达大涌谷之顶，可泛湖尻。有旅馆二家，供人休息。旅馆旁有汤泉一处，热达沸点，水源有五尺见方地位，如沸水上腾，泼泼作响，水蒸汽散发因风成雾，数十丈不见人物。惟于顺风时可窥见水源之洞口。源旁数十方地均围竹栅，旁标危险字样，惟留一门供游人出入。

旅馆侍者出售照片及零食，照片有游览纪念印戳，便人购赠亲友。零食中有熟鸡蛋，则系因顾客之需要，临时置蛋于竹篓中，放物备之汤泉孔中（在栅外），五分钟即全熟。因其水有硫黄质，且非他处所有，故每蛋取价十钱，而购者仍络绎不绝。三时半返强罗，原拟去强罗之千人风吕（千人浴堂，为铁道省所经营，人浴普通收费十钱），因购票有误（购至小涌谷而找少一円）乃直至宫の下（到站时告以经过，请其用电话询早云山站售票者，承认错误，不加票）。到时已午后四时十分矣。

今日摄电影二百呎，照片十余张。

夜与伯鸿夫人等叉麻将两圈。十时就寝。我对此极无兴趣，虽系游戏（日本规则叉麻将不许赌钱）亦觉甚费。盖精神为学术欲望、文艺嗜好所占据；无暇及他，虽在游戏，心仍不在也。

十月六日　星期一　晴

午前八时半从旅馆起行，乘八时五十分公共汽车，九时三十分到小田原，乘九时三十六分车去热海，菱田已先在车，十时到热海，由其引导住万平ホテル。此馆建于山上，落成于一九二七年，可俯瞰车站及海景。海平如镜，无大潮大浪。沿海皆山，有温泉，各旅馆均有温泉浴室，此馆并将温泉用抽水机打上，西洋式之各室均有浴间，附便所、盥洗盆等，热水即用温泉。冬有水汀，设置在日本为第一流。我们两人一间。价目七円至十五元，无膳食。但面海，空气极好。据云患肺病者住此二月可愈。

午后二时半由菱田雇汽车两部游汤河原温泉，汽车西行三十分钟始达；沿海行约二十分，余十分则行于田陇之乡间。禾稻将熟，于太阳光反映成金绿色，颇为可爱。道旁农家栉比，房屋虽矮小而整洁异常；男女小学生之自校放学而归者络绎于途。农田灌溉仍用水力冲桐车，其情形略与益阳内地相似。将其情形摄入电影。汤河原温泉之内容如何，未及详察，仅在溪流之桥上摄电影十余呎耳。未五分钟即转车东北行四十分到鱼见ヶ崎，为热海名所之一，全为岩石悬崖，仅一攀援小道。松树成荫，海水呈碧绿色。游人入内须纳五钱。平日有垂钓者，惟今日无之。由鱼见ヶ崎再折回至间歇温泉。此泉从前日来三数次，来时喷水达数丈，其声远闻数百步，自东京大地震后仅有温泉而不喷，行经其地惟见石山中出气如烟而已。再上去来宫神社，正在修缮，内有大楠树一株，据木牌之说明已二千年，周二十一尺，分三根，真伟大也。再折入梅园，园数十亩，概为梅树，有清泉顽石，极幽邃，惟惜无梅花耳。自梅园出，直返旅馆已五时过了，今日各地均摄有电影，共百五十余尺。

此地温泉极多，温度在严冬有五十余，暑时以海风之调和又只八十上下，故寒暑两季之游人特多。今日在箱根为六十二度，到此有七十四度，入夜还有七十一度。但空气清爽，温度虽与东京者相同，但较东京舒适甚多。

旅馆面海，在室中可望海面及海中之初岛、热海半圆形之街市，青蔚如画之山林。有林泉之胜，而无海风海潮之扰人，颇为可爱。入夜初岛中与街市之电灯相对映于海水中，借月光之力如满天星斗平铺青草地上，真奇观也。楫爱水，尤爱静夜之海水，惜乎不同度此宵也。

晚后在食堂外之草地散步，见有水果、花篮元宵等置于几上，掌柜谓今日为中秋，此为献月公者，始知今日为旧历八月十五。日本虽用新历数十年，但旧节气仍保存。十三年来从未与菊分别过中秋，此为第一次。不知她在上海思念如何？有小儿女及恂如在侧，或亦不至于大感寂寞罢。楫五年归省一次，今夜当尚在家中与父母畅谈，不至起行东返，在途中饱尝苦味罢！

伯鸿近常说我思虑太多，我亦自觉如此。但爱我者、我爱者之葛藤，无法截断，即在事业上有所专心致志，亦不能泰然自得，而况我对于事业根本无野心，无大志。楫常说她所体验的是“苦的人生”，今年来，我也与之有同感也。

“这就像一部电影”：《奥创时代》与“9/11美学”[①]

□［英］凯伦·兰德尔/文　曹怡平/译

2010年，我曾这样描述世贸中心：“对于好莱坞电影人而言，再现世贸中心这场灾难的最大困难在于，9/11集体记忆的概念似乎让影像获得了超越传统的表现方式。”[②] 我质疑“斯通（Stone）怎样把一个本就如电影般的事件拍成电影呢?”[③] 他运用不同好莱坞灾难电影的代表元素，从而让一个创伤事件以附带某些解决之道的方式予以呈现。斯蒂芬·基恩（Stephen Keane）强调，“不论是人为事件，或环境灾害，外星人降临或偶然事件发生，大多数灾难电影提供的解决之道就是让一群典型角色寻找生路”[④]。而观众观看这一类型的电影的乐趣，就是在灾难和阴谋编织出来的景象和特效中，体会“谁将生存下去”的神秘感。《世贸中心》吸收了70年代灾难电影的元素（比如：《摩天楼失火记》〈约翰·古勒米，1972〉、《海神号历险记》〈罗纳德·尼姆，1972〉、《地震》〈马克·罗伯森，1974〉），给观众营造了熟悉怀旧的氛围，不管现实生活如何行进下去，它看起来

---

① 作者简介：凯伦·兰德尔，南安普敦索伦特大学电影与文化学院教授。译者简介：曹怡平，西南大学文学院影视艺术系教授。主要研究电影产业、媒体政策等。本文译自Cinema Journal，*Volume 56*，Number 1，Fall 2016.

② Karen Randell，“*It Was Like a Movie*：*The Impossibility of Representation in Oliver Stone's World Trade Center*，” in *Reframing* 9/11：*Film*，*Popular Culture and the* “*War on Terror*，” ed. Jeff Birkenstein，Anna Froula，and Karen Randell（New York：Continuum，2010），141—152，142.

③ Ibld.

④ Steven Keane，*The Cinema of Catastrophe*（London：Wallflower Press，2006），5.

都像一场感觉不错的电影。尼克·罗迪克（Nick Roddick）指明了这些灾难片的普世特征：灾难必须是“叙述中心”，它具备“有可能性的”，“突如其来的”，“意想不到的”（尽管是非必要的无常），“毁灭一切的”，以及“真实感”等特点①。在后 9/11 的语境之下，罗迪克的特征清单变成一种反讽的描述，以及纽约市各种冷冽事件的清单列表。对于电影人来说，布景已经完成，9/11 本来就是一部等待被制作的灾难电影。

在这篇文章中，我会讨论漫威的《复仇者联盟：奥创纪元》（*Avengers：Age of Ultron*，2015），以及该片对被摧毁城市意象的再现，也就是詹姆斯恩·N. 吉莫尔（James N. Glimore）称为“碎片美学”（aesthetic of wreckage）的东西②。他认为后 9/11 的英雄电影实际是对城市毁灭意象的复制，这表明：“世界在潜移默化中已经改变：城市不再是被拯救的，而是被牺牲的。”③ 这些结论被理所当然地运用到类型片中，特别是最近的超级英雄系列电影中，在他们所处的世界里，充满了对城市的破坏，我把这种破坏叫做“9/11 美学”（9/11 aesthetic）。这是一种通过音效和视觉特效来影响观众的美学。这些电影中充斥着不断重复放大的声音：直升机螺旋桨的旋转声；紧急警报声，呼喊尖叫声，特别是“我的天呐”这一常用的口头语；当然还有不断重复的画面：城市被摧毁后的航拍；高楼大厦从天而坠；匆忙的急救人员，尤其是火警；惊慌失措的人群从烟雾中跑出来；漫天飞舞的碎片。这些效果让人回想起更多 9/11 事件的细节画面，而这些画面在现实主义题材的电影中是看不到的。只有在特定的类型，尤其是灾难片和超级英雄电影中，我们才会认可这些重复的特效。

---

① Nick Roddick，*Only the Stars Survive：Disaster Movies in the Seventies*，in Performance andPolitics in Popular Drama：Aspects of Popular Entertainment in Theatre，Film and Television，1800—1976，ed. David Bradby，Louis James，and Bernard Sharratt（Cambridge：Cambridge University Press，1982），246.

② James N. Gilmore，*A Eulogy of the Urban Superhero：The Everyday Destruction of Space in the Superhero Film*，in Representing 9/11：Trauma，Ideology，and Nationalism in Literature，Film，and Television，ed. Paul Petrovic（Lanham，MD：Rowman and Littlefield，2015），53.

③ Ibid.，54.

史蒂夫·尼尔（Steve Neale）指出了类型片中那种可靠的东西："好莱坞电影的存在意味着观众能够精确知道每件事最后都朝对的方向发展，任何事件都可以自圆其说，在叙事的过程中，任何威胁或危险都会被消除。"① 然而，近来的超级英雄电影不再遵循这种可靠的观念。与之相反，英雄们不再能拯救一切。比如，在《黑暗骑士》（*The Dark Knight*，Christopher Nolan，2009）中，蝙蝠侠（Christian Bale）没能拯救奄奄一息的瑞秋（Rachel），在漫威超级英雄系列电影中，看似被解决的问题其实都暗藏危机，在彩蛋中，下一部电影里的反派角色会让这一部电影呈现出让观众难以料想的结局。比如，在《复仇者联盟 2：奥创纪元》片尾的中间部分：灭霸（Thanos）这个能量巨大的超人咆哮着说："好的，我要自己来完成。"它实际是在指责奥创无能守护圣铠甲以及找到所有的无限原石（一种让佩戴者全知全能的装备）。这种"坏人中的坏人"，比如，在《銀河护卫队》（*Guardians of the Galaxy*，James Gunn，2014）结尾处出现的反派，往往给观看彩蛋的观众造成一种不详的预感。对于观看这一系列电影的新观众而言，电影的结局不如人们期望的那样振奋人心：复仇者联盟齐心协力拯救了索科维亚（Sokovia），打败了反派角色奥创。随后，复仇者联盟解散，钢铁侠（Robert Downey Jr.）放弃了自己的铠甲，鹰眼（Jeremy Renner）回归家庭生活，雷神（Chris Hemsworth）回到天宫，快银（Aaron Taylor－Johnson）死了，绿巨人（Mark Ruffalo）把自己放逐到了所有的文明系统之外。在电影中，并没有集体欢呼胜利的时刻。尽管影片结束后，观众们知道一些坏人为他们的所作所为付出了代价，超级英雄还是会赢得最终的胜利——但是，在这一刻，有几个元素让这种类型的确定叙事模式变得不再牢不可破，其中包括超级英雄拼尽全力去拯救、最终却任其毁灭的城市。

现在，越来越多的电影中城市毁灭的景象都与 9/11 遗址相似，这些景象反复

---

① Steve Neale，*Genre*（London：BFI，1980），28.

出现的同时，也不断勾起人们对 9/11 的集体回忆①。被摧毁的城市，尘雾漫天的图像，提供并坚持对这一共鸣性的创伤进行神经质的重复，从而营造出一种感染力，这往往是现实主义题材电影无法做到的，或者未及探索的部分。它不断影响各种电影的背景和类型，尤其是超级英雄电影和灾难电影。凯西·卡鲁斯（Cathy Caruth）写道："我们无法抚平创伤，或者在事发之时彻底经历，创伤对于经历者而言，只能是迟延而重复的发作而已。"② 创伤时间不是线性的，事后没有一个轻松解决的时刻。在无数次迟延地回归到现场发生后，创伤的内化出现了。一个创伤性事件只能通过这样循环反复的再现来理解，而对于过去 10 年来的超级英雄系列电影而言，当它们用各种城市残骸的意向来展示 9/11 遗址时，这一回归时刻出现了。比如，《黑暗骑士》中的蝙蝠侠身处瓦砾和金属碎片中，或者《奥创纪元》里摩天大楼的垂直倒塌。

9/11 事件距今已有 15 个年头了，如今美国流行文化好像没有像 9/11 的 10 周年祭那样，努力内化这一灾难性的创伤。然而，迟延的、重复出现的城市被摧毁的影像解释了这一事件仍然是美国人的心灵创伤。我用《复仇者联盟 2：奥创纪元》中一个意涵丰富的场景讨论这一情绪上的死结：在这一场景中，绿巨人和钢铁侠在南美的一个不知名城市（这个国家的国旗在场景中清晰可见）里打斗，造成大量房屋的倒塌③。吉莫尔（Gilmore）认为："城市残骸改变了我们对超级英雄卓越战斗的幻想。"仅仅因为绿巨人不能分清梦境和现实，这两个超级英雄就摧毁了一座城市④。绿巨人的幻觉导致他的情绪失控，他觉得没有一个人会永远爱他，他会因为自己失控的力量而毁灭一切，以及他所爱的人。钢铁侠是复仇

---

① 比如，《蝙蝠侠前传：黑暗骑士》、《复仇者》（乔斯·惠登，2012）、《超人：钢铁之躯》（扎克·施耐德，2013）。自从 9/11 以来没有涉及许多灾难片和外星人入侵电影也被归类于城市毁灭的类型，比如，《惊变 28 天》（丹尼·鲍尔，2012）《科洛弗档案》（马特·里夫斯，2008）、《洛杉矶之战》（乔纳森·里斯贝曼，2011）、《末日崩塌》（布拉德·佩顿，2015）。

② Steve Neale，*Genre*（London：BFI，1980），28.

③ 将故事背景移植到南美并不是想利用叙事的技巧来迎合全世界的观众。但是场景将9/11美学放在南美，实际上在暗示人们这些具有威胁性的"异类"所造成的城市毁灭不仅发生在西方资本主义世界，更危机全人类。

④ Gilmore，*Eulogy*，54，original emphasis.

者联盟中唯一一个有能力阻止他的人。

这个被毁灭的城市场景位于南非，却让人想起9/11事件。摇臂带着我们飞入纽约市的上空，看到消防员纪念碑上方复仇者联盟的基地，让人想起2001年9月12日上午竖起星条旗的三名消防队员，想起第二次世界大战期间在硫黄岛举起旗帜的海军陆战队。通过对消防员形象的再现，观众在俯瞰城市的同时，感受到平行世界中的纽约与9/11事件产生了某种联系；即使在科幻的平行世界中，我们也必须意识到这个城市是脆弱的。正是这种脆弱性以及对毁灭预期的恐惧，创造了绿巨人和钢铁侠之间五分多钟的超长的恢弘打斗场景。绿巨人输了，他逃到了世界的另一面，这里充满沮丧、困惑和愤怒，钢铁侠则飞向那个摩天大厦拔地而起的现代化城市。这个绝妙的拍摄视角，给观众提供了类似飞机的驾驶舱撞上双子塔的感觉。当钢铁侠举起绿巨人，并飞向一座玻璃摩天大厦时，这个大楼的门厅让观众想起世贸中心的购物商场；当绿巨人捣毁墙体和自动扶梯时；当钢铁人毫不犹豫地将他扔下那座大厦，以阻止绿巨人在南非的这座城市里的横冲直撞时，这种感觉得以一再重复。没有一部好莱坞电影如此重现过两架飞机撞击双子塔的时刻；然而在超级英雄的世界中，钢铁侠的主观镜头为观众提供了关于那一刻的既令人毛骨悚然又激动不已的视觉记录，一点都不含糊。

当绿巨人从大厦顶层落下后，又被卡住时，钢铁侠朝他开火，随即整座建筑开始爆炸、然后坍塌（恐怖分子相信爆炸后的世贸组织将会坍塌，和这个镜头如出一辙）。摄像机一直跟随绿巨人摇摄而去，观众看到，在绿巨人逃亡的路上，墙体和天花板向他（以及他们）砸去。当他的下降速度加快时，镜头转向外部，鸟瞰建筑的倒塌，建筑的底部弥漫着浓雾，以及铺天的灰尘，就如第一个世贸大厦塔倒塌那样。在接下来的慢镜头中，只见一阵阵白烟的笼罩之下，无数碎片坠向恐慌的人群坠去。烟尘滚向镜头，来到了大街上，受害者们紧紧相依，脸上、身上都是伤口，他们不知所措，满脸茫然。当绿巨人试图躲避碎片时，他给困在金属碎片和混凝土巨石中，这一幕显然再现了9/11之后世贸中心被浓雾锁住的景象。

当镜头给绿巨人茫然的脸特写时，救援人员的声音和消防车的警笛和喇叭取代了配乐，这都唤起了关于9/11音响图景的集体记忆。在慢动作中，我们的视线不断扩大，看到空气中漂浮着纸屑，粉尘浓烟，还有碎石，幸存者无助地站在其中，意识到这是一场袭击——一场恰由他们的保护者——超级英雄们造成的袭击。米歇尔·卡里亚（Michael Calia）认为："《奥创纪元》是否参考了9/11并不重要……重要的是，毁灭怎么被再现，观众不得不相信他们在爆米花电影中看到的景象。"① 使用电脑合成影像（CGI）的方法来展现南美小城的坍塌，这具有不可思议的真实性，同时唤起了世界各地观众对现代性破坏图景的想象。米歇尔继续论述道："有时候，世界各地的观众就是喜欢看这些"超人"撞击高楼大厦，让他们释放愧疚感，或者，在一个疯狂的世界中，通过观看现代史诗级灾难电影来释放压抑感。"②但我想知道，尽管在现实生活中，许多国家的人民正遭受这样的打击与摧毁，但这样的宣泄功能是否适用于每个观众？

当下的一代人没有在现场直播中观看过9/11事件，但是，我认为，它恰恰是通过反复再现被摧毁的城市意象，特别是轰然倒塌的建筑物，漫天的灰云，惊慌失措的人群，到处散落的纸屑，支离破碎的金属等揭示创伤的图像印证了9/11的影响——一种美学的影响。这些打上9/11烙印的图像就如一部电影。我之前说过，好莱坞没有找到恰当的影像词汇来制作一部关于9/11的电影。但是现在，我们在类型电影中看到的恰好是9/11的影像，它们被用作一个城市毁灭的密码系统——适用于任何一个城市。不论是灾难片《末日崩塌》（*San Andreas*，Brad Peyton，2015）中的旧金山，还是像《奥创纪元》这种超级英雄电影中一个名不见经传的南非城市，城市被摧毁后的废墟都回荡着9/11的图景。一方面，这是一个绝妙的编码，可以持续不断地坚持9/11的讨论，用这一天时刻提醒美国甚至全世界。但另一方面，它也意味着无法找到解决创伤的方案。9/11的词汇，存在于倒塌建筑和灰云中的词汇和图像，坚持向我们展示一种无解的图景。我们仍然无

① Michael Calia, "*The Guilty Pleasure of Mass Destruction in Avengers: Age of Ultron*," *Wall Street Journal*, May 1, 2015, http://blogs.wsj.com/speakeasy/2015/05/01/the—guilty—pleasure—of—mass—destruction—in—avengers—age—of—ultron—and—superhero—movies/.

② Ibid.

法相信，9/11 居然发生在一个“永不休眠”的城市，发生在好莱坞倾其全部历史（特别是音乐剧和浪漫爱情电影）打造出来的、混凝土和玻璃混合出闪耀光辉的现代城市中。我想如果，当生活在后 9/11 的一代观看 9/11 事件的纪录片，看到两个飞机撞向世贸大厦时，他们会说“这就像一部电影！”这意味着这些超级英雄和灾难电影对他们这一代而言不是真实的记忆，也不是对于 20 世纪 70 年代灾难电影的怀旧，而是一些他们非常熟悉但却从未了解的事实。

应该却无法拒绝的提议

——意大利国家补贴对电影制作的无效性①

□［意大利］伊曼纽尔·特蒂　阿兰·柯林斯　约翰·塞吉维克/文　曹怡平/译

【摘要】 国家对电影制作的公共财政支持，通常取决于非常主观的艺术和社会文化的标准和目标。然而问题仍是：国家补贴是否真的有助于电影票房。本文表明意大利的公共补贴金制度未能实现预期发展电影产业的目的，因为在绝大多数情况下，制片造成的损失大于补贴。补贴制度既无效，又浪费。意大利特定的制度和政治特征是这个故事的重要组成部分。制作商业电影的所有国家都会对结论感兴趣。

【关键词】 艺术和文化政策；电影；意大利；市场失效；补贴

国家补贴是否有助于电影票房？意大利与其他欧洲国家都继续为其电影产业以及其他传统产业提供公共财政支持（艾登，2007；布兰登 & 史温德森，2009）。巴格拉和贝凯蒂（1999，p. 238）提出了支出合理的五个标准，所有标准均以“艺术品”标准为条件。他们的研究使用了意大利贸易杂志《加泽塔电影》（*Gazzetta del Cinema*）的数据。他们调查了1985年到1996年的票房回报，在此

---

① 作者简介：伊曼纽尔·特蒂，意大利博科尼大学博科尼管理学院的教授；阿兰·柯林斯，英国朴茨茅斯大学朴茨茅斯商学院经济与金融系主任；约翰·赛奇威克，英国朴茨茅斯大学朴茨茅斯商学院的教授。译者简介：曹怡平，西南大学文学院影视艺术系教授，主要研究电影产业、媒体政策等。本文译自《公共货币与管理》2014年第4期。基金项目：本文系国家社科基金艺术学项目“西欧电影反渗透史与借鉴意义研究”的阶段性成果（编号：17BC045）。

期间，他们发现，考虑到补贴电影创意人才较低的知名度，其表现并没有那么糟糕……就总票房、每日票房和点映票房而言（p. 246）。这一发现与本文的研究结果大相径庭。我们有证据表明，从1995年至2003年，如果不考虑国家补贴的话，我们数据集中获得补贴的135部电影中，仅有3部能收回成本，还有14部电影的成本通过补贴得以收回，这表明绝大部分电影都存在各种程度的亏损。

巴格拉和贝凯蒂使用的绩效衡量指标是意大利本国的电影票房收入。虽然票房收入是电影流行与否的一个指标，但它并没有反映电影制作的资源，因而也没有反映出这些资源的替代用途。他们关于补贴的论点似乎一步步地走向与事实相反的假想：如果这些受资助的电影有更多知名人才，其票房表现和那些没有获得补贴的意大利电影会大差不离。这与我们提出的调查结果并不一致，和知名的创意人才相比，我们估计知名度有限的创意人才的薪酬也较低，用于支付这些成本的费用不会太高，从而降低补贴电影的制作成本。然而，就制片成本而言，我们发现补贴电影的表现的确很差，这让我们怀疑意大利电影补贴制度的效力。

结果表明，在1995年至2003年间，电影补贴的影响主要在于资源的错误分配，这表明意大利电影观众对补贴影片的兴趣不大。与此同时，受资助的电影似乎对意大利电影的声望没什么积极贡献，这可是立法建立补贴制度的公开意图。

一、电影补贴：简要的背景回顾

补贴可分为直接补贴和间接补贴。目前在德国、法国和意大利，政府机构的直接补贴是电影融资的主要来源，2012年，德国政府投入了2.013亿欧元、法国政府投入了7.201亿欧元、意大利政府投入了7580万欧元用于电影制作。和美国一样，间接补贴是英国电影融资的主要渠道，通过为投资者提供避税手段，英国政府在2011年提供了2.22亿欧元的间接补贴（Lange，2012年）。虽然有大量文献探讨了票房收入和电影成功的决定因素（参见Hadida，2009和McKenzie，2012），国家补贴在电影票房方面的支持作用很少受到关注。其中一个例外来自巴格拉和贝凯蒂（1999）比较获得和未获得电影补贴的意大利电影的票房表现。

他们强调，在进行电影票房的比较时，需要考虑到演员名气和声誉的差异，以便可以在平等的基础上比较获得补贴和未获得补贴的电影。也可能存在一种潜在的理解，即，补贴本身不是为了支持电影本身的制作，而是用于追求更广泛的政治目标。然而，在意大利和其他国家的语境之中，似乎没有明确规定这种优先的顺序。

在强调文化目标时，巴格拉和贝凯蒂确定了国家赞助的五个理由：

●扩展文化选择：如果没有制作具有艺术价值的电影，未来电影制作的艺术范围将会减少。

●矫正商业需求，该需求将娱乐放在文化多样性之前。

●促进文化认同和国家声望。

●培育和电影工业有关社区和商业的积极外部效应。

●弥补与“艺术”电影相关的低生产率。

对于许多研究公共选择传统的学者来说，补贴分配可能导致效率低下，这意味资源本可得到更好的部署。塔洛克（Tullock，1965）、道恩斯（Downs，1967）、尼斯卡宁（Niskanen，1975）以及公共政策评论员科因和雷森（Coyne and Leeson，2004），葛兰谱（Grampp，1986）和奥斯汀·史密斯（Austen Smith，1994）的工作揭示了补贴分配制度效率低下的原因。尽管公共资金分配的既定目标在于国家和政府所遵循的社会和文化政策（Grampp，1989；Pinnock，2006），但任何旨在增加服务和产品数量的可自由支配预算增加背后的经济学原理认为：补贴所涉及的无谓损失超过消费者提取的利益（Olszewski 和 Rosenthal，2004）。不消说，这样的原理通常得不到遵循。相反，尼斯卡宁（1975）的观点认为：预算分配中的偏见和低效率可能由两个主要因素来解释。首先，官僚的目标是扩大预算，以增加他们在财富和权威上的影响力、作用和存在感。因此，预算的最大化只是工具，不是目标，这会增加国家的公共债务。其次，政治家和官僚之间建立起了一种双边垄断，赋予官僚类似于垄断组织的地位。此外，一旦资金分配殆尽，政治家就没有特定的工具或信息流来评估获得补贴的产品，这让分配程序更具争议性（McKay，2011）。

这些问题带来的主要影响在于，官僚主义的内在特点为超大预算提供了动力，而不管实现资金实际分配目标的具体财务需求（Acemoglu，2001；Easterly，2002）。预算分配程序低效率的主因来自政治权威和响应能力缺乏，由此导致的预算分配扭曲（Downs，1967），此外，公共组织的首要目标在于扩大而非遵循它们的目标（Tullock，1965）。米勒（Miller）支持上述论断，强调分配的无效率和官僚的无能、自然惯性密切相关。他特别关注“政治行为者的自利选择”（Miller，1997，p. 1195）。

上述工作对政策分析和讨论产生了重要的影响，我们可以认为，它对2000年前英语国家的政府行动产生了明显和积极的影响，从而实施了各种新的改革，旨在减少预算分配带来的官僚效率低下（Aucoin，1991）。然而，笼统地说，同样的影响力还没有波及欧洲大陆的某些国家，特别是意大利。该研究结果表明：在最近一个引人注目的政策语境之下，即使是基本面的公共政策思想也明显缺位。

二、意大利电影制片补贴

1965年，意大利政府认可电影工业在文化、经济和社会方面的重要性。最近，管理意大利政府与电影工业之间关系，以及其他表演艺术的监管框架均以2004年1月22日颁布的第28号立法令为基础。该法创设了FUS（独特的展会基金—表演艺术基金会），作为专属的法律机构，负责资助不同的艺术和文化活动：包括电影、音乐、舞蹈 、院线、戏剧和马戏艺术。多年来，FUS分配给各个艺术部门的资金比例不时发生变化，最近的部长法令分配给歌剧和抒情表演的资助额占总资助比例的47.0%；电影占18.6%；院线占16.1%；音乐占14.1%；舞蹈占2.5%；马戏艺术和巡回演出占1.6%（M. D.，2012年2月23日）。

1994年通过的第153号法律代替了1965年的法律，并于2004年1月进行了修订，在这次修订中，区分了具有“国家文化利益”的电影和“国家制作”的电影，并在此基础上建立了不同的融资制度。根据这项法律，要达到“国家制作”

电影要求的公司，应在意大利合法居住、且大部分业务在意大利境内。该法还规定，如果某部电影的概念与剧本满足表1规定的文化标准，新成立的电影咨询委员会可以认定电影具有“国家文化利益”。

表1　用于判断电影是否具有“国家文化利益”的不同标准

代码	参数	阈值	总分
A	导演的艺术贡献		70
A1	荣获最佳导演或最佳影片奖	1	20
A2	入围最佳导演或最佳影片	1	10
A3	导演过去10年票房收入超过80万欧元	2	10
A4	荣获最佳演员奖	1	20
A5	荣获最佳演员提名	1	10
B	编剧		20
B1	荣获最佳编剧奖	1	15
B2	荣获最佳编剧提名	1	5
C	剧本		10
C1	剧本改编自文学作品	是	5
C2	原创剧本	是	5

从表1中可以明显地看出，导演、演员和剧本的艺术才能对电影非常重要，它们是认定“国家文化利益”的重要标准，其中最大的权重（0.7）给了导演。一旦被认定为符合“国家文化利益”的要求，该电影将提交给电影信贷委员会（the Committee for Cinema Credit），该委员会将根据制片人的贷款价值和他们可能获得的最高贷款金额做出决定。在财务方面，被认定为具有“国家文化利益影片”的作品可以利用参与基金（Fondo di Intervento），该基金获得担保基金（Fondo di Garanzia）的支持。设立担保基金的目的是为了填补“国家文化利益”电影的成本，其资金来源包括意大利政府分配给电影工业的部分。经过6个月调整期后，保证基金未花费的资金将分配给参与基金（participation fund），作为未来融资需求的蓄水池。通过这个系统，国家保证70%的制片成本获得融资，且制片人不需

偿还。该贷款担保计划的个独特之处在于支持首次或第二次制作“国家文化利益”电影的导演。

相比之下，“国家电影作品”不需提交给电影咨询委员会评估。这些电影可从上限为320万欧元的减息信贷设施中获益（2004年，减息信贷的上限提高到500万欧元）。然而，和“国家文化利益”电影不同，“国家电影作品”无法获得担保基金的支持，这意味着国家没有给贷款提供担保，制片人得全额偿还贷款。表2概述了意大利政府目前支持的不同类别电影，以及支持的力度。

表2　2004/2005年改革后意大利电影制作的补贴标准

	可接受成本的最大百分比	可接受的最大成本（百万欧元计价）
国家电影作品	70	5①
国家文化利益电影	50	5②
合拍片补贴③	同上	同上
首部和第二部作品④	90	1.5
具有显著文化利益的短片⑤	100	0.04

因此，在这项研究中，“补贴”的标签贴在了“国家文化利益”和“第一和第二作品”的电影上，这些电影无需偿还贷款。与之相比，“国家电影作品”虽然能够获得减息贷款，但被归类为非补贴电影。短片不包括在本文的分析中。由于“国家文化利益”比“国家电影作品”的要求更主观，电影咨询委员会在评估上可能存在的偏见和不公平程序引发了争议。

汇总1995年到2003年这9年的数据，一共有445部电影分配了6.801亿欧元，这些电影都利用了担保基金——包括357部获得6.07亿欧元贷款支持的“国

① 包括制片成本、管理费用和发行成本。
② 包括制片成本、管理费用和发行成本。
③ 合拍片有一家意大利公司和非意大利公司制作完成。
④ 分别对应于由导演指导的首演电影和第二部电影。
⑤ 根据意大利法律，短片的时长低于75分钟作，并以为期3年贷款的形式获得补贴。

家文化利益”电影；88 部“首部和第二部作品”获得了 7300 万欧元的贷款支持。131 部“国家电影作品”获得了 1.362 亿欧元的贷款支持，这些贷款无法利用担保基金的支持。因此，在这些年里，83.3%的公共资源流向了不必偿还贷款的电影作品（资助总额 8.163 亿欧元中，占 6.810 亿欧元）：74.4%的“国家文化利益”和 8.9%的“首部和第二部作品”。这些贷款中，只有 16.7%用于支持在某种程度上没有国家担保的电影。

三、数据和分析方法

1995 年至 2003 年间，有 914 部意大利电影在意大利院线上映（Cinecittà Observatory，2007）。可靠的经济和财务数据仅适用于截至 2003 年制作的电影，此后制作的电影信息不完整，或者信息的一致性仅限于非常有限的观察数量。2003 年后，数据集的扩展可能会引入一些持续的偏见，因此出于本文分析的目的，决定将考察范围限制在 1995 年至 2003 年的 9 年之内。

在此期间，尽管实际上制作了 914 部意大利电影，但原始数据中缺少参赛作品的信息。这样的话，最终数据集仅包括基本的数据：成本、票房收入和电影制片人的信息，这些数据在财务上是完整和可靠的。因此，和全人口数据相比，截头去尾的数据集可能提供了更讨喜的补贴和分配过程的图景：在意大利，认为补贴电影表现得非常糟糕，这只是相当保守的观点。创建的数据集包括 566 部电影样本的成本和票房收入信息，其中的 135 部是获得担保基金支持的“国家文化利益”电影。数据由文化遗产部的运营部门（Osservatorio di Cinecittà）提供。该部门是意大利电影工业经济和人事中心，负责意大利电影信息的收集、分析和传播。文化遗产部的运营部门从国家劳工银行（Banca Nazionale del Lavoro）获得了有关票房收入和制作成本的数据。

票房收入减去制片成本，是衡量盈利能力的标准，收益率是用制片成本的百分比来表示的。因此，这些性能指标不包含发行和营销成本。它们也不反映来自产业链下游的 DVD 租赁、销售和电视销售的收入（参见塞奇威克和伯克奥利

[2010] 使用估算成本和非院线收入流来估计利润的方法)。

然而,鉴于本文聚焦于补贴电影的相对表现,以确定国家补贴的有效性,这些限制并不重要。自 2002 年 1 月 1 日起,欧元已在经济和货币联盟的国家生效。相应地,最初原始数据中包含的很大一部分电影成本和收入用前欧元时代的意大利货币单位里拉来表示。因此,这类电影的所有货币价值都根据 1.93627∶1(里拉对欧元)的固定汇率转换成欧元。

四、结论

表 3 和表 4 描述了数据并列出了主要结果。表 3 列出了 135 部获得资助电影的盈利能力分析,表 4 则列出了 431 部没有获得补贴电影的盈利能力分析。

表 3 Cinecittà 数据集中补贴电影盈利能力分析,1994 年(欧元)

年份	补贴电影	总票房收入	平均票房收入	公共补贴	补贴成本百分比(%)	纯制片费用	平均回报率%(补贴除外)	纯回报率%(包括补贴)
1995	13	5,744,793	441,907	10,711,066	36	19,143,733	−81	−70
1996	18	6,198,965	344,381	14,352,994	48	15,329,065	−79	−60
1997	13	5,565,301	428,100	8,934,311	42	12,151,184	−74	−54
1998	11	9,899,387	899,944	16,071,228	48	17,557,627	−71	−44
1999	17	3,686,625	216,860	14,905,518	42	21,034,142	−90	−83
2000	10	5,227,105	522,711	10,859,926	59	7,662,185	−72	−32
2001	21	9,877,491	470,357	19,668,615	36	35,128,612	−82	−72
2002	13	1,616,991	124,384	8,996,861	46	10,651,005	−92	−85
2003	19	10,090,803	531,095	22,549,458	45	27,830,236	−80	−64
总计	135	57,907,361	293,537,766	127,049,977	43	166,487,789	−80	−65

从表 3 可以清楚地看出,尽管公共补贴减轻了制片人的财政风险,但票房补贴的大规模失败意味着补贴远不能保证他们的投资获得积极回报。在 135 部“国家文化利益”电影中,意大利政府贡献了超过 40%的制片成本。这些电影的平均

制片成本超过 224 万欧元，票房收入平均仅为 44.2041 万欧元，其获得的补贴两倍于票房收入，为 96.9847 万欧元。如前所述（但值得重复的是），135 部电影中只有 3 部收回了制片成本（在剔除补贴的前提下），而另外的 14 部电影则在获得补贴后收回了成本。

利润通过票房收入扣减制片成本来计算，并通过将其表示为制片成本的百分比来获得回报率。这些绩效指标不包含发行和促销费用。它们也反映不出 DVD 出租、销售和电视销售带来的下游收入。（参见 *Sedgwick* 和 *Pokorny* [2010]）。

但鉴于本文的重点是补贴电影的相对表现，目的是证明国家补贴的有效性，因此这些限制并不关键。自 2002 年 1 月 1 日起，欧元在属于经济及货币联盟的国家/地区生效。因此，原始数据中所含电影的大部分成本和收入都以意大利货币为单位（即里拉）。我们按照 1936.27 意大利里拉对 1 欧元的固定汇率将其转换为欧元。

表 4　非补贴电影的盈利能力分析，1994 年（欧元）

年份	非补贴电影	票房总收入	平均票房收入	总制片成本	平均回报率（%）
1995	41	76，655，785	1，869，653	79，093，699	−3
1996	38	101，632，814	2，674，548	99，797，168	2
1997	53	147，409，949	2，781，320	110，955，908	33
1998	48	98，137，329	2，044，528	118，009，493	−17
1999	58	66，535，406	1，147，162	168，448，585	−61
2000	40	59，374，934	1，484，373	79，982，476	−26
2001	51	84，087，760	1，648，780	125，259，164	−33
2002	55	101，339，175	1，842，530	206，938，975	−51
2003	47	74，568，721	1，586，569	141，187，601	−47

表 4 描述了 431 部非补贴电影的票房表现。平均而言，这些电影并没有产生利润，他们在院线市场的表现远好于平均收入为 1.861476 百万欧元的补贴电影。后者的平均制片成本为 26 万欧元，比非补贴制片成本高出 16%，但非补贴电影

的收入比补贴电影高出 4 倍。

五、讨论

根据表 3 和表 4 所示的结果，在 1995 到 2003 年间，在增加公益上，政府给意大利电影工业的补贴是一种既无效、也无用的手段，得出以下观点：在电影制作中使用的资源，用在其他地方会产生更好的收益。如果没有补贴，“国家文化利益”的电影几乎无法完成或启动制作，这些电影在本质上是一种准商品。此外，对绝大部分补贴电影而言，补贴不足以覆盖制片成本。巴格拉和贝凯蒂坚持补贴的合理性：只要我们谈及的电影可视为某种形式的艺术（1999，p. 238）。显然，这是一个市场失灵的论据，它认为如果放任自流的话，市场提供具有文化价值的电影数量将大大减少。然而，表 3 和表 4 所示的证据表明，付费用户很少去看“国家文化利益”的电影——尤其是 1999 年和 2002 年的电影——几乎没有任何理由表明他们促成了文化福利的普遍传播。巴格拉和贝凯蒂支持补贴的五个原因中，只有第四个原因——电影制片的正外部性——消费者长期对补贴电影缺乏消费兴趣并未受到实质性影响；虽然它存在严重的道德风险，但制片人/导演在近期的历史中已经知道：“国家文化利益”的电影很少可能是一部受欢迎的电影。

在简单公共政策思考的背景之下，结果很容易合理化。意大利艺术背景提供的证据表明，补贴分配程序似乎更好地服务于相关官僚机构的需求，而不是资助委员会委托的利他目标。在被研究的时间段内，西尔维奥·贝卢斯科尼（Silvio Berlusconi）及其私人和公共媒体在过去 17 年以来的政治影响力强大而普遍。然而，这应该与左翼艺术家在意大利电影和文化中扮演的角色背道而驰（Gundle，2000）。因此，现行制度的许多反对者认为，左翼政府支持电影工业，因为它在意识形态上同情左派。此外，也有人认为，左倾政党通常会强调：右倾政府执政时，会致力于推行削减“国家文化利益”电影预算的政策。一些人的反驳意见是“左翼福利已经击沉了电影工业”（Mecucci，2007；Kolker，2009）。

此外，即便补贴分配程序建基于客观的标准之上，仍然存在各种游说团体影响奖项和补贴的可能性，从而扭曲分配的结果。在其他部门和其地域语境中，同样存在影响预算的类似情形（Mitra，1999；Marshall，2012）。

然而，一些评论员（Gundle，Parkle，1996）承认市场失灵是不可避免的。在很大程度上，这与贝卢斯科尼的统治及其商业利益有关（Downey 和 Koenig，2006；Quail 和 Radaelli，2007）。1994 年贝卢斯科尼进入政治舞台后，他对媒体政策制定部门的强大影响力加剧了市场失灵的担忧。（Hasted，2008）。因此，自由派/左派专家认为电影补贴小组的垄断是合理的，因为他们“站在”反对当权派的立场之上，后者和某些媒体平台密切联系——比如控制国家电视网 RAI。在贝卢斯科尼的执政期，当一个拥有广泛个人媒体利益的总理负责制定国家媒体政策时，利益冲突问题显得尤为敏感（Hanretty，2007）。不可避免地，这种现实政治很可能导致电影补贴的效用比原本的差，例如促进更广泛的国家文化和工业目标。

就意大利电影工业而言，立法设计的目的在于通过补贴促进电影文化的完整性，这种自给自足的制度手段产生了小规模的电影利基市场，该市场在很大程度上为广大的电影院所忽视。扬森（Jansen，2005）在德国电影补贴方面也提出了类似的观点。这主要归咎于政策的实际设计。电影工业通常被认为充满高度风险，因为观众总为新奇事物所吸引，需要发现他们是否喜欢某部特定的电影（Teti，2013）。制片人的风险来自消费者风险。流行的电影作品以此为基础，制片人试图制作出新颖的作品，以吸引观众付费观看。观众常常失望，这让制片人很难吸引足够多的观众，来填补融资、制片和发行的成本。因此，制片人和消费者都存在风险（Sedgwick 和 PokOrny，1998）。“国家文化电影”的制片人不需要承担太多的风险，这意味着他们缺乏足够的动力去制作能够吸引足够多观众的电影。从以上来看来，官僚和政客监管之下的双边垄断之下的逆向选择和道德风险相当普遍。

六、结语

从历史来看，电影和观众是共生的概念：没有观众就没有电影院。然而，在意大利电影的案例中，1994 年到 2003 年间的意大利政府补贴似乎已经造成了两者的分离。它支持的供给制度得不到消费者的热烈回应。实质上，补贴背离了电影的历史传统。因此，尽管有人认为，补贴对电影工业的存亡至关重要，但本文提出的结果表明，由于制片损失超过补贴（甚至还没有考虑到发行成本），补贴制度本身无法保证电影工业的发展。补贴制度是无效和浪费的。

市场对电影工业获得的支持施加一定程度的约束当然是可取的，也就是说，电影市场要求放映商放映观众真正想看的电影，金融市场要求投资者（包括政府）投资具有良好回报率的电影。意大利制度特有的制度和背景因素阻碍了这一结果的实现。在有限的程度上，最近的补贴制度改革已经开始解决本研究提出的问题：基于国家和制片人各自对成本的贡献，建立共享补贴电影票房收入的系统。为达此目标，政府现在要求从电影制片的商业角度来严格执行补贴，但是提供这种“无风险”补贴的理由似乎在在政治上一直没有受到质疑，至少在目前是这样。

参考文献：

Acemoglu, D. (2001), *Inefficient redistribution*. American Political Science Review, 95, 3, pp. 49—66. Aucoin, P. (1991), The politics and management of restraint budgeting. In Blais, A. and Dion, D. (Eds), *The Budget —Maximizing Bureaucrat: Appraisal and Evidence* (University of Pittsburgh Press, Pittsburgh), pp. 119—142. Austen—Smith, D. (1986), *On justifying subsidies to the performing arts. Journal of Cultural Economics*, 18, 3, pp. 239—249. Aydin, U. (2007), *Promoting industries in the global economy: subsidies in OECD countries*, 1989 to 1995. Journal of European Public Policy, 14, 1, pp. 115—131.

Bagella, M. and Becchetti, L. (1999), *The determinants of motion picture box office performance: evidence from movies produced in Italy*. Journal of Cultural

Economics, 23, 4, pp. 237—256.

Brandt, U. S. and Svendsen, G. T. (2009), *Trawling for subsidies: the alignment ofincentives between fishermen and marine biologists*. Journal of European Public Policy, 16, 7, pp. 1012—1029.

Coyne, C. J. and Leeson, P. T. (2004), *Read all about it! Understanding the role of media in economic development*. Kyklos, 57, 1, pp. 21—44.

Downey, J. and Koenig, T. (2006), *Is there a European public sphere? The Berlusconi—Schulz case*. European Journal ofCommunication, 21, 2, pp. 165—187.

Downs, A. (1967), *Inside Bureaucracy* (Harper Collins, New York).

Easterly , W. (2012), *The cartel of good intentions: the problem ofbureaucracy in foreign aid*. Journal of Policy Reform, 5, 4, pp. 223—250.

Grampp, W. D. (1986), *Should the arts support themselves?* Economic Affairs, 7, 2, pp. 41—43. Grampp, W. D. (1989), Rent—seeking in arts policy.

Public Choice, 60, 2, pp. 113—121. Gundle, S. (2000), *Between Hollywood and Moscow: The Italian Communists and the Challenge of Mass Culture*, 1943—1991 (Duke University Press, Durham).

Gundle, S. and Parker, S. (1996), *The New Italian Republic: From the Fall ofthe Berlin Wall to Berlusconi* (Routledge, New York).

Hadida, A. L. (2009), *Motion picture performance: a review and research agenda*. International Journal of Management Reviews, 11, 3, pp. 297—335.

Hanretty, C. (2007), *The gospel truths of Italian media bias*. Comunicazione Politica, 1, pp. 49—66. Hasted, N. (2008), *A new wave of directors is rejecting realism—all thanks to the disastrous reign ofBerlusconi*. The Independent (18 January). Jansen, C. (2005). *The performance of German motion pictures, profits and subsidies: some empirical evidence*, Journal of Cultural Economics, 29, 3, pp. 191—212. Kolker, R. P. (2009), *The Altering Eye: Contemporary International Cinema* (Open Book Publishers, Cambridge). Lange, A. (2012), *Film Market*

Trends and Film Funding in four selected European Countries (European Audiovisual Observatory, Council of Europe, Brussels).

Marshall, D. (2012), *Do rapporteurs receive independent expert policy advice? Indirect lobbying via the European Parliament's committee secretariat*. Journal of European Public Policy, 19, 9, pp. 1377—1395.

McKay, A. M. (2011), *The decision to lobby bureaucrats*. Public Choice, 147, 1—2, pp. 123— 138.

McKenzie, J. (2012), *The economics of movies: a literature survey*. Journal of Economic Surveys, 26, 1, pp. 42—70.

Mecucci, G. (2007), *L'assistenzialismo di sinistra ha affossato il cinema italiano*. L'Occidentale, Orientamento quotidiano (see www. mascellaro. it/ node/ 15504).

Miller, G. J. (1997), *The impact of economics on contemporary political science*. Journal ofEconomic Literature, 35, 3, pp. 1173—1204.

Mitra, D. (1999), *Endogenous lobby formation and endogenous protection: a long —run model of trade policy determination*. American Economic Review, 89, 5, pp. 1116—1134.

Niskanen, W. (1975), *Bureaucrats and politicians*. Journal of Law and Economics, 18, 2, pp. 617—643. Olszewski, W. and Rosenthal, H. (2004). *Politically determined income inequality and the provision ofpublic goods*. Journal of Public Economic Theory, 6, 5, pp. 707—735. Pinnock, A. (2006), *Public value or intrinsic value? The arts —economic consequences ofMr Keynes*. Public Money & Management, 26, 3, pp. 173— 180.

Pokorny, M. and Sedgwick, J. (2010), *Profitability trends in Hollywood: 1929 to 1999*. Economic History Review, 63, 1, pp. 56—84.

Quaglia, L. and Radaelli, C. M. (2007), *Italian politics and the European Union: a tale of tworesearch designs*. West European Politics, 30, 4, pp. 924—943.

Sedgwick, J. and Pokorny, M. (1998), *The risk evaluation of film —making*: *Warner Bros in the inter war period*. Explorations in Economic History, 35, 2, pp. 196—220.

Teti, E. (2013), *Thedarksideofmovie. Thedifficult balance between risk and return*. Management Decisions, 51, 4, pp. 730—744.

Tullock, G. (1965), *The Politics of Bureaucracy* (University Press of America, New York).

图书在版编目（CIP）数据

后学衡. 第三辑 / 王本朝主编. —成都 ：巴蜀书社，2021. 2

ISBN 978-7-5531-1452-1

Ⅰ. ①后… Ⅱ. ①王… Ⅲ. ①学衡派—文集 Ⅳ. ①I209. 6—53

中国版本图书馆 CIP 数据核字（2021）第 033225 号

后学衡（第三辑）

王本朝 主 编

寇鹏程 张春泉 肖伟胜 副主编

责任编辑 陈亚玲

出 版 巴蜀书社

成都市槐树街 2 号 邮编 610031

总编室电话：(028)86259397

网 址 www. bsbook. com

发 行 巴蜀书社

发行科电话：(028)86259422 86259423

经 销 新华书店

照 排 四川胜翔数码印务设计有限公司

印 刷 成都蜀通印务有限责任公司（028）64715762

版 次 2021 年 4 月第 1 版

印 次 2021 年 4 月第 1 次印刷

成品尺寸 170mm×240mm

印 张 16. 75

字 数 320 千

书 号 ISBN 978-7-5531-1452-1

定 价 62. 00 元